{只留旧梦守空城}

ZHILIU JIUMENG SHOU KONGCHENG

埋下一座城，关了所有灯，只留旧梦守空城。

就算未来多渺茫，也要试着，

把永远说成一颗糖——黏着最初的美好。

所以青春，一定要有一个人守在最初的门口，

等待着说出那句：你回来啦。

默默安然◎著

重庆出版集团 重庆出版社

图书在版编目（CIP）数据

只留旧梦守空城/默默安然著.—重庆：重庆出版社，
2010.10

ISBN 978-7-229-03002-5

Ⅰ.①只… Ⅱ.①默… Ⅲ.①长篇小说—中国—当代
Ⅳ.I247.5

中国版本图书馆CIP数据核字（2010）第172472号

只留旧梦守空城
ZHILIU JIUMENG SHOU KONGCHENG

默默安然　著

出 版 人：罗小卫
策　　划：光　南
责任编辑：陶志宏　袁　宁
责任校对：郑小石
封面设计：一亩幻想

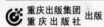重庆出版集团
重庆出版社 出版

重庆长江二路205号　　邮政编码：400016　　http://www.cqph.com
深圳大公印刷有限公司制版印刷
重庆出版集团图书发行有限公司发行
E-MAIL:fxchu@cqph.com　邮购电话：023-68809452
全国新华书店经销

开本：787mm×1092mm　　1/16　　印张：16　　字数：278千字
2010年10月第1版　　2010年10月第1次印刷
ISBN 978-7-229-03002-5
定价：23.80元

如有印装质量问题，请向本集团图书发行有限公司调换：023-68706683

Contents 目录

楔 子

　　我叫陈梦。现在正和一个叫绍凯的大孩子一起，生活在离那个叫家乡的地方很远很远的陌生城市。我离开的那一年十九岁，而现在我已经快要二十一岁了。

　　我的名字是我当语文老师的爸爸取的，小时候我曾不止一次问他为何给我起这样大众的一个字，他只是说，他叫陈年。那个时候的不理解在数年过后渐渐明朗，以至于现在每当听到有人叫我陈梦，我都会在回头的一瞬间看见那些随时光落在身后的回忆在眼前如水波般一闪而逝。

　　陈年旧梦，陈年旧梦，一语成谶。

第一章　我的当下与幼年

一大早就听到外面"咣当当"抑扬顿挫的架子鼓声音，我迷迷糊糊睁了下眼，看见蓝布帘后面依然是普蓝色的天——撑死就五点。我翻了个身把棉被往上拉，整个遮住头打算继续睡，可那时而舒缓时而狂乱的鼓声还是一下一下钻进我耳朵，闭着眼睛伸出手把旁边的被子也拽过来扔到头上，造成的结果是险些把自己闷死。

"绍凯！"我坐起来把床边一把椅子推倒，巨大的落地声后是完全纯粹的安静，鼓声如预料般戛然而止。我翻了个白眼又向后倒回枕头，死死闭上眼睛。

隐约听到门被推开，有脚步声慢慢靠近，一直到床边停下。

"又吵醒你啦？"看我还是闭着眼睛不动，那个人俯下身来两条胳膊撑在我头两边，"一会儿有活，你又不是不知道。"我动了动，把头转正张开眼睛看着正对着我脸的那个人，一头火红火红的短发，精心用发蜡抓得很好看，更显得脸的线条硬朗而分明。

"我知道，我要是因为这个生气八百年前就气死了。"

"要不然你怎么是我绍凯的老婆呢，"他在床边坐下，伸手掐我的脸，"不过你刚才那一下真把阿毛吓得够呛，他还以为你真急了呢。还睡么？你要还睡我们就不练了。"

"睡什么睡，醒都醒了。"我伸出胳膊钩住绍凯的脖子，他就顺势揽我坐起来，"你们几点回来？"

"没准，估计得晚上了，你自己想办法吃饭，别等我们。"

"哦。"除了这个字也不知道还能说什么。

绍凯他们不到七点就走了，我送他到门口，他把口袋里的钱都掏出来给我。每次都是这样，自己连吃饭钱都不留。我踮起脚尖亲他脸一下："早点回来啊。"然后阿毛和小哲在后面起哄似的吹起了口哨，绍凯笑着回头冲他们挥拳头。

这是我和绍凯在一起的第二年末。

一个人走回院子，离城冬天的天空像是死鱼混沌的眼珠，即使天晴也露不出原有的蓝色。院中唯一的一棵树在不久前的一场雪过后，掉光了上面勉强连着的细小枯叶，只剩下枝干孤零零带着年老的裂痕和一匝又一匝的年轮，等待着下一个春天的来临。我走进绍凯他们盛放乐器、用来排练的屋子，电贝司已经拿走，只留下一把木吉他稳稳当当摆在架子上，一组敲坏了的架子鼓挨墙放着，蒙了薄薄的灰。拉把凳子坐下，拿起那把木吉他有一下没一下地拨弄，绍凯平时看起来一点儿也不灵活的手弹起吉他出神入化，而我空长着被他说是"天生弹琴的料"的细长手指，在他手把手教了好久以后，依旧只会弹几段简单的和弦。他们只要一出去演出我就要一个人待上一整天，大多数时间都在发呆。经常回过神天已经暗了，连饭都忘记吃。来离城的两年并没有让我熟悉它，我无法像从前一样清楚哪里哪里衣服很便宜，哪里哪里馄饨很好吃，我总觉得离城始终用一种警惕的陌生眼光盯着我，好像随时都会请我离开。所以我只能抓着绍凯——我在这里唯一的拥有。

说起绍凯，我也不知道该怎样去形容。比我大两岁的他确实给了我无比厚重的安定感。但有些时候他又更像是个孩子，我总是说他心智不健全，或者叫他大小孩，后来有一次他特认真地问了我一句："到底是大还是小啊？"我一边笑得要死一边揉他那头红色的头发。无法否认的是，我喜欢看绍凯笑，和他平时给人的感觉完全不同，有一种凛冽的天真，尤其是不好意思或者难过时他笑得越发晃眼。我知道这样的笑容只会对我，阿毛，小哲这样的家人才会有。在外面的绍凯总是摆出那种坚强的、不可一世的样子。人们把他这样的人统称为不良少年或不良青年。

但我就是和这样的他在一起，因为我心里清楚他是多么好的一个人，有血有肉，有一颗滚烫的心。

事实上，我和绍凯没少吵过架，为了生活上那些鸡毛蒜皮的事争吵，再和好。我们两个都是脾气上来就不管不顾的人，他本来就倔得八匹马拉不回，没想到我更胜一筹，用他的话说就是："八匹马去拉你都不够，最后还得加上我。"冷战的时候我一个人睡在屋里，他去睡琴房。冬天琴房没生炉子特别冷。有一次我半夜睡不着突然想去琴房看看他，心里想就服一回软把他哄回来，结果刚一拉开门就看见他坐在门口台阶上不要命似地抽烟，红色的光点在黑夜里剧烈地明明灭灭，地上已经扔了快十截烟头。听到门的声响绍凯转回头看我，对视了几秒后他把手上的烟扔到地上踩灭，跑过来抱我，头垂在我肩膀上，喉咙里仿佛还有烟没吐出来一样哑哑地说："我睡不着，想你了。"我抬起手摸他的脸，冰凉冰凉的，也不知道他在这坐了多久。

"绍凯，你答应我两件事我就不生气，第一，以后不许抽那么多烟。第二，我们不吵架了。好不好？"

在听到他"嗯"了一声后，我把脸埋进他怀里，第一次觉得极其不喜欢的烟味也能够让我安心。只是我们都清楚这种时候的答应不具备长久效应，就如同如胶似漆时候的"我爱你"和吵闹分家时候的"我恨你"总是出自同一张嘴。烟他确实少抽了，可架还是照吵不误，所幸的是不至于影响感情。有时候阿毛和小哲会在其中捣捣乱，半夜把绍凯从琴房或是他们屋里推出来，然后大声叫我，我强忍着笑透过门上的窗子看绍凯站在院子中央一副小孩子受委屈的表情。

就这样一直到那一次，我们吵得最严重的一次。

事情的起因是我瞒着绍凯去一间酒吧唱了一晚上歌，我没想到他会提前回家，因为他对我说他要天亮才回来。我推开门就看见绍凯阴着一张脸，冷冰冰地看着我。我知道夜不归宿这件事很严重，但满心以为解释清楚就没事了，没想到他看见我递过去的钱并听到我去干什么后，猛地站起身提高声调问我："你是不是觉得我养不起你？"

"绍凯……你别激动，听我说，"我深吸了一口气过去拉他，却发现他身体僵硬得要命，"我不过是唱歌而已啊，我没觉得你养不起我，反而觉得我不能再这样让你养下去了，懂么？你知道我每天看着你们出去辛苦为了赚那一点钱、甚至受伤回来，我却在这待着什么都不做，我心里多难受么？我们生活需要钱，你们乐器的保养需要钱。假如这里拆掉，我们需要另租房子，多赚一点没什么错。我们真的需要钱，不是吗？"

"是，但那不是你的事。你要再敢去，我就去砸了那间酒吧，你信不信？"

"你能不能讲点道理？"我火气也上来了，"我要是为钱我何必跟你！"

"你要是后悔随时可以走，"绍凯走到门前，把门往外一推，"我他妈拦你一下就不是人！"

"呵！"我摇摇头突然笑出来，站起身走到门口，转头看着绍凯说："这可是你说的，绍凯，算我看错了人。"然后头也不回地走出了院子。

其实出来了也不知道能去哪儿，一个人在周围漫无目的地走。路过一家快餐店时走进去买个汉堡，交钱的瞬间突然就想起了在离城下火车的那个除夕夜，满地泥泞和冰凌，感觉到的是化雪时彻骨的寒冷，在无人的快餐厅绍凯买汉堡给我吃，然后在一片冰天雪地里解开外套将我拥入怀，我能够感觉出他明明和我一样充满不安和无措，但他还是轻轻对我说："别怕，我在。"

可能是我的表情有点怪，收银小姐手里举着要找我的零钱迟迟没动，"怎么了？"我对她笑，这一来她眼神更加困惑，把钱和收据交给我，然后又添了一叠面巾纸："小姐，你没事吧，你怎么哭了？"我抬起手抹了一把脸，果然有泪水，丢人。我继续笑，一边笑一边擦眼泪。

整整一天都在公园的长椅上消磨掉。汉堡吃完，包装纸揉成团放在身边。公园里的人都是闲适的，心情愉悦的。依偎的情侣，活动手脚的老人，推着婴儿车的年轻妈妈，只有我一个人呆呆看着天出神。一直到夜幕降临，公园要关闭，我才发现路灯下只剩我自己。

我明白，真正重要的不是争吵，而是争吵背后隐藏着的，迟早要面对的问题。可即便这样，还是向回去的方向走，不愿也不敢走太远，因为我很清楚，一旦迷失方向，黑暗就会变成骇人的野兽。不知不觉又走到了那家酒吧，站在门口就能听见震耳欲聋的音乐声，犹豫了一会儿还是没有进去。就在我转身刚走两步时，身后突然传出巨大的声响，好像有什么撞到门上，下意识地回过头，看见酒吧的三个保安在踢打地上的一个人。周围路过的人都一边看一边闪得远远地走，生怕惹上麻烦，我皱了下眉头，却深知自己管不了。那三个人美其名曰为保安，实则是负责看场，专用暴力对付闹事砸场的人。眼光在收回前自然地向下移，却在撞到地上那个蜷着身子，用胳膊护住脸的人时，猛的定住。

"绍凯！"那个红发少年不是他是谁。

突然听到喊声那三个人停了手不明所以地寻找声音出处，绍凯有些不敢置信地慢慢将胳膊从脸上移开，在看见我的那一刻突然就笑了出来，可能是牵动了伤口，又迅速拧了一下眉头："你站那儿别动，等我。"他冲我说了一句，我不知所措地站在原地看着绍凯有些摇晃地从地上站起来，然后一拳挥到刚才打他的一个人脸上，那个人当即就摔到地上。这一下太过突然，所有人都呆住了，包括我。绍凯跑过来拉我，说，"快跑啊！"

"你……你……"也不知道跑了多久，最后拐进一条小胡同，看了看后面的人没有追上来，我甩掉绍凯拉着我的手，扶着膝盖大口喘气："你还真去砸场啊？你！"

绍凯好像支撑不住的样子，干脆直接坐到了地上，头向后倚着墙壁，半天说不出来话。

我转身想去大路上打一辆车，他却好像以为我要走突然站起来想要抓住我，我看他身体晃了晃就要站不稳似的，赶紧回身撑住他："喂……你瞎动什么啊？" 1 米 82 的大个子现在全要我来撑，我只能紧紧抱着他，但感觉却更像是他把我整个裹进怀里。有好一会儿我只能听到绍凯在耳边有些急促的呼吸声，渐渐才终于有小声的话传进耳朵："死丫头……你这一天去哪儿了……我们找你都快找疯了你知道吗？"

"我就在附近转转啊……"我鼻子嘴贴着他的胸口说话声音瓮声瓮气，"是你找我找疯了吧……"

"知道还说，我以为你和我赌气又去那种地方，可他们不让我去后面找你。要是知道你不在那儿我早还手了……一群孙子……"

我轻轻向后退了一点，为了好好看看他的脸，颧骨上有很深的擦伤，嘴角肿着还带一点血，身上还不知道伤成什么样子。"笨蛋，你不是让我走的吗？你还找我干什么呀？"我突然就哭了出来。这次终于有了感觉，仿佛胸腔里有一个水泵，不停向外输出，我都被自己大滴大滴向下滚的眼泪吓到了，更何况是从没见过我哭的绍凯。

"你别哭啊。"他慌得不行地用手捧我的脸，眼泪就落进他手心里，最后他把我拉回怀里，低头乱七八糟地吻我的脸，"我是浑蛋我是浑蛋，只要你不哭怎么都行……不哭……"

我都算不清这是绍凯第几次为我受伤了，可能伤好了他自己就不记得了，可是我心里想的却是我怎么还啊，怎么还。我怕早晚有一天他会发现我能给他的仅仅是一半而已。甚至，就是一个死去的空壳。

从那之后到现在差不多一年我和绍凯再也没有吵过架，只是心疼他什么都不知道，他不了解我哭泣的含义，也看不到我在源源不断的泪水中看见的只属于我一个人的记忆。绍凯对我的好是系在我腰间的绳索，我渴望依靠它爬出泥潭，又担心会将他一并拖下去。

一直在琴房待到中午，反反复复弹那几个和弦音，长久地陷在回忆里。就是因为这样我才害怕一个人待着，我不愿意回忆占据我的头脑，因为它会让我丢失掉对真实的感知力。已经活过二十年，我越来越懂得触手可及的温暖是多么珍贵而脆弱，也许只是稍稍松手就有可能追悔莫及地永远失去了。墙上挂着的日历突然引起了我的注意，我走过去翻了翻，离除夕还有二十五天。

我穿好外套，揣上钱，走出家门。我想到有一件事该去做了。

我出生的地方叫做安城，是一个小却美丽的地方。在我的记忆里安城是绿色的，春天的柳树，海棠；夏天的槐树，香樟；还有长青的松柏。它们或站在路两旁，或立在庭院里，一年又一年。在我的记忆里安城里住着的人都是懂得生活的。他们有条不紊地工作，忙碌之余却不忘记早中晚餐的合理搭配，以及下午茶。在我的记忆里我的父亲陈年无论春夏秋冬都起得很早去散步，然后回来给我做早餐。他在阳台种了很多花，现在想来都是兰花：吊兰，君子兰，蝴蝶兰……我曾经一度迷恋仙人掌，买回两盆精心地照料，可一个夏天过去它们就烂掉了。在我的记忆里，没有妈妈这个人的存在。

据陈年说妈妈当年是文艺兵，他第一眼见到妈妈就感叹世上竟有美得那样脱俗的女孩。他一辈子都是老实人，当时混在那群机灵圆滑的小兵中毫不起眼，但他会写一手漂亮的楷书，又通晓诗词歌赋，在一次艺术节时他在黑板上写下"一枝红艳露凝香，云雨巫山枉断肠"，被当时坐在底下的妈妈尽收眼底。后来他自学考上了大学继而留校任教，十分让人钦羡。妈妈也终于成了他的新娘。这一段上一辈的爱情没有山盟海誓，甚至没有一个正正式式的开始，但我也能够想到，他们有多幸福。只是这样的幸福因为我而终止了。

爸爸妈妈结婚三年都没有孩子，这急坏了两家急着抱孙子的老人，奶奶甚至搞来各种偏方给妈妈吃，外婆更是每天跪在佛前祈愿。在这样的压力下，第四年初妈妈终于怀了孕，在爸爸精心照料下除了害喜很严重外身体一直非常健康，谁也没有想到在手术台上会出现难产的状况。当时麻药都过了，孩子还是没出来，无奈之下医生决定剖腹产，并询问等在手术室外的陈年，保大人还是保孩子。爸爸对我的讲述就截止到这儿，他没有告诉我当时的选择，是在过了很久很久以后外婆告诉我，当时爸爸想也没想脱口而出地说，保大人。这个结果，在我意料之中，谁会愿意为一个从没见过的人而放弃掉朝夕相处的爱人呢。只可惜，妈妈并不知道。

大概是因为生我，她耗尽了生命中所有的坚强，变得敏感易怒，与之前判若两人。摔东西，大喊大叫，或者一个人脆弱地哭泣。起初陈年以为她只是身体不适导致的心情烦躁，属于正常现象。到后来愈演愈烈才想到要去看医生，诊断证明开出，是病例已经开始多起来的产后抑郁症。我从记事起就每天看着妈妈的遗像出神，奇怪的是我看不到爸爸嘴里描述的清丽脱俗，只觉得那一双乌黑乌黑的眼睛像是要对我说什么。我想她一定是恨我，恨我让她痛不欲生，几次在手术台上昏死过去，恨我让她变得臃肿不堪，美丽不在，恨我抢走爸爸一半的爱……只有这样想，我才能理解她为什么会抱着六个月大的我坐上我家六楼的阳台。

那时陈年和外婆都在家照顾妈妈和我，所以及时发现了，他们惊慌失措却强装镇定地对着妈妈连哄带骗好半天才终于将她手里抱着的我接下来。就在陈年抬头想要去将她抱下来时，她的身影从窗口一闪而逝，紧接着楼下传来刺耳到疯癫的尖叫。

"就是一瞬间的事儿啊，我没有想到你真会跳，就是一瞬间的事儿啊……"爸爸在妈妈每一年的忌日时都会冲着她的照片不断呢喃。

而我，成了死神手上抢下的孩子，或者说，是用亲生母亲生命换下的孩子。

多么壮烈的，充满悲剧性的人生开端。

"梦梦，人家都说女儿像爸爸，可你像你妈妈。"这是陈年对我说过最多的一句话。四岁时这样说，六岁时这样说，十岁时这样说，十四岁时这样说，直到十九岁我离开他。我觉得他面对我，看到的全部都是幻觉，在他的眼里我不过是个延续，妈妈生命的延续，他爱的延续，至于我本身是什么样子根本不重要。

是的，十九岁那一年我离开他，离开安城，离开记忆。我在深夜收拾好行李，扭开门锁，走进一片漆黑的楼道，最后把不会再用的钥匙放在门口的垫子底下。整个过程中有几下明显的声响，但屋里的灯没有亮。我拖着行李下楼时幻想他在第二天清晨看到桌子上只写着"我走了"三个字的纸条时的反应，会寻找却不会绝望，会惊讶却不会过激。他就是这个样子，淡定得好像全世界都与己无关。更何况在他看见那张纸条时我和绍凯已然在去往离城的火车上。

离。也许只有这个字才最适合我，所以我的生命里才总是不厌其烦地上演一出出别离好戏。

"绍凯……"

"嗯？"

"没事了……"我只是想确定身边还有人陪而已。

走出院子是一条下坡路，坡下不远就有一间邮局。我走进去买了信封邮票，想了想又随便挑了一张明信片，拿起一旁有些漏水的钢笔在背面写上一句话，然后用糨糊封住投进铁皮箱。

"我很好，不用担心。"

去年也曾这样做过，准确无误写上那边的地址，而这边则是胡乱编造。我不知道陈年有没有回过信，哪个人又恰巧收到了它。

我根本连自己这个举动的意义都找不到。

冬天的离城夜幕降临得特别快，我倚着院子灰白的墙壁想要看暮色四合的瞬间，可在我还没反应过来时它就彻底黑了下来。我把锅放到炉子上，煮开水，然后把刚刚顺便带回来的菜切一切放进去，又下了点挂面，整个家里鸡蛋都找不到，所幸我将佐料都备齐全了。绍凯他们对于食物一点要求都没有，每次我给他们做吃的，他们都一副大恩不言谢的表情。想到这儿我就有点想笑，坐在院子里一边吃一边等他们回来。

我确实已经开始习惯这样的生活，学着煮以前完全不会的简单的饭菜，学着适应随时都会出现的音乐节奏，学着喜欢时而霸道无理时而又贱兮兮来哄我的绍凯。

我……在学着喜欢绍凯。"学着"两个字像鱼刺一样卡在喉咙，吐不出也咽不下。

"喂，你们快点！"离好远就听见他们几个的声音，没几秒钟门就被撞开，绍凯第一个跑进来，转身对后面的阿毛，小哲喊，"你们又慢了，没劲！"

"这门要你这么撞早晚会散的。"我迎过去把他背的无比重的贝司摘下来，转身想要放到屋里去，他却不由分说俯下身来抱我："怎么这么高兴啊？"

"一会儿再跟你说，还有吃的么？我饿了。"绍凯边说边走向炉子，掀开锅盖笑着朝阿毛和小哲喊："兄弟们，快过来！"

我坐在台阶上看着他们围着炉子狼吞虎咽，不一会儿就把整锅吃了个干净："你们怎么跟几辈子没吃过东西一样啊……"我过去蹲在绍凯跟前，阿毛和小哲对了下眼神，心领神会地把锅和碗筷收拾走，只留下我们两个单独待着。"咱也进屋吧，都冻一天了。"我拉绍凯，发现他的手刚刚摸完热的碗，又迅速凉下去。

"哎，我告诉你啊，今天我们帮商家吸引了不少人，他们对我们挺满意的，签了个长期合同，以后有事就找我们。"绍凯进屋就拉开椅子坐下，我坐在他对面的床上，一只手被他拉着，"喏，给你。"说着他从口袋掏出 200 块钱放在我旁边。

我看着那两张红颜色的钱，胃突然一阵翻滚，拿起来又塞回他口袋里，"都说几遍了，不要把钱都给我，让人感觉我在欺负你一样……"

"废话，别人让我给我也不给啊，你是我老婆不给你给谁。"每次都是这样，到最后我只好收着，不过除了日常必须有的开销，我都把钱存进了一张卡里，从来没动过。只是每次他把辛苦赚来的钱交给我时，我都无法控制心里的阵阵绞痛。

"累么？"我摸他的脸。

"没事，"他扭了个身坐到我旁边，顿了两秒钟，手箍住我的头开始吻我，"谁叫我没本事呢……"

"绍凯……不许你这么说……"我被他吻得张不开嘴，只能含含糊糊地说。当他滚烫的吻蔓延到我的脖子，我闭上眼睛，伸手拉下墙上的灯绳。

这早已不是我的第一次。我和绍凯在这院落安顿下的第一晚他就翻身从上面抱着我，要和我做爱。起初的片刻我没能理解他要干什么，当我明白过来的第一反应是要反抗，只不过我伸出想要推开他的手最终只是轻轻放在他赤裸的肩膀上。黑夜围绕在我身边，仿佛已经将我吞没，耳边剧烈的喘息声让我觉得更为寒冷。

我永远都忘不掉当绍凯发现我是第一次时脸上的表情，竟然有一种不知所措。我能明白他的想法，一个会和认识不足半年，统共见过三面的男人一起漂在外面的女孩，会是什么好女孩。当我问他是不是这样想的时候，他将我搂到怀里声音无比坚定地说："是，但现在我后悔了，以后有我绍凯活一天，就绝对不让你受半点委屈。"

在那之后，他真的为了那天的承诺拼命努力，并且无怨无悔。只是当时我的脸贴在他的胸口，只觉得心空得像无底洞，扔进多大的石头都不会漾出回声。

第二天清晨，我在行李中找出我曾经的日记本，写下了最后一段话："十九岁这一年我把自己交给一个男人，任由他把我变为女人，好可惜，那个人不是你。"然后我摸出绍凯口袋里的打火机，将这份记忆的唯一凭证付之一炬。

当绍凯醒过来，迷迷糊糊从后面抱住我，看到的只是我脚边没扫干净的一点点黑色灰烬。

吹一吹便散了。

第二章　病孩子

　　我，绍凯，阿毛，小哲，我们四个人现在住在一起，我们称这个破旧的院子叫家，称彼此为家人。对了，还有孙亦，虽然他不常过来，但绍凯说，孙亦永远是他的好兄弟，是我们家里人。

　　孙亦是我们当中最完整的人，他有爸妈，有富裕的家境，也有一所一流大学作为自己的后路和父母炫耀的资本。但是这样的他却没有忘记儿时的玩伴，也没有忘记年少无知时说好的约定。我和绍凯在离城下火车的当晚，绍凯就找了个电话亭给孙亦打了电话，那号码还是十二岁那年孙亦举家搬到离城后给他寄去的。

　　"快十年了，我都没打过，也许早就换号码了吧。"就是抱着这样的心情，当绍凯见到撂下电话赶过来的孙亦时，我清楚地看到他眼睛里闪着光。更何况，那一晚还是举家团圆的除夕。

　　阿毛和我一样没有妈妈，只不过他的妈妈不是死了，而是在他四岁时和别人跑了，离婚协议书上特意清楚地写上一条：孩子归父亲抚养。阿毛的爸爸是个平庸的男人，没手艺又怕吃苦，永远眼高手低，直到把家里积蓄都花得差不多了才意识到要赚钱，可他那个岁数已经找不到什么好工作，只有做做卫生，守守夜，既辛苦钱又不多。阿毛初中毕业其实已经考上了高中，但他擅自报了中专，他爸爸知道后把他打了个半死，大骂他没出息，阿毛实在受不了就回了一句："那还不是随你！"然后他看着他爸爸停住手，傻愣愣的一整晚都没说话，好像一夜就苍老了。

　　"我不怪我妈，谁都想过好日子。我也不怪我爸，就是有时候突然不知道自己活着有什么意义。"说完这句话他把喝了一半的啤酒瓶狠狠摔向墙壁，沾着泡沫的碎玻璃落了一地，黄色的液体向下淌着，一整幅溃败的景象。

小哲根本没见过自己的父母，他从小跟奶奶相依为命，戏剧性的是一直到奶奶去世小哲才知道，他唯一的亲人也和他没有任何关系，那不过是好心收养他的一个早年失去子女的老人。奶奶死后给小哲留下了一点钱和一间旧房子，他委托中介把房子卖了，然后揣着那些钱出去转了一个月。他去了哪里，看见什么，想了什么，没有人知道，他唯一说过的是有一个晚上他坐在一个城市的天桥上看着底下陌生的霓虹和川流不息的车辆，突然想要跳下去将一切都结束掉。不过最后他还是清醒过来，稳稳当当走下楼梯，然后蹲在路边抽了人生的第一根烟，被呛得止不住流眼泪。他在那一个月写出整整一个速写本的歌，自己填的词，自己谱的曲，他说他的音乐细胞好像与生俱来，可是却不知道是谁给了自己这样的生命。

"我不知道自己是谁。"他总是喜欢这么说。

至于绍凯，谁也不知道他的生命里有过怎样的动荡，他不说，对我也一样。我能够理解，毕竟每个人心里都有秘密不愿说与人知，只是我看到他听阿毛和小哲说自己的故事时几度动了动唇，好像有什么已经含在了嘴里，最后又被他强行咽了回去。

他就是这样一个人，黄连算什么，就算是毒药他也会嚼烂吞下肚，痛死也不让别人知道。

"绍凯，你为什么会同意带我走？"我在黑暗中摸他的脸，眉毛，眼睛，鼻子，嘴，直到他抬手将我的手捉住，"你不觉得多带一个累赘么……"

"睡吧，别胡思乱想。"他将环我的手紧了紧，嘴贴着我的额头说。

第二天我醒来时才七点，绍凯还在熟睡，眉毛时不时皱到一起。我躺着看了他一会儿，然后轻轻把他的胳膊抬起来放进被子。我穿好衣服，走到院子里。

天空又开始飘小的冰星，伴着风抽到脸上像刀割一样疼。离城的冬天比安城冷很多，就算穿再厚的外套，发抖都还是难免的，不过我已经开始习惯，至少不再畏惧。

"梦姐……"突然对面的门开了，阿毛走出来看见我微微愣了一下。

阿毛比我小一岁，他叫绍凯哥，于是也就一直叫我姐。起初我听着特别别扭，总想纠正他的叫法，结果他一句"那我叫嫂子了"干脆地把我堵了回来。

"怎么起这么早？"我对他笑。

"梦姐，我想和你说件事。今年过年我想回去和我爸过，前两天我在街上看见他……感觉他身体不太好了，我想回去看看，过完年就回来。"

"去啊，这有什么可说的，什么时候走和我们打声招呼就行。"我看着他突然想到寄明信片的自己，"等会儿……"我转身回屋，找出那张存着钱的银行卡，塞到阿毛手里，"买点东西回去。"

"不行，这绝对不行。"他赶紧把卡推回我手里，"凯哥他……"

"你还不知道他啊，他肯定同意，这钱是我们大家的。"我拉开阿毛大衣的口袋，把卡放进去，"拿着，不过不许花光哦。"

"嗯……谢谢，我过完年就回来。"

"我告诉你，一家人不许说谢谢，这要绍凯听见他定会生气。回去收拾收拾，等绍凯醒了，我给你们做吃的。"

看着阿毛走回屋子关上门，我也扭身回屋，在床边坐了一会儿，实在忍不住伸手打他："你还想装到什么时候？醒了还不睁眼？"听到我这么说，绍凯果然把眼睛张开，无辜地看着我："什么都瞒不住你，你怎么看出来的啊？"

被他这么一问，我反倒愣住了。装睡的时候呼吸总是不够平顺，不像熟睡时规律而平稳。可这要怎么说，他肯定会说："你连我呼吸都这么熟悉啦？"这么想，我的脸突然不受控制地红了。

"喂喂，想什么呢？"绍凯一脸坏笑地问我，我抓过枕头丢到他脸上，"哎，我告你谋杀亲夫啊！"

"闹够了没？起来啦……喂……"我被他闹得没办法，伸手拉他的胳膊，结果却反被拉下去，头被强行固定在他脖子下面："哎，你刚才都听到了吧？"

"嗯！"绍凯用下巴贴了贴我的发顶，"你啊，有点女主人的样子了。"

"咻，我每次看阿毛对我说话，都觉得自己像黑帮老大的老婆，或者……压寨夫人……你是不是跟他们说我特凶？"

"我哪说过……"绍凯又摆出"不关我事"的口气，手指卷着我的头发玩，"我就和他们说，谁敢欺负我老婆，我跟他们拼命。"

"好好的，又说拼命什么的，起来吧。"我扬起头，亲他脸一下。

"梦儿，你想家么……你要是想就告诉我，我陪你回去。"

我没想到绍凯会突然说出这样的话，心猛地空了一下，随即又有什么迅速溢满，压得我喘不过气："这不就是我家么？我还能去哪儿……"听到我这么说，绍凯不再说话，只是牢牢把我箍在他怀里，我竟然隐隐约约觉得他在害怕什么。

　　我该怎么对绍凯说，就在那一晚，我躺在他怀里，又一次梦见了安城。梦里面的一切都真实得让人心惊，我明明知道自己在做梦，却还是一步步走得更深。我梦见我生活了十九年的那间六楼老偏单，墙上的漆都翻了皮，露出里面的淡粉色。地还是水泥地，曾铺过地板革，泡过一次水也就烂掉了。门边叠放着两个上锁的樟木箱，小时候我一直好奇里面有什么，后来才知道那是妈妈陪嫁来的，里面是空的。我梦见我的爸爸陈年，他还是老样子，只是头发白了很多，他坐在台灯下备第二天的课，茶水放在桌角，已经凉了。我梦见高中的学校，有需要两个人才抱得过来的树，春夏季有不好看却很灿烂的花，因此虫子非常多，墙上爬的毛毛虫有时候冬天就冻死在上面。我梦见我曾经的那些朋友，不算朋友的朋友和真正对我好的朋友，他们都还在那里，嬉笑怒骂，张狂或收敛。我甚至又梦到他……他还是十八岁的少年模样，在梦里面我看着他年轻的脸就止不住哭起来。

　　醒来时依旧漆黑一片，枕边有一小块湿润。我贴了冰凉的墙壁一会儿，翻身靠向绍凯的怀里，他没有醒，却仿佛有感觉般的把我往怀里拥了拥。

　　我想我是想家了，或者说我是想过去了。可是我永远也回不去我想回去的那个地方了。

　　离过年还有十天的时候孙亦提了大包小包的东西来看我们，大家围了一桌子吃火锅，这情景像极了我们第一次聚在一起的时候，火锅的热气将周围变得很暖，大家碰杯的时候啤酒洒得到处都是。我在心里把这一天已经当成除夕，我们一家人在一起，每个人脸上都挂着笑容。只不过这样想着的同时我眼前又浮现出小时候爸爸领着我买吊签的画面，不知道他现在一个人有没有在准备年货，有没有像从前一样买两个大红灯笼，从除夕一直挂到正月十五。

　　"陈梦，陈梦。"我回过神来看见孙亦冲我举着酒杯，"越来越漂亮了你！"

　　我笑着把杯撞过去，然后一饮而尽："你每次看见我就这一句话，不会换换啊？"

　　"阿凯，你这伶牙俐齿的老婆哪找的啊，你当心被抢走哦。"孙亦没话接我，只好朝绍凯进攻。

　　"我老婆是我捡来的宝贝，"绍凯一把搂过我，"你们谁也别打她主意，否则别怪我翻脸。"

　　"我怎么没看出来你小子有重色轻友的毛病，说说，你们俩怎么好上的？"

"好啦，先吃饭，我们俩的事以后再说。"说完他拉过我使劲儿亲了一下，"对吧。"

"切……"那三个人摆出一副扫兴的表情，小哲跟孙亦使眼神说："他俩天天这样。"绍凯一个空易拉罐就扔过去。于是我们五个人在这本就不大的屋子里玩起了互侃游戏。

我和绍凯的相识确实说来话长，只不过他所顾及的和我想到的只有极其微小的一部分能够合并。那时的一切，以及那时的我，都是我不愿回想，甚至不堪回想的，而我身边这个傻瓜却把那个无比落泊的我捡回来当成宝贝护在怀里，生怕受一丁点儿风吹雨打。

孙亦走的时候阿毛也顺便和他一起走了，家里就剩下我，绍凯，小哲三个人。我注意到阿毛走的时候小哲的神情中有掩饰不了的落寞，于是和绍凯商量，让他去陪陪小哲。毕竟想到过年就想到举家团圆，可小哲连个有家人的年都没过过，去年过年的时候因为大家还不熟悉，所以他才一直强颜欢笑。绍凯听完我的话摸摸我的头，说："还是你心细啊。"然后就去陪小哲睡了几晚。我万万没想到这个年最难过的会是绍凯。

除夕的早上我被敲门声吵醒，绍凯是不可能敲门的，于是我快速翻身起来，披上件衣服去开门，小哲站在门外有些局促但更多是着急地看着我。

"怎么了？"

"凯哥他一早出去了一会儿，回来就把自己关在里面，半天都没出来，我说话他也不答应。"小哲一边说一边看向关紧门的琴房，"我没办法，只能找你了。"

我走到琴房门口，发现门确实是从里面锁起来的，这间屋子半夜也从来不锁门。但是绍凯不是这样耍小性子的人，他如果生气或是心里有事儿一定会说出来。

"绍凯，绍凯，把门开开。"我拍了两下，里面依旧没有任何回应。

"你没惹到他吧？"虽然知道不大可能，但我摸不着头脑之下只能转头问小哲，他看着我疯狂地摇头。

"绍凯，绍凯，你把门开开行不行？"

"绍凯……快点，有什么事出来说好吗？"

"你再不出来我不管你啦，开门！"

"乖……把门打开好不好，让我进去……"

软硬兼施了十分钟后，门内还是一点动静都没有。我终于意识到问题的严重性，转头对脸色同样很凝重的小哲说："给我拿重的东西，我就是把门砸了也得进去。"

　　幸好这种老旧的木门不过是两层三合板，我用铁质的椅子甩了几下，中间就破开一个洞，把手伸进去摸到插闩拔开，然后一脚端开已经没有什么意义的门走进屋里，手掌扎进了一根不小的木刺，我赌气似的恶狠狠拔掉。绍凯坐在屋子角落的地上，屈着腿，两条胳膊搭在膝盖上，头垂得很低，门打开后突然涌进了光亮，他下意识用手去遮眼睛。

　　"你别过来。"我听到他对我说。

　　"你想死是不是？"我没好气地走过去弯下腰拉他的胳膊："有什么事出去说。"

　　"我说了你别管我……"他不抬头，只是从喉咙里挤出这几个字。

　　"好，我不管，我再也不管你了！"我转身就要往门外走，手腕却突然被拉住，我低头看着地上那个赶我走又伸手抓我的人，"这样有意思么？绍凯。"

　　就这样僵持了几秒钟，我感觉到握在我手腕上的手越来越用力，到最后竟然微微颤抖起来。起初我以为是我的错觉，抬起另一只手附在绍凯手背上，终于确定真的是他在发抖。"绍凯，你怎么了？"我蹲到他对面伸手摸他的脸，"来，看着我。"

　　那是我从没见过的绍凯，颓废得不成样子，眼圈红得像要滴血。他就像一只受伤的豹子，躲在角落舔伤口，在我的指尖碰到他眼睛的那一刻，一大滴眼泪从他的眼眶里滚落出来。我的心一瞬间痛得缩紧："绍凯……"

　　"别叫我……我讨厌听见这个名字，我恨这个名字！"

　　我把他的头拉过来抱进怀里，轻轻拍他的背："哭出来，哭出来就没事了，我在这儿……"我不知道到底发生了什么，我能感觉到的只是他竭力压抑着自己的情绪，肩膀不住颤抖，到最后终于哭出了声音，眼泪迅速打湿我的衣服。在他如同动物受伤的呜咽声里我听到他说："我爸死了……我恨他……可他怎么能死，怎么能死啊……"

　　偏过头逆光中看见小哲站在门口注视着我和绍凯，可是我看不清他的表情。离城的天空还是一如既往的灰暗，将我们各自的心事衬托得更加悲凉。

　　这一年在这样世界末日般的气氛中惶惶终结。

　　我终于知道了属于绍凯的故事，但听过之后我又多么希望自己永远都不知道。因为我了解去直面那些尘封在心底的回忆需要多大的勇气，需要忍受多大的痛苦。我看着绍凯，无数次让他不要再说了，可是他停不下来。也许从他知道他爸爸死讯的那一刻起，心里那道旧伤就再次被撕扯开了，血流顷刻摧毁了花许多年才苦心建起的遗忘之墙。

绍凯说，他的故事要从他记事说起。那时他家住在火车道旁的"三无"平房里，二十平方米，红色的砖加水泥堆砌起来，房顶铺着厚重的油毡。房子很潮，冬天生着炉子依旧阴冷，记忆里他的妈妈总是抱怨睡一夜腿都暖和不起来。大概是贫贱夫妻百事哀，绍凯从小听到最多的就是争吵，永无休止的争吵，那些刺耳的字像毒针一般不住往脑子里钻，小小的他一夜一夜蜷缩在床上，从害怕渐渐变为麻木。到最后，外面即使摔碟子砸碗他也可以睡得安稳。有一次刚刚上小学的他脱口而出一句脏话，他爸爸一耳光掴过去，当即他就摔到地上，嘴里充满血腥味。只不过他没哭，而是站起来无比冷静地问他爸爸："为什么许你说不许我说？"他爸爸第二个耳光几乎把他打到吐血。

八岁暑假的一天，天还没亮就有人砸门，睡在外面弹簧床上的绍凯爸爸满是不耐烦地去开门，门打开后涌进来几个男人，好像跟他说了几句话，就拉着他一起走了，他甚至连衣服都没来得及穿好。绍凯被他妈妈抱在怀里，他清清楚楚记得他爸爸临走时回头看了好几眼。那之后他从他妈妈一个接一个的电话中，亲戚嘲讽的话语中渐渐明白，那天的几个人是警察，而他的爸爸犯了案。那时的他也终于明白了为什么他们要住在这个连具体门牌都没有的地方，为什么他爸爸总是不在家，为什么他妈妈每天都是抱怨和唉声叹气……从那之后绍凯更确定他爸爸是个坏人，是个彻头彻尾的浑蛋，也觉得自己必须马上长大，长成一个真正的男人，好保护他的妈妈。

绍凯的爸爸在他妈妈多方疏通下被判了三年，三年里他与母亲相依为命。绍凯说，他多希望能说出那三年是美好的，但是他没办法骗自己。事实上，那三年他过得并不比之前好多少。绍凯的妈妈一直都没有工作，也不习惯出去工作，每天泡在牌厅打麻将，从早晨玩到半夜，赢了钱就喜笑颜开，输了钱就万般不顺，拿他泄气。用手打，打不动了就用家伙，扫帚，擀面杖，火筷子……绍凯不哭也不闹，他觉得妈妈是把对他爸爸的怨恨发泄在了他身上，假如这样有用也不错。一直到绍凯十岁，有一天，他妈妈又很晚才回家，他小心翼翼观察着妈妈的脸色，拿了洗好的葡萄去给妈妈吃，玻璃盘子有点重，不小心滚出了两粒，他赶紧弯腰去捡，谁料这时候他妈妈劈头盖脸就骂了起来："拿个盘子都拿不好你还会干什么？废物！跟你那王八蛋爹一样！我上辈子造了什么孽！嫁了个浑蛋，生个孩子还比不上别人！"

十岁的男孩子自尊心正强，绍凯闭着眼睛第一次意识到也许他的妈妈更恨他也说不定，毕竟他是这段失败婚姻的衍生，他是一个一无是处的拖累。

从那之后绍凯学会的是忍耐，把所有的想法，所有的委屈愤怒都藏起来。与此同时他也像彻底变了一个人，成绩跟不上，性格孤僻狂妄，动不动就和人打架。五年级的某天放学，他突然在家中看见了他的爸爸，一时间竟陌生到局促起来，仿佛这个家不再是他的家，坐也不是站也不是。从那天起他们又恢复了三口之家，只是日子更加难过，积蓄花得差不多了，他的爸爸找不到工作，无奈之下他的妈妈终于开始四处打工。三个人的生活并没有热闹起来，反而更加清冷，每天可以听见的话就是他妈妈因仇富心理而格外尖酸地指桑骂槐。绍凯考入了一所初中后也没有人过问，他隐隐约约觉得这样的沉默背后一定隐藏着更大的风暴，可是他不知道也不敢想那会是怎样。那个时候的他开始混迹于一些市井混混中，也认识了一些玩地下摇滚的无业青年，每天在一起挥霍着时光，在街上找人打架，或是泡在游戏厅一夜又一夜，身边的酒肉朋友们都羡慕他家对他的放纵，只有他心里清楚自己多希望有一天能有个人叫他早点回家。初三的一天他晚上回家看见了一片凌乱的景象，满地玻璃碎片，酒，烟头，他的妈妈跪在地上，浑身是伤，那一刻他呆立在原地清楚地听见自己心里天崩地裂的声音。当他爸爸又一次举起拳头，绍凯冲过去架住了他。

"你给我滚开！大人的事儿小孩别管！"

"我就是瞧不起男人打女人！"那时的十六岁的绍凯站在他爸爸面前咬着牙说。

"好，那我告诉你，你这个妈背着我在外面找男人！他妈的当我是傻逼啊？"

"那你就去找个女人啊！离婚吧，快点离！我他妈都替你们俩累！"说完这句话绍凯抄起桌上一个酒瓶狠狠砸到地上，然后大步离开了家。

那一次他在外面混了一个月，拼命抽烟喝酒，半夜坐在路边哭哭笑笑，就像个疯子。一个月后他回到那个所谓的家，以为一切早已了结，却没想到导致离不成婚的居然是他。他的爸爸和妈妈都认定一条，孩子必须跟自己。

最后绍凯自己作了决定，他对他妈妈说："妈，你走吧，去过自己的日子，我跟他过，就算打他也打不过我。"他说，他妈妈临走前欲言又止的表情，后来他曾反复梦见。

那之后的日子绍凯说他也记不清，好像就是打工赚钱，然后再挥霍掉，生活完全找不到意义。他爸爸起初的一两年间还会对他动手，后来就真的打不动了。绍凯自己都不记得究竟和爸爸说过几句话。到后来干脆就搬离了那个家，住到了一个玩摇滚的朋友的地下室里。仅仅是那片"三无"房拆迁的时候他回去过，扮无赖和拆迁办的人耍横，为的是能多得一点钱。那些钱他分文没拿，给他爸爸租了房子安置好就又走了。

"之后呢？"我问绍凯。

"我一个人在外面混了很久，发现小时候在孙亦家混来的那点吉他底子居然还没忘，我存钱买了把好琴，和那帮人在一起拼命练，想着有一天能离开那鬼地方。"绍凯一半脸浸在阴影里看不出表情，却让人心里发寒，"一切都很顺利，唯一的意外就是你，你不是问我当时怎么会同意带你来么？就因为你当时玩笑似的那句'我接你回家'。"

"好了，都过去了。"我抱着绍凯，"我们现在不是在家里么……"

"早上孙亦突然来找我，说我姑姑不知从哪里找到他的电话，让他找我，当时我是不信的。可等我接了电话……我姑姑在那头哭着骂我……我什么都没听清，就听到最后一句……你爸爸心脏病死在屋子里都没人知道，你这个不孝子……梦儿，我是不是错了，你说我是不是错了……"

"绍凯，回去，回去看看他，送他一程。你想回去的对不对？"我捧起他的脸轻轻吻一下他的眼睛，我想我该怎么让这个外表坚硬心里千疮百孔的大孩子好过一点。

也许只有当一切都走到尽头，再无回头的余地时才能明白，恨是因为有爱做前提，假如没有爱，我们就不会一再提醒自己恨的存在。只是这样的爱太沉重，所以我们都选择逃避。

绍凯在离城火车站又一次问我要不要一起走，我使劲儿地摇头，后来意识到自己的反应有点过头了，我踮起脚尖抱住他的脖子说："我在家等你回来。"看着火车最后一节消失在视线里，我伸手擦掉自己落下的眼泪。

与绍凯相比，我的童年可以说是幸福的。当然，这是在对比之后才能说出口的话。我唯一要承受的就是死亡的阴影，随着年龄的增长，我越来越感觉到妈妈用死这种决绝的方式在我身上留下了无法磨灭的印记。我的外婆，并不是不爱我，但是她惧怕我。她总是用那种半恐惧半警惕的眼神看我，她从不许我接近她供佛龛的祠堂半步，她不止一次对外人说我是催命鬼。我了解她心中的矛盾，我是她女儿的骨血至亲，是她独一无二的外孙女，却又是间接导致她女儿死亡的人。而我的爷爷奶奶本就因为我是女孩而对我不关心，而这一来更是连见我都不愿。这些老人无法接受这样超乎寻常的死亡，他们坚信这其中一定有什么是有罪的。

只有陈年，他一如既往地对我，虽然他总是无谓地在我身上寻找根本不存在的幻影，但他没动过我一根指头。他说话的语调总是温和舒缓，就像对他的学生们讲诗词一样，他不会苛求我什么，他安排好我的衣食住行，每天给我准备好早中晚饭，他对我的无理取闹总是一笑了之……可我一直觉得这中间少了些什么，那种最重要的本应黏腻的关联。在绍凯走后我曾试想过假如今天去世的是陈年，我会不会像他一般悲恸得不能自已——虽然这样想很大逆不道，但结果却是，不会。

我们的感情是温吞的，毫无强烈可言，甚至于遗忘了对彼此的需要，遗忘了爱的存在。

我记起我初一第一次来月经，躲在学校的厕所里看着裤子上的红色愣了好久的神。我并没有傻到搞不清状况，可却没有人提前告诉我要准备什么要注意什么。那天我把校服外套脱下来，两条袖子系在腰上盖住后面，然后一个人逃课去超市买了卫生棉，再一个人学着用。放学回到家我把裤子脱下来放在盆里使劲地搓，陈年下班回来对我说留给他洗就好，我回过头冷冷地瞪他。我想我那时的眼睛里一定充满怨毒，像一根根尖锐的刺能够插在人心里，因为陈年顿时愣住了，几秒钟后他从盆里泛红的水中找到了原因，一瞬间他的脸竟然僵硬起来，我转回头不再看他。

可能是因为摸了凉水的缘故，第一次竟疼得辗转反侧，起身想要去厕所，刚打开一条门缝就听见了陈年的声音。我站在黑暗里看着虽是中年却已显老态的他对着妈妈的遗像说："你怎么这么狠心，女儿怎么能没有妈妈，我替代不了你啊……"也许是夜太静，他极力压低却依旧激动至颤抖的声音，甚至有一点点像是哭泣。我轻轻关上门，一个人在地上坐到了天亮。从那天起我就落下了痛经的毛病，像是某种证明般的存在。

我有时真的很想知道，假如天上真的有另一个世界，那里没有烦扰，没有世俗，那里少了铜臭，少了苦难，我的妈妈真的就能心安理得地过着安乐的生活么？她看着底下的一切会不会对当初自己的举动有一点点，哪怕只有一丁点儿的后悔。

绍凯走了三个月，这是两年多来我们分开最久的时间。这期间阿毛也回来了，他知道这件事后怪我们没有告诉他，否则无论怎样他都会马上赶回来。

"绍凯不需要同情，你们都在这儿也帮不上他。"我对阿毛说。

这三个月过得异常缓慢，我坐在屋子里看着外面阳光越来越灿烂，天也渐渐清澈起来。有那么几个早上睁开眼睛时我恍惚地想，绍凯也许再也不会回来了。

但当清醒过来，我又知道他不会，他绝对绝对不会丢下我一个人在这里，因为他是绍凯。这样的笃定让我自己感到一阵一阵心悸。

"凯哥怎么还不回来啊？"一天吃早饭时阿毛问我。

"我怎么知道，家里应该有许多事要处理吧。"

"你是不是希望他永远都不回来？"小哲突然开口问了这句让我顷刻连呼吸都忘记的话。

看我僵住，阿毛狠狠踢了小哲一脚："你他妈疯了吧？"

"陈梦，我们差不多大，有什么话我就直说了。"

我把碗筷放下，点点头："你说。"

"凯哥对人怎么样，你比我们都清楚。那次你们吵架，你跑出去，他在这儿快急疯了，当时我和阿毛就明白他是真心实意对你。像我们这样的人，手上空空，最容易付出的是感情，最不在意的，或者说不敢在意的也是感情，像绍凯这样重情重义的人我真的第一次见。可是为什么我总感觉你有事情瞒着，瞒我们也就算了，我怕你连凯哥也瞒。你如果不是死心塌地跟他你最好早点说，你知道，他受不了这个。"

我安静地听他说完，站起来："小哲，刚你说的那些话我都听见了，就别再跟绍凯说了，不要因为我，坏了你们兄弟感情。有些话你确实说对了，但有一点，我要不是死心塌地跟绍凯我何必在这地方待两年多？绍凯对我的好，是人都看得出来，我心不是石头做的，用不着别人告诉我！"向后踢开椅子，我转身回屋，阿毛在我后面"梦姐，梦姐"叫了两声我也没有回头。假如我此刻站定就一定会被人看出我浑身颤抖，不是因为生气，而是因为恐惧。

绍凯回来没有告诉任何人，所以他出现在院门口时我甚至都没有立刻反应过来，直到阿毛在后面喊："凯哥回来了！"我才突然清醒。绍凯瘦了很多，眼睛都陷进去了，我过去接下他的行李，轻轻抱了抱他，他胸腔里涌出长长的一声叹息，就好像溺水的人终于挣扎到岸边一样："我累了，让我睡一会儿。"

我把绍凯带回屋里，看他迅速地就睡过去，起初依旧是紧绷不自然的姿势，过了好久才渐渐放松下来。他睡了差不多十二个小时，这期间我几乎没有动地坐在床边守着他，不时抚摸一下他的脸颊。在这时候我才发现自己真的很想绍凯，我想他快点好起来，像从前一样充满炽烈的气息，让人无时无刻不感觉到他的存在。他现在这种憔悴的样子让我觉得害怕，一直以来我只是一株软塌塌的寄生藤蔓，而他是撑着我活下去的力量，假如有一天他垮了，我不知道我会怎样。

　　或许，没有绍凯，我早已不在这个世界上了。

　　"梦儿……"

　　他醒过来第一件事就是叫我，我看着他眼睛里满满的，灰蒙蒙的疲倦，忍不住将头伏到他的胸口，手贴在他脸上："嗯，你回来了。"

　　"我现在真的只有这儿了。"他侧过身用力把我抱进怀里，在窒息中我感觉到他沉重如同坠落深海般的心跳。

　　小哲说得对，我确实有事在瞒着所有人。但那是因为我自己也在极力去忘记。

　　忘记那个在我生命里真实存在过，又再也不会回来的人。

　　他叫曲城。

　　我不愿，却无法控制地想他。

第三章　光一样的少年

生命里叫做"曾经"的那块区域存在着那样一个少年，他身上有阳光的气味——干燥而凛冽。

曲城。曲城。曲城。曾经我无与伦比地喜欢叫这个名字，现在这两个字却变成某种符咒，我如同无法见光的妖精只能仓皇躲避，一旦碰触身体里就一阵绞痛，然后虚脱般空洞。

曲城是个略显纤弱的男孩子。身材过于瘦，皮肤白皙胜过许多女孩，唇色有种不自然的鲜艳，头发在阳光下微微显黄，软软地贴着额头。夏天喜欢穿白衬衣或白色棉 T 恤，能够看见清瘦而漂亮的锁骨，冬天穿黑风衣或者深色羽绒服。他初二那一年转进我所在的班，从此闯入了我的世界。

一开始我并没有太注意他，准确地说我不会去注意任何人。作为重点中学的初二学生，学习几乎已经成了人生的唯一。因为学校为保证升学率要分快慢班，每个人都心中有数，一旦进了慢班就等于被放弃，所以为了能分到快班，他们把头埋进试卷里，仿佛只要盯着看就真的会蹦出个"黄金屋"，"颜如玉"，他们为每一次分数的涨落欢欣或沮丧，表情丰富且迥异，像极了一出话剧，可台词却总是相同的。甚至有一次我去厕所，听到旁边隔间里有细碎的哭声，探过头发现班上的一个女生正流着泪面目狰狞地将一张试卷撕碎。然而，在前一节课的课间我刚刚听到她和她最好的朋友说："你一定比我强的，以后考到好学校别忘了我。"我看着她们之间的游戏觉得有趣，却不愿参与。我是一个坏学生，所以我才能有幸做一个旁观者。什么友情什么爱情，都敌不过简简单单红笔写下的两个数字，白天的奉承和夜晚的哭泣同步发生，互不干扰。有时候我会想这仅仅是初二啊，初三呢？高三呢？他们嘴里所说的未来会不会投下一颗炸弹，然后"轰隆"一声灰飞烟灭，一了百了。

与这样兵荒马乱的环境相比，曲城是极度安静的，安静到会让人忽略掉他的存在。他自从转进班里就是这个样子，每天按部就班来上课，绝大多数时间都坐在自己的座位上不动。我在他的身上看不到用功，看不到得与失，甚至看不到时光的仓促流逝。他坐在靠窗的位置，我坐在靠墙的位置，我们同排。有一次我上课睡着醒来已是课间，睁开眼睛的瞬间，越过中间空了的几个桌椅看见阳光不偏不倚洒在他的身上，头发折射出的光点射进我的眼眸，耀眼得仿佛随时会消失一样。

这个人不应该存在于这样的空间。当时我心里突然冒出了这种奇怪的想法。

只不过我们想到别人，大都只是脑中一闪而过的片段，往往没有什么实际根据，也疲于去深究。因为说到底，那是别人，就如同我们习惯性地凭第一直觉来将人分敌友，即使日后发觉错了，也不会因此而干扰到自己的生活。可是同为人类，经历的事情总有一部分会重叠，我们总能够由别人联想到自身，然后从对比演变为回忆，这过程就显得漫长许多了，甚至有些自怜自艾或者不自觉的夸大矫情都属正常。人人都知道人是无限自私的生物，却还是把"最讨厌自私的人"挂在嘴边。这本来就是一个必须以自我为中心的矛盾世界。

假如说曲城不适合存在于这个空间，那么我不知道该将自己置于何地。在这样一所市重点中学，我的存在就像一袭华美旗袍上虫咬的洞，即使再小，破的地方再无关紧要，在穿的人眼中都是不应该存在的，就算看不到也会时时刻刻在心中提醒自己"这是一件破了的旗袍"，然后就开始浑身不适坐立不安。我就是这样一个突兀的，羞耻的存在。最想要让我认清这点的是我的班主任，那个自认教学手法一流的女老师对我这个害她永远拿不到奖金的罪魁祸首恨得咬牙切齿，每次在楼道单独遇见时都会用白眼狠狠翻我，然后高傲地踩着高跟鞋"嗒嗒嗒"从我身边走过。除了她，还有年级组长，政教处主任，甚至校长都不约而同表现出对我的关注，那个只有在领导检查或是运动会才会露面的老头，念我的处分竟然用起了普通话，使我不禁怀疑那个说不清"四"和"是"的人是不是他。

我真正成为整个学校都认识的人是初二开学的那天，当我顶着一头紫发走进大门时，视线立即暴雨般汹涌着朝我袭来。操场上密密麻麻的人都同时将头转过来，升旗手将旗子升到一半也停下了。直到我乖乖站在队伍最后面升旗仪式才又继续进行起来，但那些视线依旧急切地想要聚拢在我身上，尤其是男生们眼睛里放出的兴奋的光。在这样的情形中几支想要洞穿我的利箭根本毫无作用。

因为学校规定在校期间必须穿校服，冬天是肥肥大大的运动服，白底绿条，夏天是短袖 T 恤，黑西裤。而我却为了效果如同杂志模特而将底色先染成白再上紫色，穿黑色衬衣或抹袖衫，牛仔短裤，一只耳朵上扎了三个耳洞，另一只扎在耳郭上，戴当时还没兴起的巨大手环，甩一下就可以掉落，这样的我坐在教室中是怎样会让人战栗的耀眼。男生们经过我身边时都会先满怀希望地放慢脚步，做出举动或神情等我反应，当我不理不睬，视他们为空气走过后再冲着我的背影不大不小地"哼"一声，有可能再补上一句"操，装什么？"毫不在意地将自己也鄙夷了进去。

或许所有人都在奇怪我为什么还没被劝退，早在初一刚开始不久我就因为一次打架事件被叫到教导处。那次我一拳打到同班一个男生脸上，手上戒指与手腕相连的铁链干脆地划破了他的眼角，他捂着脸张大眼睛看着我，仿佛在看一只鬼。我想他一定怎么也想不到眼前看起来瘦小得连他一半都及不上的女生居然真的会动手，我笑着扬起手让他看："对不起，我是断掌，打人会比较痛。"最终，他几度扬起的手都没有落下，这大概和那些"不和女人动手"的君子理论没有什么关系，他只是被我震住了。当我知道他将这件事告诉了老师后我笑了，那男生坐在教导处的角落连我的眼睛都不敢看。被问到为什么打架时，我看了他一眼，他转头看窗外。

"没什么。"我耸耸肩。

"没什么？"主任对这样的回答显然很吃惊。

不过，我已经不打算再重复了，低下头发现不知怎的居然看不到自己的影子。

如果一定要追究，那可能因为一句话，一个动作，甚至一个眼神都可以称为事情的起因，但是能够说出起因，就还没有严重到没有回旋的程度。真的到了覆水难收的地步，或许人们更希望能把起因淡忘。比如我妈妈的死，谁能告诉我起因是什么，难道是因为我么？说起这次打架其实纯属偶然，我只是课间经过男厕时无意听见了里面的对话。那个男生对同伴说："她这样的能进这学校还不是仗着她爸是这儿的老师。"于是我倚着墙等他从里面出来。

这整个过程中最最有趣的事是，前一分钟还跟他聊得津津有味的那个同伴，看见我以后独自走得飞快，甚至都没等得及看我的拳头落下去。

　　我真的是凭自己的分数考到这所重点中学的，虽然我也知道眼前这样的自己根本拿不出半点令人信服的证据。可是小学的那六年，学习确实曾是我生命中的重心，陈年是最清楚不过的。但是当我将想报这所学校的意图表达给他，他很委婉地表示过反对。当然，我没有听。结果时间还没有过去多久，我就看清了陈年的顾虑。毫无尖锐棱角，温暾如水的他，面对流言飞语完全不懂辩驳，直到我初二那年他终于还是辞职，去了别的学校任教。我根本无法解释是怎样从踏进这所学校的第一天就突然丧失了学习的气力，那个年纪还没办法看清很多东西，只感觉心脏负荷太多，已经超载到无法运行。可所谓的负荷是什么却不得而知，就如同一团怎样也拨不开的带有腐烂腥气的水藻。

　　是在过了很久，久到我已不能再回头看时，我才了解到这一切都来源于我性格中先天的某些特质。因为畏惧所以不愿用力，冷漠却又依赖性极强，甚至可以说是残酷的占有欲。一旦决定某种形态，即使是错也不愿重头来过，宁可随波逐流。从某种方面来说是软弱又易退缩，可偏偏又拒绝任何人的帮助，不惜以伤害别人来维持自身的残缺。这些种种在之后的岁月里表现得淋漓尽致，一次又一次将我推入命运的夹缝，却又支撑我继续苟且存活。

　　我和曲城第一次正式交谈是在初二即将结束的时候。那天还和前几次一样，班主任打电话给正在上课的陈年，于是他安排完那边就匆匆赶过来。站在他曾经待过的办公室，面对曾经的同事，谈论的却依旧是我分不分流去读职专的事。

　　我得到消息时陈年已经到了，办公室的门没有关严，我站在门外听见那个平时都不愿正眼看我的女老师操着一口刻意得不自然的普通话说："陈老师啊，跟您我是真不好意思开口，而且您说的这些我也明白，哪个家长不是为自己孩子好。可是陈梦就算继续在这里耗下去也肯定考不上高中啊，去学点技术性的东西对她也是条出路。"

　　又是这一套，听得都可以背下来。我把门推开，她看到我就立刻住了嘴，想变脸色却碍于陈年在，只好僵硬地转过去不看我。

　　陈年手背朝我向外挥了挥："梦梦，你先去上课。"

　　"不就是分流吗？我早就不想上了。"

　　"你先走，我和老师还有话说，你快上课去！"看我依然站着不动，他提高了一点声调，"快去啊！"

　　我撇撇嘴，退出去，顺便把门狠狠拍上。抬起头却险些和一个人撞个满怀，条件反射地用手去撑开距离，那个人也向后跳了一下。

"对不起……"

我看了看他那标志性苍白的脸色，摇摇头说："没事！"转身朝教室方向走去。

"哎！"没有想到曲城会叫住我："你还是等下课再回去吧，刚才你没有请示就出来，老师说……"

"不会再让我进去是吧。"我暗暗好笑，这有什么值得吞吞吐吐的："那你跑出来干什么？"

"我有点事，请假。"

"那我在外面等，你进去帮我偷听他们说什么。"看着他有些不明所以的样子，我撇了撇嘴，"我爸在里面。"

说实话，当时我是开玩笑的。但曲城却信以为真，用尽他笨拙的撒谎技巧在里面待了很长时间，不过他从办公室出来时我早已逃课离开了学校。

他哪里会知道，我对那所谓的偷听内容根本不抱任何期待，数一数已经超过五回，老师磨破了嘴皮，陈年依旧不同意让我分流。期待这东西太过奢侈了，它证实着心中的需索，是生命强度的重要指标，它不适合我。

在外面晃到晚上才回家，无论我逃课逃去哪儿，我都没有彻夜不归过，或许正是因为这样陈年才坚持我还有救。打开门就看见他坐在沙发上，电视没有开，白炽灯将屋子照出惨淡的白，太过安静以至于透出凉气来。"爸"字已经咬到齿间，声带却突然停止了震动，我垂着双手站在门口没动，右手中指上的铁戒指不知怎的突然硌疼皮肤。

"梦梦，你到底想怎么样……"陈年终于开口问我，在我听来却更像是一声没有句点的叹息。

我低着头走向自己的房间，推开门以后没有转回身，说："明天早晨不要叫我，我自己会想好怎么做。"关上门仿佛就分割为两个世界，我站在漆黑一片的房间里，闭着眼睛站了两分钟，然后将自己像一袋面一样扔到床上。

这个世界到底有什么存在的意义？或者说我存在于这个世界上有什么意义？这是我连做梦都会问的问题，只可惜那个姓周的老头依旧不会回答我。

第二天醒来时，差十分五点，外面的天还有一些暗，可是陈年已经起床了，从门底下的缝隙我看见他来来回回走动的影子。侧过身闭上眼睛，虽然睡意全无却依然不想坐起来，一滴眼泪毫无征兆地从我眼角滑落。

一直躺到七点，听见陈年出门的声音我才坐起来。他临走前在我门前徘徊我是知道的，正当我忍不住想要起来开门时他却离开了。换好衣服洗漱完毕才七点半，看着桌上摆的还剩一点点温热的稀饭，以及面包和荷包蛋，我迟疑着拿起来咬了一口，眼泪突然冲破堤坝涌了出来，嘴里的东西吐到桌子上，看起来那么恶心。

陈梦，你到底想怎么办。我也不知道该怎么办。

下午还是去了学校，因为前一天包还落在教室。走到操场发现班里正在上体育课，女生跑八百米，男生跑一千米，没有跟体育老师打招呼我就直接跑了起来。班里跑步最快的那个男生每次都可以拿满分，我觉得大概那是因为他一米八五的身高，腿长的先天优势。我始终紧追着他的后面跑，也不知道他已经跑了几圈，第三圈时他似乎是发现了我跟着他，突然加快了速度，我拼命地在他后面跑，感觉风从两边掠过去，耳朵什么也听不清。渐渐没了体力，到达终点时忍不住跪在地上，但我以后来者的身份跑了女生第一。

"喏，"我正坐在地上气喘不止时突然有一瓶水伸了过来，顺便一个影子挡住了阳光，抬起头惊讶地看见曲城的脸："刚跑完不能喝水，这是体力饮料。"

"我没事，我用不着。"

"你跑得好快，刚才老师还夸你呢。"他没有理会我的不领情，在我对面蹲下说。

"夸我？"

居然还有人愿意把夸奖浪费在我身上。

"我说，你跑完一千米也面不改色的吗？"

"我没跑啊。请假了。"

又请假。我在心里想，嘴上却没有说出来："那你那瓶水……"

"我看你快跑完去小卖部买的啊，你喝点嘛。"说完他把瓶子塞到我手上，我低下头把脸转向一边。

"对了，昨天……"他干脆坐到了我旁边，"昨天你怎么走了？"

一时没有明白他说的是什么，脑袋卡了一下才继续运转："觉得待不下去。"

"其实我也没听到什么，我在那他们说话就有顾忌，尤其是老师。不过，我刚进去时有一句听得很清楚……"

"什么？说啊，我又不会怪你。"我脸上笑着，手却不自觉地在塑料瓶上握紧。

"老师说：'真不知道您是怎么教孩子的'。"

我沉默地拧开手里的体力饮料，仰起头喝了两口，却没有感觉体力有所补充。把瓶子放在一边，手撑地站起来，阳光太耀眼了，让我突然有点眩晕。

"喂，你没事吧？"曲城大概是看见我闭上了眼睛，也赶紧跟着跑过来。

"没事，低血糖，"我闭着眼睛没有张开，"你知道吗？我就是讨厌他那副唯唯诺诺低声下气的样子，我就是讨厌他那副样子！"

"可是……那还不是因为你。"

你们有没有过这样的感觉？一瞬间全世界安静得像是什么都没有，这样说也许不准确，应该更像只有你自己近旁的空气被换成了真空。温度，声音，所有介质都隔绝出去了，你看着面前光鲜的一切都变成放映机内与自己没有关系的跳帧画面。我睁开眼睛看着曲城，我想我应该打他一巴掌，可我的身体由不得我支配，手脚沉重得像是被灌了水泥。

"对不起……"他小声说。

"没什么可对不起的……你说得对！"抬起手再次遮住眼睛，"你说得对。"

晚上回到家陈年还没有回来，他在带初三，有时候会赶上晚自习当班。我躺在沙发上看着掉了皮的墙发呆，脑子里滚动的全部都是白天的对话。

假如没我，陈年或许还可以结婚，他会有个幸福的家，有一个既听话成绩又好的孩子。

假如没我，陈年永远不用在同行面前低头，不用被资历尚浅的老师趾高气扬地责难。

假如没我，妈妈应该还在这个世界上，他们应该还很幸福地在一起吧。

"咔嚓"，门锁转动的声音将我的意识唤醒，站起来打开门，陈年看见我愣了一愣："不是说过你自己在家时把门从里面锁上吗？"

"我忘了。"

"你还没吃饭吧，我去做。"他把包放在桌上转身就要去厨房，"你要是饿了就先吃点饼干什么的，别吃太多。"

"算了，我去煮点方便面就得了。"我拦住他："哦，对了，你要是不嫌麻烦的话就给我找个老师吧，不过我大概要从头补，有没有用我可不保证。"说完我将头转向煤气炉，后背朝向外面。

曲城说："你为什么不再试试看呢？反正不可能比现在再坏了。"

他说，你为什么不试试呢？为什么不呢？

梦里面是极致的阳光，笼罩在它下面的一切都清晰得毫发毕现。篮球场上的男生汗水像自来水一样往下流，喜鹊扑打着翅膀飞离枝头，破掉的玻璃落了一地碎片在墙上反射出七色光点。可是在梦中我看不到我自己，只看到一只凭空伸出想要握住太阳的手，光从指缝穿过，变成模糊了边缘的黑洞。黑洞中间慢慢浮现出曲城的脸，他的头发肤色瞳孔全部是近乎透明的白。

"喂……"我想要叫他，却找不到发声的位置，有蝉鸣一样的声音由远及近，拔节般越来越高，越来越密集。直到我又忍不住想要叫他，声音突然连成一条尖锐而冰冷的线，和宣告生命终结的那一瞬如出一辙。

"啊——"惊醒之后赫然发觉自己正死死抓着心口处的睡衣，脖子后面一层黏稠的汗。窗帘静静垂着，一些微光打在墙上一动不动，反而让一切更像是幻觉，只有我的呼吸声在这样的深夜显得真实且骇人。

这个世界上怎么会有你这样的人，融合了所有阳光与希望，又自然而然地清醒而尖锐。我一直都想问一问曲城，可是直到最后我也没有问出口。

投之亡地而后存，置之死地而后生。这是我初三时贴在墙上的话。

所有学科中我最恨的是英语和物理，最有自信的是语文，我想我骨子里对文字之类的不反感大概是出于我一直都不太相信的遗传基因。在我家那间老偏单里一切都发了黄，透着幽幽的陈旧气味，只有陈年的屋里那个几乎占整面墙的书柜永远显得洁净明亮，仿佛可以像爱丽丝一样通过它进入另一个世界。陈年嗜书如命，那种嗜好出自天性，任何后天兴趣都是比不上的。他每天除了上课，批作业，备教案几乎手不离书，中外文学名著，科学艺术类概论或杂文，甚至一些受学生追捧的通俗小说他都会涉猎，每一本看完的书他都会用 A4 纸包上封皮，然后在正面用黑色钢笔规规整整地写上书名和作者名，分门别类摆进书柜的格子里。在我之后的人生中，每次在街上看见那种盗版书店或者是超市里被人翻烂扔在架子上的新书，都会自然地想起陈年对书的洁癖。

就是因为陈年的关系，所以当同龄的孩子还在像看动画片似的看《西游记》时，我已经读完了四大名著，遇到读不懂的文言文部分，陈年也都不厌其烦地一一讲解给我听。初一开学之后的第一次作文作业我就得了全班最高分，但是想必除了那本被收在抽屉底层的记分册，没有人还会记得。

那天我高兴地拿着修改好的那篇作文去给语文老师看，却在办公室门口听到几个老师正在用一种奇怪的语调闲聊着什么。她们在说我的这篇作文是不是陈年帮的忙，然后又渐渐过渡到我的入学和陈年有没有关系。那是我第一次在学校听到这种话，也许确实有人被误解了，被否认了，依旧毫不气馁并且更加勇于证明自己。可惜我不是，我只会迅速地罩起坚硬的壳子。

从那之后我再也没有交过作业。

"你想要的生活是什么样呢？嗯……或者说，怎么样你才觉得开心？"曲城在正式开始帮我补习英语后，曾经这样问过我。我想了半天却怎么也想不出来话来回答，只好反问："你呢？"

"其实人能活着就很不容易了，如果这么想的话，那么每天就没有不开心的理由了吧。"

"哎，你这么悲观的啊。"我听了以后忍不住笑出来，"人不可貌相啊。"

"喂，你难道不这么觉得吗？"没想到他竟然和我认真起来，"我们像现在这样过每一天，总会觉得一天过完还有一天，所以今天浪费了也没什么。可是事实上我们连下一秒会发生什么都无法预料，也许哪一天我们过马路时突然就被车撞了，或者哪一天我们突然发现自己有什么不治之症。那些因为飞来横祸而死的人，都曾经认为自己有和普通人一样长的寿命啊。"

这样的一席话，出自一个那么年轻，看起来那么阳光的男孩子，听得我不禁有点走神。说实话，连陈年都没有对我这样说过，假如只是想强调珍惜时间珍惜生命的重要性的话，这样说是不是太夸张太阴暗了呢。"那如果照你这么说，也可能产生另一种想法啊，"迟疑了一下，我还是决定把我想说的说出来，"既然随时都可能死，那么不如及时享乐，或者什么也不干，等着就好。假如每个人都这样想的话，还不只剩下世界大乱了？"

"为什么会这样想啊？"这一次换成他不理解。

"就是有可能啊，比如……我。"我无所谓地笑着，却不自觉地低下头。曲城也不再说话。

陈年帮我找的是一个已经退休的老教师，他一并帮我补习数学、物理和化学，而英语则一直没有安排。我知道陈年需要考虑的方面很多，他很清楚我本身对英语有强烈的抵触，又毫无基础可言。如果拜托一个熟人，就很容易引发不必要的问题，但如果在外面找家教他又不放心。

在发生了那件事之后我才正式请曲城来教我，在那之前我甚至都没有注意到他永远在班里排名第一的英语。人与人之间的关系真的很微妙，有些人一辈子住隔壁，但也只知道彼此是邻居而已，但兴许只要一句话，就可以点燃关系这根导线，之后的发展完全不受控制。就像我和曲城，从我们第一次说话之后，他这个人就在我的生命轨道中留下了痕迹，并且随时随地都会出现。

当我从那群人手里逃出来时，第一个看见的就是曲城诧异的脸。"你怎么了？"他看着我问。

"没事，给我找个地方，我这样没办法回家。"我摸着下巴火烧火燎的地方，没有摸到血，心里顿时安稳了一大半。

其实我只是希望曲城能够带我去他经常去的店铺或者某个同龄朋友那儿，我只是需要时间平静心绪并且编出个合情合理的谎话。但我万万没有想到的是他直接把我带到了他家。

"喂，你干什么？"知道面前的门是他家后，我立刻转身想走，他拦住我。

"我干什么？你莫名其妙把我拉你家来干什么？"

"你不是说要找地方吗？我家最好啊。"说完他就抬手按响了门铃。

"你？"我真的希望能够马上消失，他不会清楚我心里有怎样的慌乱，甚至超过刚刚面对那群危险的人，"如果你家人看见——"门却在这时迅速地开了，开门的是一个很漂亮的女人，虽然已经是中年，但依旧能看出年轻时的美人底子。我低着头在心里默默想，这肯定是曲城的妈妈，因为不只容貌，连气场都一模一样。

"妈。"

果然——"这是我同学，找我问点学习上的事。"

"行，快进来吧，来。"曲城的妈妈侧身让我们进去，我却僵在原地动弹不得。

"进来啊。"曲城伸手把我拉进了屋里，我只顾惊惶，居然没有立即挣开他。

那天晚上我都不知道自己是怎么过的，好像一直一直都在重复说"麻烦您了"。突然感觉自己变成拔了刺的刺猬，不惜任何代价愣是佯装成乖顺，还诚惶诚恐地害怕自己的丑陋会吓到别人。

该怎么形容这家人呢，虽然话都不多，却能明显感觉到彼此间那种紧密，气氛自然而然的热闹。他们看儿子带这样一个奇怪的，身上还带着伤的女孩回家，居然什么都不问，更没有用奇特的眼神打量我。他们找药给我擦，并且二话不说就在饭桌上添了一副碗筷。

我第一次面对这么多陌生人吃饭，也是第一次感觉吃饭成了一项任务，我不知道是该吃快还是该吃慢，夹菜只敢夹靠近自己的这一盘。后来曲城好像发现了，默不作声地把盘子换了一个位置，我将头压得很低，连头都不敢抬。

"爸妈，其实……"吃到中途曲城突然有些支支吾吾地开口，"陈梦家今天晚上没有人，能不能让她在咱家住一晚。"

"不用！真的不用……"我差点跳起来，却只能顺着他的谎话编下去，"我爸只是回来晚，没关系的。"

"这样啊，一个女孩子晚上自己在家确实不安全，"曲城的爸爸先开了口，但是我看见他有点面露难色，目光在房间里徘徊了一圈，大概在想还有哪里可以睡人，"妈妈晚上也有工作吗？"

我知道这是再平常不过的一句问话，每一个人都会这样问，他绝对绝对没有想过要伤害我。可是我仍旧是语塞，有些不礼貌地用沉默将话题硬生生截断。

"好了，我吃完了，这样吧，晚一点我送她回家。"关键时刻曲城站起来，我看见他冲我使了个眼色，于是也跟着站了起来。直到进了他的房间，看着门关上，我才终于舒出一口气。

"对不起，我没想到你会这么不舒服，早知道这样我不会带你来的。"

"不关你的事，是我自己不习惯。而且……你家真好。"

"哪里好？"他笑。

我摇摇头没有说话。

"我能问你个问题吗……"过了一会儿曲城又尝试着开口："你要是不想说可以不说。"

"如果你想问我妈妈的事，不用吞吞吐吐的，我根本没见过她，所以也谈不上什么感情。"

"不是，对不起，我不是想问这个。"他显然没有想到我会说这些，反而有些慌乱，"虽然我也听过一些关于你家的事，但是我真的没有想要打听。我是想问今天是怎么回事。你放学不是和李思思一起走的吗？"

"你也看到了啊，没什么，不过以后别在我面前提起这个名字。"我忍不住冷笑了一声，"她差点把我卖了。"

说起李思思，她大概是我迄今为止唯一的女性朋友。或许是不安全感作祟，不只我，每一个初到新环境的人总会很容易和第一个对自己表示友好的人建立友谊。李思思就是在初一开学第一天主动和我说话的那个人，并且在之后很长一段时间都和我走得非常近，无论我变成什么样子，她都没有附和过别人的话。就这一点，我在心里已然非常感谢。虽然我天性疏离，从没有像别人一样和她做过那些朋友之间都会做的事，一起听一副耳机或者分喝一瓶饮料，但假如提到"朋友"这个词，我第一时间也只会反应出她的名字。

李思思还是和我不一样的，她的性格开朗活泼，又十分会讲话，和其他女生关系也很融洽。我实在不敢确定她提起朋友这个词会不会想到我，但是假如能一直这样下去也就不错了，我从不奢望太多。

所以我真的很后悔让她认识沈超，从她见到沈超的那一刻起就注定了我们的关系再也无法维持。只是一直到最后我才察觉，已经太晚了。

沈超是附近一所三流高中高一的学生，长得又高又胖，因为家里有钱，总是买很贵的衣服，隔几天就学明星换一个发型，显得还不算难看。我第一次逃课进网吧时，老板给我开的机器在他旁边，他的烟灰缸放得离我很近，我很不舒服，一个劲儿揉鼻子，然后就是冲着电脑桌面发呆。那个时候我不会玩游戏，不会聊天。旁边他的屏幕上是热火朝天的战斗场面，他戴着耳机狠狠砸键盘，嘴里不时嘟嘟囔囔骂几句。

"你看什么啊？"大概是我看得太久，他终于扭过头来问我，因为戴着耳机所以声音不自知的大，周围人一下子都看过来。我不服输地一把扯下他的耳机冲着他的耳朵大喊："我没看什么！"好多人都笑了起来。

沈超有点发傻地看着我，突然很痞地笑了一下："怎么？我教你玩？"

"好啊。"

从那之后我和沈超总是在网吧见面，虽然从来没有约定过时间，但是我每次去都能遇到他。

"你是不是住在这里？"我确实是问过他，他瞥了我一眼，一句"关你什么事"就把我噎了回去，从此我再不问他任何问题。沈超玩网络游戏很有一套，我有时候会觉得他在这方面很有天赋，当然这样的才能是花很多钱堆积起来的。

起初他家知道他的情况对他依旧纵容，用他的话来说就是"我有个好爷爷"。沈超是他家三辈单传的孙子，他爷爷从小对他宠溺，一套"男孩子淘气点才聪明"的老观点让他变得肆无忌惮。终于有一天他爸妈决定不再给他用不完的钱，而他又不想去找爷爷要。我想他父母是知道他倔犟的脾气，所以才用这个办法逼他回头，可是却彻底将他赶上了绝路。

第一次看见沈超劫低年级的钱时我真的有点吓到，很快我也就见怪不怪了。我没有阻拦他，也没有和他说话，只是从他面前快步走过，我能感觉到他的眼睛一直跟随着我。在我心里，我和沈超不过是无聊的人遇到无聊的人，带着恶趣味的开始，所以根本没必要多么郑重其事。只不过从那天起我再没有去网吧找过沈超，几天后他居然找到了我的学校。

"哎，这段时间怎么没来啊？"他伸手拦住我的去路，我往左他就往左，我往右他就往右。他身上浓重的烟味让我恶心。

"我不想去了，不行吗？"

"行，来来，过来陪陪我。"他一边说着一边拉着我往学校前一块空地走，手无比用力地握住我的手腕，我清楚自己是挣脱不了的，只好强装镇定地由着他把我拉到他身边坐下。

"沈超，你到底要干什么啊？"我的手腕已经被他握出一层汗，可是他还是不放开。正在这时有两个看起来年纪很小的男孩朝我们走过来，沈超伸出腿挡住他们的去路。

"别等我动手，身上有钱就拿出来。"那两个小孩明显吓坏了，不过又不甘心就这么把钱都给他。我清清楚楚看见他俩把手插在口袋里翻了半天，掏出几块钱，小声地说："我们真没钱了。"

沈超当然也不信，他刚要开口，我把那两个小孩手上的钱接过来，对他说："就这样吧。"他看了我一眼，没再说话。

等那两个小孩走远，我才意识到自己做了什么。这一幕多么像一出排好的戏啊，一个唱白脸一个唱红脸。

"如果警察来抓，你算同犯吧？"沈超依旧是那副痞子样儿。

我站起来，又被他一下拉下去。

"你……"

"就陪我待会儿，一会儿就让你走。"他歪头看着我，"你是不是觉得我特无赖？"

"我什么也没觉得，我和你又不熟。"我并没觉得我的话有哪里不对，但是沈超却露出一种奇怪的表情，盯着我的脸好像在想什么，过了几秒他点点头笑了一下。

"去，回去上课吧。"说完他放开了我的胳膊，自己也站起来拉了两下衣服，连看都没再看我一眼，转身走了。我低头看看手腕上留下红红的印子，不痛，但很热。

第二次被沈超拦住是一天放学，我和李思思一起骑自行车往家走。突然听到有人叫我名字。我朝马路对面看了一眼，然后对李思思说："你先走吧，我有点事。"谁知道她却坚持要留下来等我，我想了想也就没再阻拦。

"你又干什么啊？"我和李思思推车过马路。

"你朋友啊，"沈超越过我冲李思思笑了一下，"你还有朋友？"

"你管呢，没事我走了。"

"借我点钱吧。"

"你自己不是有办法搞来钱吗？再说了，你乖乖回家不就好了嘛。"

"你就说你借不借吧，不借就走。"沈超也不耐烦起来。我骑上车就走，突然发现李思思不见了，我回过头诧异地发现她站在沈超旁边没有跟我离开。

那一刻我心里就有了一种奇怪的感觉，可是却也说不上来是什么。"你又不认识他，理他干什么？"我对赶上来的李思思说，"你知不知道，你借给他一次，之后他就会有十次二十次。"

"有你这么说朋友的吗？我看他是真缺钱啊。"

"朋友？"我笑，"算了，跟你说你也不明白。我先走了，拜。"正好走到平时告别的路口，我挥挥手就往右边拐了，没听见她的答话也没感觉有什么奇怪。

真正发现李思思和沈超有了更深层的关系，是从她自己嘴里得知的。假如一个人开始不由自主地提起另一个人，无论是夸赞还是咒骂，都一定是因为那个人在她心里开始占有比重。一开始我还天真地以为她只是没见过那样的人，过会儿就会讨厌，直到她问了我那个问题，我才意识到事情比我想象的严重得多。

"陈梦，你知不知道沈超喜欢你啊？"

说一点没察觉肯定是假的，就是因为察觉了所以才越发想要躲远一点，没想到李思思居然这样直接问我。

"我不知道，我和他也不怎么熟。"

"喂，别这样啦，我觉得他人蛮好的啊。再说，你们之前不是一起玩过很长时间吗？"

"你怎么知道的？"我故作惊讶地问。

"就是有一次……也没什么啦……"李思思立刻支吾了起来，我看着她一副欲盖弥彰却又忍不住想要和全世界分享的样子，有了一点不好的预感，只好也直截了当地提醒她："反正我对他没兴趣，我劝你也少跟他来往。"

"你真的不喜欢他？那……"她完全不理会我的劝告，"我喜欢他。"

我想当时我是被这个变化弄得措手不及，所以最后才从心底的五味杂陈中升华出了一种类似怅然若失的表情。但是李思思却误解了我表情的含义，她不明白我所想的"失"是什么。

于是才有了今天的事情。

恰巧今天我和李思思都没有骑车，一起朝车站走，走到学校不远处一个胡同口时她突然说她知道一条小路，比较近。我也没想什么就跟着她一起进了胡同。一直走到最里面，我看到胡同尽头墙壁的同时也看到了沈超，还有总是跟他一起的那一帮人。我顿时明白过来，不可思议地看向李思思。

"你紧张什么，我就是想找你和我出去玩玩。"沈超嬉皮笑脸地走过来揽我肩膀。

"你滚开。"我向后退了一步。

"做我老婆吧，以后没人敢欺负你。"

"你们真无聊，"我看了站在一旁的李思思一眼，转身要走，一个人过来挡在我面前，"你们到底要干什么？"

"跟我走。"沈超拉起我胳膊往外走，我突然用另一只手一拳打过去，然后趁机撒腿就跑。后面第一个追上来的人一把把我甩到墙上，脸蹭到凹凸不平的石头当即一阵刺痛。沈超走过来，眼睛里开始有不甘心："厉害啊，居然会动手。"

"想不想再试试？"我扬着头看他，可再一次挥过去的拳头却很轻易被他架住，强压下心里的慌乱，我抬脚使劲儿朝他膝盖踢过去。

很幸运，这一次后面再没有人追过来，可是我还是用尽全力跑。直到跑出胡同看见曲城的脸，才突然感到安心。

"那你以后怎么办？"听完我避重就轻，极尽简略的讲述之后，曲城依旧一脸担心的模样。

"只能自己小心些喽，反正我爸给我请了老师，以后我可能不会经常去学校。"

"请了老师啊，那就好，其实有些课还是挺简单的。"

"那是对你而言好不好！"

自然而然就调侃起来，仔细想想发生了这种出乎意料甚至可以说惊险的事，却没有留一点点阴影在心里，这时候反而还能轻松地交谈，真可以算奇迹。说话间曲城从书包里掏出英语题册开始做，我惊讶地发现他下笔飞快："哎，你英语这么好啊？"

"凑合啦。"

"你帮我补英语吧，我可以让我爸付你家教费啊。"

"啊，不行，我不会教别人。"他停下笔转回头来："再说怎么能收钱啊。"

"那这样，你教不会我，我不付钱。我保证我是天底下最难教的学生。"

"这样啊……好吧，不过我也有条件。你只要开始学了就要好好学，否则就是在耽误我的时间。"曲城煞有介事地伸出手来，"成交吗？"

虽然心里很没有底气，但是怎么听都觉得他话里有挑衅的味道。哼，谁怕谁啊。我伸出手和他握住："就这么决定了。"

"你这样回家怎么说啊？"差不多八点的时候他开口问我。

"说摔的咯，没事，又不严重。"我看了一眼表，"不早了，我该走了。"

　　最后是曲城把我送到车站，我跳上车后回身冲他挥了挥手，车子刚刚发动我却又想到件关键的事想要下去："司机，停车，对不起，停一下。"

　　"搞什么，没带钱坐什么车啊。"司机是个中年女人，尖酸地甩了这么一句给全车人听，却还是踩了刹车。

　　我跳下去，跑回已经走出几步的曲城面前，吓了他一大跳。

　　"你怎么……"

　　"你有手机吗？把号码给我。"

　　"你就为这个啊，"曲城一副很无语的表情："又不是以后见不到。好，你记着，137×××××××。"

　　"好了。拜拜。"我记下来以后冲他摆了摆手，却被他拉住，"干什么？"

　　"礼尚往来你应该懂的吧。再说，你是不是还得再等一趟车？"

　　我木木地看了看他，又看了看空荡荡的车站，不好意思地抓了抓头发："哦……"

　　又等了二十几分钟，车来了。

　　"那……再见了。"

　　"再见。"曲城的脸即使在晚上看起来还是非常白皙，他轻轻笑了一下，却让我感觉有些不真实。车已经停到面前，我迈上台阶，车门关闭的一瞬间好像又听到他的声音，"我觉得你黑头发会比较好看。"

　　猛地回过头，看到的只是他的背影。

　　最后我找了很多理由，比如"长时间染头发对身体不好"，"觉得麻烦了，黑色省事"等等，终于又将头发染回了黑色。回到家时，陈年只是放下了手里的书看了我一会儿，随后点点头说："这样挺好看的。"连陈年都不会听我说什么理由，我也不清楚我到底想用它们掩饰什么。

　　但是镜子里的那个人虽然有一些陌生，却真的很好看。"他"低下头看了一眼亮起的手机屏幕，上面标题为"曲城"的信息内容写着——"明天我去你家"。

　　曲城来时，陈年在学校上课，他进门时脸色不太好，扶着门框一直喘气。

　　"喂，你会不会太夸张，六楼是有点高，可我每天也是这样上来的啊。"

　　"我家是一楼……你又不是没去过……"

　　"你这是缺乏锻炼，以后常来就好了。"我拉开一把椅子自己坐，然后指着旁边一把，"老师请坐。"

　　"你以后能不能去我家？"

　　"不要，我不习惯去别人家。"

"你不是觉得我家很好吗？"

"是，但是……你就当我触景伤情，不行吗？"我原本是半戏谑口吻说的，表情也是装出来的。但曲城却当了真，我看着他那种略带悔恨的手足无措，扑哧一声笑出来，"骗你的啦！我很会骗人，你要当心。"

"咳，你头发真的染回来啦？"曲城显然有些窘，立刻转移了话题，"你这么久不在学校露面可以吗？万一算旷课，你可就惨了。"

"啊，坏了，我真的没请假，怎么办？"

"你……算了，以后我帮你请好了。"

"哈，你又上当了。"我都不知道自己笑点什么时候变得这么低，也不知道自己什么时候变得这么爱和人开玩笑，"我爸都有去和老师说好啊。"

"今天讲过去时……"曲城坚决地不再理睬我，开始用题整治我，"记得，我讲过之后会出很多很多的题，直到你百分百做出来为止。"

"你这是公报私仇！"

"一般过去时态：表示过去某一时间所发生的动作或存在的状态。谓语动词要用一般过去式。时间标志是：yesterday，last week……"

"我讨厌你！"

"你怎么变得像个小孩一样？"曲城终于受不了我的精神不集中和吵吵闹闹，扭过头看我，"你以前不是这样吧？"

"哪有……"我低头将视线转移到桌面他的笔记本上。很漂亮的连笔钢笔字，在那个年纪很少有人真正会写连笔，经常是想写却写不好，最终将字练得跟草书一样。我就是这样子。

这个人究竟有什么不会啊。虽然觉得很对不起，但我还是忍不住魂游天外。

在整个灰暗而混乱的初中生活最后，我迎来了一片不大不小的阳光，它悄无声息地融化了我坚硬的外壳，不动声色地改写了我命运的轨迹，不知不觉让我不再愿意只有自己一个人。

他叫曲城。我一辈子都不可能忘记这个名字。

第四章　一起

　　每到冬天我都会回想起我和绍凯在离城刚下火车的那个除夕夜，那是我生命里最冷的冬天。

　　离城刚刚下过一场大雪，大马路上满是泥泞，人少的小道还都是冻得死死的冰凌。鞭炮已经放过一轮，空气里有浓重的火药味，鞭炮的碎屑和泥水混在一起显得更加肮脏。只有一些人家窗户上挂的灯笼才把夜幕映出一点点应有的喜庆。人们这个时候应该都团聚在屋子里看春节晚会吧，所以仍在街上徘徊的出租车才显得特别寂寞。

　　从下了火车的那一刻起我就不安到发抖，陌生的空气，陌生的道路，陌生的人……绍凯身后背着吉他，右手提着我的包，左手拉着我的手，我跟着他跌跌撞撞向前走，脚下经常打滑，几度要跌倒。心中满满的不确定和空落无着让我根本想不清自己在做什么。

　　"来，进来。"走到一家还在营业的快餐店门口，绍凯一把把我拉了进去。店里一个客人都没有，只有一个年轻的女营业员坐在收银台里面发呆。看见我们进去，不太情愿地站了起来。

　　"我不饿……"绍凯把买的汉堡塞到我手里什么话也没说，转身坐到了一边的椅子上。

　　"喂，你呢？你也一直没吃东西啊。"

　　"你快吃吧，管我干什么。"

　　"不行，要不然我也吃不下去。"我转身要再去买，绍凯站起来愣是把我拽过去，按在椅子上："限你十分钟吃完。"他的语调让人完全找不到温柔的部分，冷淡又蛮横。可是我的鼻子却突然一酸，只好转头不看他，把汉堡使劲儿往嘴里塞。

事实上我们在快餐店里待了二十分钟，并不是我没有吃完，而是绍凯一直都不动，直到我忍不住推了推他，他才缓缓对我说出一句话："你后悔吗？我可以送你回去。"

"不、用、麻、烦、你、了！"我一字一顿地说完，站起来往外面跑。

"喂，你别跑！"绍凯飞快地追出来，只是他的手还来不及拉住我，我就脚下一滑摔到了地上，膝盖撞在冰上疼得麻木。

"你……来，起来。"

他试图拽我的两条胳膊将我拉起来，我狠狠打开他的手："滚，你走你的，我怎么样用不着你管。"

绍凯站在原地看着我半天没有说话，然后慢慢蹲下来，把自己的外套脱下想要披在我身上。

"我不要！"

大概是我的态度真的惹恼了他，他又把外套穿上，我以为他真的要丢下我了，没想到的是他硬生生地把我从地上提起来塞进了怀里："那就只能这样了。"

"你……"因为猝不及防，甚至连抵挡的姿势都没准备。那个时候我和他其实也就是比陌生人稍稍熟一点，可是我没有挣开他，我觉得自己已经快要冻僵了。绍凯把我死死裹进他的怀里，毫不吝啬地将他的温度传给我，竟让我在片刻有了安心的错觉。

在后来更加漫长的日子里我渐渐发觉这就是绍凯的特质，他就如同一个发热源，只要你要，就不会停止供给，哪怕他也寒冷到极点。也许是感觉到我也在紧紧回抱着他，他抬起手摸了摸我的头："别怕，我在。"

快餐店门口就有一个电话亭，绍凯看了看我的腿，让我先去里面坐，我不肯。

"你怎么这么倔呢？"他一边无奈一边从口袋掏出一张纸，按上面的号码打了过去。大概半个小时，一辆出租车停到我们面前，一个男生冲出来和绍凯抱到了一起，然后又互相给了对方一拳。

他们这种表达感情的方式吓了我一跳，可是我实在是太累了连一点情绪波动也没有，禁不住紧紧闭上了眼睛。"喂，你没事吧？"绍凯的声音却让我不得不清醒过来，那个男生也站到了我面前。

"没事，有点累。"

"这是我小时候就认识的兄弟，孙亦。"绍凯给我介绍完，又转过头向人家介绍我，却一时找不到合适的称呼："这……"

"我知道，不用说，"孙亦很了然地把绍凯往旁边一推："你好。"

我当然知道他以为的是什么，但我竟然也找不到更合适的解释，只好点头回应："你好。"

那一晚，孙亦把我和绍凯安排在一家旅馆里。"那你们先睡，明天我再来找你们。"孙亦说完冲我摆了摆手，然后又和绍凯说了几句话，像他来时一样迅速地走了。我想他也急着要赶回家吧。

我知道孙亦只开了一个房间，幸好还是个双人间。我坐在其中一张床上有些不知所措，谁知道绍凯直接在另一张床上躺下，连衣服也没脱就睡了。

我又坐了一会儿，终于被一直在血液里不停折腾的疲倦打败了，我枕着自己的包，抱着被子昏睡了过去。一直到太阳光亮得受不了，我才张开眼睛。第一秒映入眼帘的就是对面床上绍凯的睡脸，那一刻陌生的感觉再次袭来，可是心里却仍是死水一般的平静。

小心翼翼地下床走进卫生间，想到肯定没有热水，我还是拧开了淋浴。我需要一个密闭的空间安静一下。

洗到一半的时候，我听到逐渐靠近的脚步声，门被推了一下，幸好我插了门闩。

"我在里面，你能等会儿吗？"

"哦。"绍凯含糊答应一声，然后我听见开门出去的声音。

我迅速收拾完从卫生间出去，正巧碰见绍凯回来。

绍凯刚刚想要再说什么，敲门声止住了他，打开门却不见人进来。

孙亦进来看见我，立刻招手："美女，早上好。"

"你小子怎么还这样啊，从小看见女孩就叫人家美女，到现在还不改。"绍凯拿起桌子上的空烟盒朝孙亦扔过去。

"你反应用不着这么大吧，我不过是实话实说啊。"

我将头转向窗外，不打算加入他们两个的谈话，但是这样的沉默好像就代表我默认了我和绍凯的关系。好吧，也许从与绍凯上火车那一刻起我就已经有了这样的准备，活在这个世界里既然一定要与人构建关系网，那么这种关系会显得更加有温度一些吧。

当然，同时，也最脆弱。

大年初一孙亦带着我们跑了一整天，原本是想租房子，但转了几家中介之后发觉，这对我们来说负担太重了。

"啊，对了，"关键时刻孙亦突然想起来，"我倒是有个地方能让你们随便住，就是……"说着他看向我，明显是有所顾忌，"那房子原先是我外婆住，最后我外婆也是死在了里面。但是是正常死亡啦，好像是心脏病突然发作吧，我知道你们女孩害怕这个。"

他的话还没说完我就听见来源于我心里的咯噔一声，好像有什么东西掉落在身体里的黑洞，吞噬的声音令人不寒而栗。离城的冬天怎么这么冷，用力呼吸竟然会带来五脏六腑都结冰的错觉。

"你很冷吗？谁叫你一大早用凉水洗澡的？"绍凯好像发现了我的不对劲，伸出手贴了一下我的额头，"不烧啊。"

"我没事，就是有点怕冷。孙亦，麻烦你了，我们就住你说的那里。"

绍凯诧异地看了看我，然后笑出了声。

我知道，他认为我在逞强。而我心里在想的却是：一个人若连死都不怕，还怕什么鬼怪。

我怕的只是无处不在的太过相似的真实，怕它们硬生生拖我进回忆的陷阱。

"喏，就是这儿了。"坐了好一会儿车，最后到了一个有些偏僻的地方，全部都是四合院似的平房。孙亦带我们走到一个大铁门前，用钥匙打开，领我们进去。一共有三间屋子，里面有极简单的家具。看得出来已经很久没有人住过了，到处都是厚厚的灰。我踮起脚把墙上小小的窗户推开，灰尘立刻飞扬起来。虽然陈旧但却比我想象的好很多。

"你们两个去买点东西回来，这儿我收拾。"拉开随身背的不大的包，里面是全部的行李，掏出本子撕下一张纸写了些必需品，交给绍凯："给。"

"你一个人收拾？"那两个人异口同声。

"难不成我还要指望你们帮什么忙啊，不想再住几晚旅馆的话就快点去。"突然想起来最重要的事，从包内层翻出钱，"我带的钱比较多，先用我的。"

"你自己留着用吧。"绍凯没有接，拉孙亦转身出去，"那我们一会儿回来接你吃饭。"

像铅笔画一样灰而静的陌生院子，终于只剩下我自己，陡然而生的空白让我有时间去想这短短两天中发生的事。可是我能够记得的只有登上火车前最后望见的安城，万籁俱静，无星无月的天空将人们罩在无形的屏障之中，而我却在一片安逸里选择逃离。在火车上时睡时醒的一天一夜后，我终于将自己抛向了崭新的生活。

它不美好，不安全，甚至没有归属感，但或许这就是冥冥之中我所选择的。我以为假如从一开始就不去寄托希望，那么现实就将会返还更多的绝望。只是我低估了自己，也低估了命运。它在我即将跌落谷底粉身碎骨的时候扔给我一条绳索，而一直以来在逆境中生存的惯性促使我紧紧抓住了它，有时候我甚至觉得那并不是我，因为我应该非常不属于那根绳索才对。

从下午三点一直不停地收拾到晚上七点，终于把三间屋子都擦干净，院子也扫了扫，洒了水。我靠着墙壁坐在地上，竟然睡着了。只可惜也就刚刚睡了一小会儿就被开门的声音弄醒，模模糊糊地睁开眼睛，抬头看见绍凯站在面前。

"你们回来了啊，我是在哪儿……"

"你到底怕不怕冷？居然在院子里睡觉。"绍凯俯下身，一条胳膊环过我想要抱我起来，"先回屋子再说。"

"不用，我自己……"想站起来却发现没有力气，只好任由他把我放到房间里那个只有铁架子和木板的床上。

"早知你这样给你带点吃的回来算了，省得折腾。"绍凯想了想回头对一直站在门口的孙亦说："要不然改天吧，今天实在……"

"有什么事啊，别管我，我没事。"

"出去吃饭，顺便认识点朋友。算了吧，你今天够累了。"

"我跟你们去。"

"你……真是……"绍凯无可奈何地叹了口气，把手放到我头上轻轻摩挲了两下，"要不然你先睡一会儿？"

这突如其来的温柔将我定在了原地，竟有点不知所措。绍凯是个好人，也许就是轻易确认了这一点我才会有和他一起离开安城的冲动，同样地，哪怕只是这短短的相处时间我也能发觉他是个不算讨厌的人，是个温暖却不懂得表达的人。我努力微笑着说："我饿了，想快点吃东西。"

他没料到我会这么说，又一次被我逗笑了。

"哎，你怎么这么容易笑啊？"

刚刚那只温柔的，满是安抚的手轻易地将我的头拉向他，紧接着他吻住我的嘴。这一系列动作太过迅速，我只能睁大眼睛，脑子里唯一能反应出来的，是当他的舌头伸进我的嘴里时，他又用另一只手死死抱紧了我。

这是与年少羞涩的亲吻完全不同的，属于成人，充满侵略性的吻。我正觉得缺氧到将近窒息，他突然放开了我，冲门口一直佯装看天的孙亦很随意地耸了耸肩："走吧。"

背对着绍凯，我咬着嘴唇死死闭了闭眼睛，然后站起来当做什么事也没发生一样和他们一起出去吃饭。

在一家火锅店里我们见到了阿毛和小哲，都是年纪差不多的人，彼此并不会太生分，不一会儿就聊得热火朝天。原来是孙亦知道绍凯有想组乐队的心，特意给他介绍来两个人，一个会架子鼓一个会电子键盘。

"那你们现在住哪儿？"绍凯问。

"他们跟你们一样，"孙亦把话接过来，"所以我正好想，你们那儿有富余房间，干脆大家搬到一起住得了。"

"行啊，那就这么定了。"绍凯似乎很高兴，一只胳膊揽着我，"大家住一起没问题吧？"

我微笑点头。

反正所有的事都在以一种极快的速度自顾自发生着，早已脱离我的预想，我也懒得挣扎，接受似乎是我唯一能做的。只是想要清净的生活，居然一下子又涌出这么多人，我终于开始相信，每个人的生活其实都是由一拨又一拨的他人构成的。

尤其是在知道了他们每个人身上的故事后，我更加觉得这一切都是注定的。

那一晚生命翻天覆地的巨变，包括从一个女孩变成女人。整个过程中我一直闭着眼睛，极力想要压抑自己的痛楚和喘息，却还是在他进入我身体的那一刻叫出了声。当一切结束，绍凯沉默地擦着床单上的血迹，再一次靠过来吻我，我清楚地感觉到那是发自内心的。

只是——如果可能，我宁可他永远都是逢场作戏。然后戏演完，就可以不回头地各奔东西。

几乎只用了三个月我就彻底适应了这样的生活，我开始像从前一样笑，一样说话，我无比厌恶自己拥有这样强的生命力。绍凯他们开始接一些商家的活动驻演，赶上节假日的时候会有一段活儿很多，但有时候也可能几个月没有收入。我们的生活一直只是尽力保证过得去，甚至于一开始的时候连这样也无法保证。

这个社会永远不会是一个美好而公平的地方，它最善于的是让人顺从它。天真的人变得复杂，热情的人变得冷漠，纯洁的人变得肮脏。它也习惯造就食物链，富人压榨穷人，商人欺骗顾客，甚至于各个职业间也有贵贱的区分。

像绍凯这样的人也许是最不适合这个社会的，他天真，他鲁莽，他倔犟，最重要的，他还善良。假如他是去打工，每月拿稳定的工资还好，但是他偏偏要搅入最最混乱，没有保障的领域。

一开始看到他身上有伤回来我还没有太在意，后来次数多了我才意识到不对劲，可是无论问他们谁，说的都是统一口径的谎话。为此我还和他吵过，让他管管自己的脾气，每次他都嘻嘻哈哈地一带而过。

纸包不住火，即使是刻意掩埋的火线也有被点燃的那一天。只是我没想到过这么久我才会知道真相，知道在我看不见的地方绍凯面对的是什么。事实上绍凯给他爸爸送完葬处理完家里剩下的事回来之后很长一段时间精神还是不好，我经常会看到他一个人坐在屋里发呆，实在觉得这样不行，我就跑过去蹲到他对面。

"喂，你不说话好冷清。"

"我没不说话啊。"

"是是是，你说了，'好'、'嗯'、'对'、'行'、'没事'，能不能再多点？"

"我没事，"绍凯摸摸我头顶，"真没事。"

"你看你看，又是这句，"我扭身坐到他旁边，故意张大眼睛嘟着嘴逗他，"跟我学。"

"真丑。"

"哎，还没人说我丑呢。你笑笑嘛，我这样，人家都会笑的啊。"

"还有谁？"绍凯被我这句话惹笑了，"除了我还有谁？"

我无法掩饰地失了下神，然后立刻假装生气地背过身去，"看来不用担心了，还会吃醋呢。"

"你从前的男朋友一定特别好吧，"他从后面抱住我，下巴抵在我的肩膀上，"肯定特别疼你，是不是？"

"绍凯……"我把手覆在他的手背上，向后倒在他的怀里，"你对我最好，真的。"

他低头用脸贴了贴我的额头，小声说："笨蛋。"

第二天醒来时身边已经没有人了，枕边留了一张纸："我们出去了，看你睡得像只小猪一样就没叫你，自己记得吃饭。"

你才像猪呢，字写得跟小学生一样。我在心里对着一张纸反击，嘴角却开始牵起笑容。围着被子坐起来，外面的天气看起来很好，那么一会儿去超市买些吃的吧。这样想着我将刚才那张纸反过来，在空白的一面潦潦草草写上一些话。

　　曲城：

　　我现在的一切你都看到了吧，我真的已经很满足了，很多时候我都在想一定是你怕我寂寞才会让他及时出现在我的世界里。你走之后原本什么也不相信的我开始相信命运，缘分，灵魂，相信你依旧在很幸福的地方，也许真的只有先去相信才有可能成真吧。这也是你教我的。

　　曲城，其实我已经慢慢开始减少想你的次数了，只是有一些习惯还没有改掉，有些时候恍惚以为你还在可明明已经过去了那么多年。最近的这段时间好像越来越多的人开始发现你在我心里的存在，也许也包括绍凯，甚至有几个瞬间我觉得他什么都知道。我记得你曾经说过，往往我们越想欺瞒越以为不可能知道的人，越是洞若观火。

　　离城你从来都没有来过吧，起初我觉得它是个灰色的、死寂的城市，但是时间越长我越觉得它内里有着很强烈的暗涌，冷漠的只是外壳。或许我也可以爱它，习惯它。

　　我希望不久之后我就可以有回去看你的勇气，一定会有那么一天。我想笑着到你面前，也许他会和我一起也说不定。曲城，祝我幸福吧。

　　我很想你，真的真的很想你。

——陈梦

　　是到离城之后我才知道有超市免费购物车这种东西，也终于发觉曾经的自己对生活是多么一无所知。原来有许多许多人这样生活，他们为了省掉一块钱的公车费即使冬天也宁愿站在外面等只有整点才会发，又经常有变动的免费车；他们不在乎售货员尖酸刻薄的话语和不屑的眼神，总是把很贵的散装糖和坚果偷偷放进口袋，还不忘尝上几个，他们经常拿完东西不出几步又觉得不值得，随手扔在任意一排货架上，麻烦了理货员。如果把他们放到电视里公诸于众，就是每个人都会讨厌的典范：吝啬至极，世俗，刻薄，好攀比，又因为比不上而满心仇富，他们唯一懂得的绝技就是生存。可是他们才是生活的最佳代言，是我们身边的绝大多数，甚至是我们正在或是已经成为的人。

　　我现在住的地方有一家超市的免费车会到，每次我都和一些老太太或是中年妇女一起坐，时间久了什么别扭，什么格格不入就都通通变成了习以为常。有一次车上有对母女吵架，看起来十几岁的女儿脸上满是不耐烦，埋怨妈妈非要坐这个车："就是一块钱嘛，要不坐这个咱都到了，等这么半天，至于吗？"

"你这是不当家不知道柴米贵！"她的妈妈大着嗓门数落她，突然转头看到了坐在斜对面的我，指着我对她女儿说，"你看看人家姑娘。"

我有点尴尬地笑笑："阿姨您别这么说，我以前也这样。"

"我看见你好几次了，都是自己，一个人住？"

"……嗯！"随口应付了一下，"打工，在这租的房子。"

刚刚还和自己女儿剑拔弩张的妇人立刻"啧啧"了起来："年纪轻轻，真不容易。"

我不知道该怎么反应，只好僵硬地牵了牵嘴角把头转向了窗外。

超市里面的菜要比外面市场略微贵一点，但是看起来确实新鲜又干净，所以偶尔也会买一点。我拿袋子装了些番茄和黄瓜，鸡蛋是一定要在外面买的。路过卖面包的地方，我停下挑了几个放到篮子里，一定要让他们俩养成好好吃早点的习惯，至少出门要随身带上一点。

我喜欢在超市里到处乱转，反正回去太早他们也没回来，仍然是一个人。超市入口靠左手边的地方是图书音像区，我把篮子放在脚边，随手翻看起架子上的书来。其实并没有仔细地去看书名作者，只是本能反应拿了最触手可及的一本，翻开来，空白扉页上的四个字赫然映入眼帘，我的视线被吸住久久不得动弹。

送给爸爸。

想起了陈年对于书的洁癖，意识像固体一样突然撞回脑袋里，我飞快地把书放回原处，跑去结账。我想快点回家了，我想看见绍凯的笑容，只有这样我才有力量不去胡思乱想。

刚刚走到院门口就发现门开着，里面有声音。这么早就回来了吗？我很高兴地提着东西跑进去："你们回……"

"你想弄死我啊，痛！"

几乎和我同时出现的一句话让我停下来："你们……怎么了？"

绍凯他们背对着我待在乐器房里，准确地说是绍凯坐着，阿毛和小哲站在他两边。

"梦儿，你先别过来，回屋，乖。"

他不说这句话还好，每次只要他一说出"乖"，就肯定又有事不想让我知道。直觉告诉我，出事了。

"你又……"我把东西丢在地上跑到他面前蹲下来，却被眼前的景象吓住了，"怎么了……啊？"

　　绍凯左半边脸几乎被血糊住，看不清伤口究竟多长多深，血还在向下淌，衣服上都染上了不少。我抬头看小哲和阿毛，发现他们脸上也有伤，但是没有这么严重。

　　"到底怎么回事？你们俩，说啊！"

　　"你别问他们了，没事，不就流点血吗？我就是怕吓着你。"绍凯说着不在意似的用手指去碰伤口，却忍不住拧了下眉头。

　　"你别用手碰……走，去医院。"

　　"刚才我们就说去医院，可他死活不干。"阿毛在后面小心翼翼地开口，我突然气不打一处来。

　　"你们是死人啊，他不去你们不会硬拉他去啊！"

　　"梦儿！"

　　"你……好好好，我们先回屋，我帮你弄，好不好？"我觉得这时候实在不适合再冲绍凯发脾气。扶他站起来，回头对站在原地表情奇怪的那两个人说："马上给我弄来棉签，纱布，酒精，紫药水还是红药水的那些，不管是去买去借，马上！"

　　所幸的是这次两个人的速度快得超乎想象，我刚让绍凯在床上坐下，他们就把药箱放进来，然后立刻跑回了自己屋里。我也顾不上问是从谁家借的，有没有吓到人家。"看来以后也得准备一个，多大的人了，还打群架。"我根本不懂怎么处理伤口，胡乱地用纱布蘸上酒精，想先把血擦掉，看看伤口究竟怎样。

　　"太痛了你就说，我轻点。"

　　"你总比那俩死小子强。"

　　伤从额头一直到太阳穴，裂得不整齐，甚至还在里面找到一小块碎玻璃。绍凯一直紧蹙着眉头，却顶多只是微微吸一下气，也不喊疼。他越是这样，我就越不敢下手，拿棉签的手都在抖。

　　"我不管你了！"实在弄不下去了，我把东西一扔，脸扭向一旁不看他。

　　"怎么了？来，让我抱抱。"绍凯伸手把我的头转向他，拉到怀里，大概是看到我眼圈红了，顿时有点慌，"没事没事，你看都不怎么流血了。我知道你心疼我。"

　　"谁爱管你死活啊……"

　　"不管我？那你一副要哭的表情干什么，来，笑一个。"

　　我真的快要哭出来了。绍凯用手指碰碰我的眼睛，用力将我整个人向怀里紧了紧："不哭不哭，乖。上点药就行了，快点，要不然我真要流血致死了。"

我深吸了一口气，咬咬牙，给他涂上药，然后用纱布盖好。

"我怕会感染啊！"

"要是这伤在你身上，二话不说就去医院。我就不用了。"

"你啊……"我伸长胳膊抱紧他，把脸贴在他胸口，"你就不能对自己好点吗？就算为我也不行吗？"

"傻丫头。"

"告诉我，到底怎么回事？"

"没事，就是打了一架。不过要是留疤就坏了，我这张人见人爱的脸不就毁了么。"

"臭美啊你，"我忍不住抬手打他，只是很轻的一下，他却露出痛苦的表情来。

"你身上还有伤是不是？把衣服脱了给我看看。"

绍凯果断地抓住我想脱掉他衣服的手，一脸痞子样地问我："小姐，你这随便脱人家衣服的毛病谁教你的？"

"我……你……"

"笨蛋，我是装的，这都看不出来，"绍凯看着我又生气又无可奈何的样子坏笑，"我困死了，你让我睡会儿。"

"那行，一会儿吃饭我再叫你。慢点，别碰到伤口。"

"嗯！"绍凯很顺从地点头，躺下之后又伸出手来摸摸我的脸，"听话，不许哭。"

我坐在床边看着他，一直到确定他睡着才轻轻把他衣服拉开，如我所料肩膀上面一大块乌青。"你才是笨蛋，真痛为什么要骗我……"我俯身亲他肩上的伤，眼泪趁机垂落下去。

绍凯啊绍凯，你从来都不知道，其实我宁愿你对自己好一点，宁愿你不为我做任何事。你的付出对我来说太过沉重，你给我的好，为我受的伤，让我越来越觉得自己是个罪人。如果可以，我宁愿你对我这样一个萍水相逢的人没有那么深的感情，也许那样我就可以告诉自己，我离开你，你反而会过得更好。

现在，你要我怎么办呢？

站起来走出去，尽量小声地把门掩上，转身的瞬间被旁边倚墙站着的小哲吓了一跳。

"你在这儿多久了？"

"阿凯他……"

"睡着了，现在没事了。可他那伤口太深了，肯定不容易好。你告诉我，到底怎么回事，他什么也不说。"

"陈梦，对不起，他脸上的伤是我……是我弄的，对不起。"

"你说什么？"我一下子蒙了，下意识握紧了拳头。

"你想打就打吧，我真不是故意的，我没想到阿凯会去挡啊……"

"你给我一个字一个字说清楚。"

"那群人不是人，他们仗着有合同想白使唤我们。其实上一次已经差过一次钱，说下次一块儿结，我们就没说什么。今天到那儿没过多一会儿他们就告诉我们没事可以走了。我们去要钱，结果他们说他们也没赚钱，还拿出五十块钱假惺惺地扔给我们……你知道阿凯的脾气，本来我们没想打架，只是想得到我们应得的。没想到刚争论了两句他们竟然叫来了商场保安，说我们闹事！"

"然后呢？"

"他们手里有东西，下手又狠，我们根本打不过。后来打红眼了，我从旁边抄起一个玻璃瓶就朝他们的一个人扔了过去，我……我没想到阿凯他会扛那一下啊。"小哲低着头，头发遮住他的眼睛，"当时一见血，他们那边也傻了，跑得比他妈兔子都快！我冷静下来才觉得后怕，我要是真把他们中的谁开了……现在我应该在公安局，连个能交保释金的人都没有……"

听完他的话我只觉得喉咙锁得很紧，我尝试着掐了掐自己的脖子，仍是觉得呼吸困难。

"小哲，你应该知道，"犹豫地抬手拍了拍他肩膀，"如果今天你出事，我们不管怎样，也要拿钱把你救出来。所以……你不用内疚什么，懂么？"

"陈梦，那天的事，对不起。今天我看得出来你是真的着急。"

"我早忘了，"我笑笑，"我去做饭，你进去帮我看着点他，我怕他睡觉碰到伤口。还有你们俩也擦点药。"

把锅放在炉子上，倒上油，突然就僵在原地什么都做不了，指甲像是快要陷进铁里面。一大滴眼泪砸进锅里，滚烫的油星溅上手指，我把手指含进嘴里，无声地哭出来。

做好了饭回到屋里，却舍不得叫醒他。绍凯，你到底是笨还是聪明呢？如果说你笨，为什么你能反应得这么快，可是一个不会保护自己的人，可以叫聪明吗？我伸出手轻轻把他额前的头发撩开，却察觉到异常。

"绍凯，你醒醒，醒醒，你在发烧！"

"怎么了……"

"你在发烧！起来，我陪你去医院，快点。"

"不用……你让我睡会儿就好了，发个烧，睡一觉就好了。"

"你是故意的是不是？"忍耐了一整个晚上的情绪终于爆发出来，我从床边跳起来，摔门出去。然后坐在门口，把头埋在膝盖里。

"你怎么了？怎么反应这么大……"绍凯追着我出来，蹲在我对面，捧起我的脸，"怎么又哭成这样啊，我投降，投降行了吧？"

"我求求你，别这么吓我……"

"梦儿……"

"我求求你了，别吓我了行不行，你不能有事……"

"我求你……"

熟悉的感觉从记忆深处涌现出来，轻而易举地击碎了我的神经。那种撕心裂肺的感觉，强烈得让眼前的所有事物都失去意义，包括绍凯抱紧我的手臂。这样的重复太让我害怕，以至于我开始分不清我身处的是过去还是现在，意识逐渐模糊起来。

"绍凯！"我猛地睁开眼睛，想要坐起来，一双手臂温柔地将我按到枕头上。绍凯责备的声音在耳边响起来："傻丫头，你自己烧得这么厉害，你不知道吗？"

"我？"我才反应过来，自己好像是在医院，"我不记得……"

"你吓死我，居然能哭晕过去，咱俩谁照顾谁？"绍凯手停放在我的额头上，"烧了一夜，总算不烧了。"

"你呢？你也在发烧，还有你……"我挣扎着又要坐起来，绍凯赶紧坐到病床上，把我抱到怀里，我才终于安心一点。

"托你的福，我比你轻多了。梦儿……"

"嗯？"

"你昨天那样真的吓到我了，"他的手插在我的头发里，我听到他不说谎的心跳声，"以后不准这样了。"

"那你答应我，永远也别拿自己身体开玩笑，行么？你答应我，你一定要比我晚死，行么？"

"你瞎说什么？你到底怎么了？"绍凯把我身体支开一点，看着我的眼睛。我只是摇摇头，又重新窝进他的怀里。

我只是害怕而已。如果你死在我后面，也许你才能理解我心里的感觉。但是，我怎么舍得，让你也感受那种世界末日一般的黑暗。

第五章　或许

　　总的说来，离城是一个人均收入并不高的地方。外来打工者居多，奢华的楼盘非常少，平房也还没有绝迹。但奇怪的是酒吧和歌舞厅的霓虹招牌在夜晚倒是鳞次栉比。有的时候会想起安城，那时候我家与周围许多的人家比绝对算不上富裕，但从小我有独立的空间，家里有厕所和淋浴。只是电视还是古老的 21 寸，因为陈年并不太喜欢看电视。现在我和别人一起住在一个院子里，周遭每隔一段时间就会谣传一次要拆迁，甚至有一次真的来了拆迁办，说要在这块地方建大的商业区，但最后却因为投资商的问题只拆了外围几户就不了了之，还打起了官司。屋子里只有老旧的木质桌椅和很高的木板床，没有电视冰箱洗衣机这些电器，甚至连煤气和暖气都没有。学会了的是如何在夜里封好炉子，好让冬夜显得更暖一些。洗澡要去公共浴池，看着陌生人或饱满或枯萎的身体，有时候莫名会感觉害怕，人多的时候蒸汽几乎能令人窒息。所幸的是旁边就有公共厕所，很近，夏天的时候地上会爬许多白色的蛆虫，如果是夜里，就只能用尿壶那种东西。

　　但奇怪的是除了最初短暂的一段尴尬，并没有感觉到苦，从来都没有感觉有什么苦得难以承受。只是经常有一些自己以为不曾在意的场景片段，经过时间的沉淀，在显影液般的记忆里慢慢浮现，真切得像是随时会出现在眼前。

　　我和绍凯两个人都不用手机，我的手机在我出来的那一天留在了安城的家里。至于他，我想也一样，是为了能更干干净净地和昨天了断。反正一直以来我们的交际圈子就是周围这几个人，根本没有打电话的必要。如果真的想打，去门口小卖部的公共电话就好。绍凯受伤之后差不多一个月，我偷偷找到孙亦的手机，打了电话过去。

"喂，孙亦，我是陈梦。你现在有时间吗？我找你有点事。"

"我现在在学校，周末回去去你们那儿再说吧，很急吗？"

"我单独找你，绍凯不知道。"

"……呵，"孙亦在电话那边明显顿了一下，"陈梦，你别害我对不起兄弟哦。"

我笑："去死，你说个地方我过去找你。"

结果是在一个不算太小的饭馆里见到孙亦，他点了很多东西，让我突然有点不自然："我又不是要你请我吃饭。"

"吃不了就带回去，你们那儿做东西也不方便。找我什么事？"

原本想好的话，瞬间又堵在了喉咙口，是上是下犹豫不决。我深深吸了一口气："孙亦，我们真的麻烦你够多了……"

"你要是就为说这个，我立马走人。"

"帮绍凯他们找个正式的工作吧，钱多少无所谓，至少安稳些。"

"就这样？"孙亦笑笑，"我爸有个小便利超市，正缺理货，没问题。但是……我有个条件，告诉我你和绍凯是怎么认识的。"

"你怎么就这么好奇啊，不过是有天半夜有俩流氓又想劫钱又想劫色，恰巧他路过帮我摆平了而已。"

"那种时候谁都会管的啊，这小子运气真好，得到美女以身相许。"

"喂，你夸不夸张，我什么时候说以身相许了？"我忍不住笑出来，转念问他，"你信我们俩到这儿之前一点儿也不熟么？"

"不信。"

我猜到会有这个回答，但是我不打算再说下去了："有时候眼睛看到的不一定是真的。呵，对了，我找过你的事别告诉绍凯，你去和他说他会听的。我先走了。"

"陈梦，你要不是跟阿凯，我说什么也要把你抢过来。你应该过更好的生活。"

"谢谢！"我没有回头，"能有现在的生活已经出乎我意料了，更好的我配不起。"

出了饭馆朝车站走，心情不知怎的突然晴朗起来。路过一家理发店又想到自己曾经那么想把头发剪掉，可是现在我的头发已经长到别人看了会小声议论的地步了。绍凯总喜欢用手指卷着我的头发玩。刘海儿有一点长了，我走进去让理发师修了修，镜子里的自己和以前真的不一样了，脸上没有之前尖锐的锋芒，剩下更多的是沉静。

能够有现在的生活已经出乎我的意料了。真的。

"我回来了。"天已经有点晚了，蹦蹦跳跳跑进院子，绍凯一把把我拉了过去，"喂，你干吗？"

"你跑哪儿去了？也不知道留个话。"

"我不是小孩子了，你不要那么紧张过度，"我揉揉他的脸，"我自己出去又不是一次两次了。"

"以后跟我说一声，或者留个条，行不？"绍凯拿我一点办法也没有，"你手里提的什么？"

"吃的，你们还没吃吧，我吃完了。"我把餐盒拿出来，"凉了，我给你热热。"

绍凯看着我，张了张嘴，最后什么也没说。

晚上回到屋里，绍凯拉我坐到他身边："告诉我，到底去哪儿了？"

我不说话。

"你以前从来不一个人在外面吃东西，而且就算你一个人吃也不至于点这么多吧。"

我把嘴撅得更厉害了："我就不许吃顿好的啊。"

绍凯把我脸转过来，低头亲我："我不是这意思，你吃什么都行，都是我不好……"我用力在他脖子上咬了一口，呢喃着说："就是你不好，快点补偿我。"

绍凯轻笑了一声，反身将我压到底下："说，要什么补偿？"

我把自己绑着的头发解开，扬起头吻住他："命拿来……"

激情一旦点燃就难以控制，我喘息地抱着他赤裸的背，享受着他手在我身体上放肆地游走。灯太亮，绍凯伸手想要去关，我拉住他："不要……我就要这样……"

高潮来得突然且剧烈，绍凯伏在我的身上大口地喘气，我也是第一次听见自己在到达顶端的一瞬间快乐的呻吟。那么迷恋，那么真实。

原来我的身体也很快乐，那么我的心也应该很快乐才对。

一切都结束后，灯终于被关上。猛然地掉进黑暗里，什么也看不见，只能感觉到绍凯把我抱在怀里，漫无目的地吻我的耳朵，脖子，肩膀……我静静等着自己的呼吸平稳下去。

过了一会儿，绍凯已经睡着了，依然是习惯性地朝我那边摊着一条手臂。

床架子在夜里只要动一动就响得厉害，我小心再小心地爬回他身边躺下。在黑暗里看着他的脸。撩开头发，额头上的那道疤可以摸得出来，我支起身子轻轻亲了一下，他好像有感觉，弯起胳膊将我霸道地箍到怀里。

一直都是这个样子。我是天生的体温偏低，冬天根本没办法靠体温驱走被子里的潮湿阴冷，最暖的地方就是他的胸口，他永远都会给我留下位置让我可以黏着他，用整个身体给我取暖。

我像一株只会吸纳阳光却不会转化出氧气的奇怪物种，享受着他无条件给予的温度，却忘记问他会不会冷。

真的是随便一个路过的人都会多管闲事地去救我吗？如果不是你，假如不是你，就算救了我，我也一样没有活下去的希望吧。所以你一定要好好的，我不能允许一个像太阳一样的人因为我而失去热量，那样我该怎么原谅自己。

一夜睡得安稳，恍惚间感觉有人在揉搓我的头发，本能地想要把他的手打下去，却被反手握住。

"别闹……"

"知不知道几点了？还睡，昨天有那么累么？"

我睁开眼睛看见绍凯已经换好了衣服，倚在床边上："就是累嘛。你要出去啊？"

"嗯，孙亦来了，说找我们有事。"

"那你去啊，别管我，我再睡会儿。"

"这么累啊。"绍凯摸摸我的头，"是不是那个来了？"

"去去去。"我脸一红使劲儿推他，"快点走，我要睡觉。"

"行，我走，回来给你带吃的啊。"

肚子确实疼，听见大门关上的声音后我爬起来，把床收拾好，床单换下来一会儿要洗洗。拿着卫生棉到了厕所，发现果真来了。这样下坠感的疼痛已经很习惯了，每个月都要疼上三四天，最初的时候绍凯看我惨白的脸色吓得不轻，后来特意买了个暖水袋每次都放在我的肚子上让我抱着。

把院子里的炉子点上，烧了一壶热水，从抽屉里找出暖水袋，拧开塞子往里面倒。大概是热胀冷缩，胶皮鼓起气，然后溅出一大滴开水在我手背上。立刻感觉到了灼热的刺痛，赶紧把塞子拧好扔到一边，跑到院子里的水龙头下去冲，还是起了水泡。真笨啊，我苦笑着摇摇头，继续在水龙头下面冲，一直冲到麻木，总算少了一点疼。

用伤手把床单和一些衣服洗干净，晾好。一切都弄完，才感觉到手上一跳一跳地刺痛，水泡破了，露出红色的肉，周围被洗衣粉泡得发白。我刚想去药铺买点药，还没来得及挂上锁，后面突然有人拍我，回过头看见绍凯他们回来了。

"你又要跑哪儿去？"

条件反射似的把手藏到后面："我去买点东西，马上就回来。"

"你手里有什么？"绍凯拉我胳膊，"给我看。"

"没有啦，你看什么……"我挣扎不过他，"我笨嘛……"

"怎么弄的？"绍凯把我的手包在手心里，我听到他的声音里居然有轻微的颤抖。

"我说了是我笨嘛，没事的。"

"你先回去，我去给你买药。"

"你们进去吧，我去买就行。"阿毛从后面把话接过来，拍拍绍凯的肩膀，转身就往药店方向跑。刚走回院子，绍凯就停住了，我有些忐忑地偷瞄他的脸色，发现他好像真有点生气了。

"你是烫完以后才洗的那么多衣服吧！你疯了是不是？"

"没事啦……"

"走，"他一把把我拉到屋里，按到床上坐好，"坐好了。你告诉我你怎么想的，你肚子疼就不会等我回来吗？"

"我都承认自己笨了你还骂我！我也不愿意啊，又疼又痒的，你还欺负我！"我脱了鞋，蜷着身子坐到墙角不理他。

"你……"绍凯彻底被我气得说不出话，"你过来。"

"不要。"

"过来，快点。"

"不要！哎——"我来不及反抗，就被横抱到了他腿上，"讨厌啊你。"

"梦姐……啊，对不起……"阿毛这时候推门进来，被眼前的场景吓到，立刻扔下药膏跑了出去。

我真正哭笑不得了。

绍凯不说话，一点儿一点儿帮我涂药膏，我看着他紧张的样子觉得好好笑。"你还笑，"他瞟我一眼，"知不知道多难好啊，以后再敢胡闹看我不骂你！"

我用脸在他胸口蹭来蹭去："遵命。"

他突然笑起来，用手使劲儿揉我头发："啊，你呀……"

"你笑什么？"

"你知道你现在变成什么样了吗？你现在越来越像只猫，又黏人，又爱要赖。我记得以前你可不是这样的，那时候我总被你那倔脾气气得不行，怎么不知不觉就变成这样了啊……"

　　我的身体在他的话中渐渐僵硬起来，我……真的又变成这样了吗？接受、依赖、改变，然后……失去。似乎是发现了我突然的沉默，绍凯不明所以地问："我说错话了？"

　　"绍凯，你今天晚上别抱我睡，行么？"

　　"好，但是——"绍凯没有再多说什么，只是将我那只受伤的手团进手掌里，"你得让我看着你。"

　　可是没有他的怀抱，怎么都睡不好，意识一直在很浅的地方伏着，任何动静都可以让我醒来。不知道过了多久，我感觉到他的手轻轻摸着我的头发，终于还是慢慢将我拥进了怀里。他的嘴贴着我的额头，很轻的声音传进我的耳朵。

　　"我爱你啊，知不知道……"

　　那么久以来我们都没有对彼此说过"爱"这个字，连与之相关的一些字眼都尽力回避。这段关系的开始原本就糊涂得理不出头绪，尔后的发展也好似顺理成章，无须太多话语铺垫。当然，这其中最重要的还是两个人的个性，绍凯是个习惯把感情藏在心里的人，稍稍有些关怀或者表露心意的话他都会羞于启齿，再逼问下去，他甚至会脸红。但恰恰也就是他的这种性格，让我没有压迫感。至于我，我只是在躲避，像是我外婆从小说我的那些迷信话一样，我命太硬，是会伤及身边的人的。当所有爱我的人都被我伤尽了以后，我坚决地拒绝再去爱。虽然有那么几次，当绍凯忘情地吻我，有一些话语已经从我的胸口满溢出来，最后却依旧被我活生生打回心底。

　　他的手掌轻轻拍着我的背，他的怀抱对我来说像是镇静剂一样，隐约间我觉得他把我当成了他的孩子。忘记在哪里看过当一个男人挚爱一个女人时，会像疼爱孩子一样疼爱她。这一夜，梦里面有一条铁轨，锈迹斑斑的站牌上写着陌生的地名，铁轨的尽头是湛蓝的天，云朵像是小时候家门口卖的棉花糖。

　　醒来时天已经亮了，我与绍凯对视良久，彼此都知晓了，什么都不用说。我苦笑了一下，扎进他的怀里。

　　我，陈梦，何德何能，让你们全都如此待我。

　　如我所料，绍凯还是答应了孙亦去工作，生活开始归于正轨，甚至开始有了一些好的转变。只是他们更加辛苦，每周只有一天休息，还要接一些商家的驻演，或者去酒吧做乐队。我一个人的时间多了起来，很多时候超市半

夜有货入库，他们就要守夜不能回来。绍凯每次临走都会一再地提醒我一定
要锁好门。

"好啦好啦，我又不是小孩子。"

"你呐，有时还不如小孩聪明。"绍凯拉着我的手，上次的烫伤很久都无
法愈合，最后还是留下了浅浅的痕迹，"你一个人睡，我不放心。"

"你怕有人入室劫色？"

"胡说八道，"他笑，"不过……真有点怕。"

"放心啦，你不知道我以前多厉害，一般男的真不一定打得过我。"

绍凯不太相信地看我一眼："就你，胳膊细成这样。你要是真能打，那
天晚上怎么吓得连动都不敢动？"

"哪天……"一时没有反应过来，等到想到是哪天却不知道该怎样回答
了，"那天其实……"

"好了，我该走了。一个人乖点啊。"

当整个家只剩下我一个人，回忆又有泛滥的苗头。那天夜晚两个人先是
抢了我的包，看我没有反抗也没有跑走，竟然又折回来，贼笑着动手动脚起来。
当时那条街道我不认识，漆黑得没有行人，游荡的出租车根本不曾注意到这
边，又或许注意到了却不愿意多管闲事吧。那时我确实没有任何挣扎，甚至
一动也没动，表情空洞得确实像是吓坏了。绍凯的出现打破了僵局，他将我
推出了一个旋涡，然后自己陷了进去。

其实他不了解我才是旋涡的中心。

一个人待了一段时间以后我又开始想去做点什么了，应该说这样的心一
直都在，并且随着时间流逝越来越强烈。其实我知道绍凯也正在存钱，打算
租个好点的房子搬出去住，当然这绝对是为了我。因为我在外面看见橱窗里
那些好看的男装，也想要有一天能够毫不犹豫地买给他。

白天想出去工作是不可能的，绍凯根本不会同意，我也真的不想因为这
种事再和他吵。和一个为你好的人吵，其实也是变相地伤害自己。于是一个
他们都不回来的晚上，我又去酒吧唱歌了。事实上，这个偏僻的平房区向外
走越来越开阔，有一所高中，几家网吧，也有零星的档次不高的小酒吧，很
多都是学生，或者一些钱不算多的小商人。上次那家被绍凯闹过事，我不可
能再去。于是我去了另一家，只因为它的名字让我喜欢。它叫做"城池"。

老板坐在底下让我上台随意唱一首歌，我把话筒从话筒架上取下来，轻
唱了一首《暗涌》。

　　我的最后一个音还没收起，台下已经传来了掌声，老板走上来对我说："你想上班，随时可以。"

　　"老板，我只唱歌。"

　　"呵，"老板很了然地笑笑，"你想唱歌你就唱歌，你人在这儿，没人能勉强你什么，万事都在你自己。假如有人找麻烦自然会有人管。"

　　一句"万事都在你自己"，让我安下心来。虽然我知道，这样的地方，钱赚得最容易，但应付起来也最耗费心力。

　　与此同时，我也想再试一试为别人而活。

　　梦里的那条铁轨真实而冰冷，一些预感凭空而起，尘埃飞扬，却无处着落。

第六章　生命里最重要的人

　　曲城和陈年第一次碰面不是在家里，而是在肯德基。那个时候我和曲城已经熟到不行，除了内容经常会让人啼笑皆非的小班教学，也会时不时出来吃个饭聊个天。我坐在座位上看着正排队点餐的曲城，他慢慢地开始变成我生命里最常出现最重要的人之一，之所以要加上个之一，是因为毕竟还有陈年在。

　　真是想谁谁就出现，我无意地将视线转到门口，赫然看见陈年和一个与之年岁差不多的中年女人一起走了进来，陈年甚至还很绅士地替她推开了门。他不是说有课的么……从来没有想过陈年也会说谎；从来没有想过有一天我要在这样的场合以这样的方式面对这样的局面；从来没有想过原来他也想要这样……曲城端着托盘往这边走，却敏锐地发现了我眼神凝滞，顺着我视线的方向看过去，也无法控制地呆立在了原地。与此同时，陈年也看见了我。

　　这场景多像是肥皂剧中蹩脚的三角恋，但事实是生活永远技高一筹，这比三角恋有意思多了。

　　"梦梦……"

　　"我们走。"我在陈年张口并要走过来的瞬间突然拉起曲城的手跑了出去。托盘摔在地上，可乐洒了一地，冰块噼里啪啦响成一团。

　　我知道我又引起了别人的注视，可是除了这样我还能做什么，难不成上去大大方方叫一声"妈"？

　　坐在离肯德基不太远的路边，手里拿着曲城给我买的巧克力。他说吃巧克力既解饱又容易恢复心情。"谁心情不好了，你没看到么，我都快有妈了。"

"没准儿只是同事呢，你就不能搞清楚了再做反应，冲动误事，知道么？"

"对对对，又是我的错，"心里的那只脾气暴躁的小兽又抬了抬蹄子，伸了伸犄角，随时准备挣开锁链了，"可我永远都做不到你这样，什么事都从理智方面考虑，一副不食人间烟火的样子，我做不到。而且你也不是我，你凭什么说我错？"

事实上我的心还留在肯德基里，陈年根本没追出来，那么他在里面做什么呢？点餐，面对面坐下，熟络地聊天，也许也会说起我这个不懂事的孩子……正因为这样，所以我根本没去留意因为我的话而沉默的曲城。

许久，他突然开口问我："这样开心啦？"

"啊？"我一时间不知道他在说什么。

"走，跟我走。"他抓起我放在膝盖上的手把我拉起来朝前走，我不明所以地想要摆脱，他却把手转了一下，与我的手指交叉起来。紧紧地，十指相扣。

我突然变得安静。

阳光下扣在一起的手，都是白皙细长型，看起来那么的……般配。其实刚刚从肯德基跑出来时我应该也是拉着他的，只是太过慌乱，忘记了去感觉。是这样和谐的，温度不高却无法忽视的，细腻的感觉。

"喂，你又把我拉回来干什么？"一直到又被他拉回肯德基门口我才忍无可忍打破了这种和谐的沉默。

"你就站在这儿看，你不就是想知道你爸爸在这干什么吗？"

我诧异地抬起头看曲城，他到底是哪里和别人不同，眼睛还是心？

为什么他什么都知道。

窗子里面的陈年正和那个气质很好的中年女人聊着什么，我听不到，但我注意到他脸上的表情，竟然有那么一丝刻意的……谄媚，我的心里顿时一阵火烧火燎，恨不得立刻塞几块冰进去。"走吧……"我转过身对曲城说，突然发现我们的手还是拉着的，话就凝结在了喉咙口。他也尴尬起来，慢慢把手放开，插进口袋。

我没有揭发他的脸有一点红，因为我害怕他也会报复性地揭发我。

"喂，当心——"我还不知道发生了什么，曲城突然伸手把我拉向他，与此同时一辆后座绑着几根塑钢的自行车从我身边擦过，甚至挂到我的衣服，"你发呆能不能分地方，哪天要是在大马路上我可不拉你。"

"你怎么这么爱教训我……"我嘟囔，抬起头却看见他眼里无所遁形的担心，"如果在大马路上……你真的会不管我吗？"

曲城愣了一愣，他干净的脸上有一种柔和的锋芒，烙进我的眼里。过了几秒，他轻轻吐出一个字："会。"

我的心被突如其来的寒冷弄得缩了起来。

回到家用凉水洗了把脸，抱着膝盖坐在沙发上，脑袋里像是有个蜂窝，嗡嗡嗡地无限恐怖。打开电视，用遥控器撷了一圈又关上，结果发现全然想不起刚刚看到了什么。歪着头看着桌子上摊开的英语复习材料，因为是周六，曲城一大早就跑来帮我上课，而恰巧陈年说今天有补课，如果不是中午我饿了，吵着要出去，大概也不会遇到那样的情景。也不会看到他冷漠的一面。

他说会。我会不管你的。原来我纠结的竟是这句话。

躺到自己房间的床上用枕头蒙住头，心里反而更加鼓噪。我想我一定是疯了。正在这时手机突然响起来，我不大情愿地接通。

"沈超出事了。"

"啊？你说什么？"我猛地从床上坐起来。

"你快点过来吧，在学校这儿，快点。"曲城的声音还和往常一样平淡，却凭空多了一分急促，听得我有些不好的预感。

"好，我马上过去。"

等车花了十分钟，路上差不多要半小时，我如坐针毡。曲城确实见过沈超一次，那次我去给他送落在我家的笔记本，正在门口等他下课时，沈超看见了我。他看着我的表情就像是一出内容丰富的舞台剧："挺漂亮啊，"他伸手摸我的头发，"从良了？"

我厌恶地把头偏向一边，闪开他的手："好久不见，没想到你还活着。"

"是好久不见，我还以为你躲着我呢，上次你踢的那脚可是痛了好一阵。"

"谢谢夸奖。"

"走，去叙叙旧呗。"说完他揽过我的肩膀，我恶狠狠地把他胳膊推开："我明白告诉你，沈超，我不想和你有任何关系，所以别再死皮赖脸没完没了了，行么？"

"那你告诉我，我哪里不好，嗯？"他俯身贴近我的脸，几乎额头碰额头，"你想要什么我都能给你。"

"你干什么？"曲城这时候从学校里出来，一把把沈超推开，把我拉到了他身后。我看着他穿着肥大校服依然遮不住的清瘦骨架，轻轻笑起来。他觉得可以保护我吗？

"给你本子，去上课吧。我没事的。"

沈超上下打量了曲城一圈，然后挑起眉毛看我："原来你喜欢这样的啊。"

"沈超，这是咱俩间的事，你给我闭嘴。"

曲城听见我的话一下子就明白了眼前的是谁，也明白了我正处在怎样的局面。只是我没想到的是他突然伸手环过我的肩膀，为了止住我诧异的表情，手在我肩上微微用力掐了一下："和我回学校待会儿。"

一种亲昵的姿态是可以给人冲击的，我也跟随这样的姿态自然而然收起了刚才的刺。余光中看见沈超一直在看着我，企图在我脸上找出破绽，但是我是笑着的，那种自然到自己都没有察觉的微笑。

"谢谢！"进了学校后曲城立刻就放开我，我坐到操场边的树下面，"你去上课吧。"

"你也来上一节吧，你的学籍毕竟还在啊，然后放学一起走。"

"我在这儿等你放学，去吧。"

后面的事情曲城并不知道，在他转身上楼之后我还是出去找了沈超。我觉得事情有必要彻底解决一下。否则一定还会有更不好的事情发生，尤其是，现在居然把曲城也卷了进来。

出了学校，发现沈超就坐在门口等着我，他知道我肯定会出来找他的。

"送小男朋友回去上课了？"

"不是男朋友。"

沈超似乎料到我会这么说，不屑地笑了笑："承认怕什么，我又不会找他麻烦。不过你真的喜欢这种好孩子型的么？"

"我说了不是，信不信随你。沈超，到底要怎样你才能放了我？"

"跟我，我就不信我得不到你。"

"就这件事不可能。"

"好，"他站起来很随意地拍拍身上的衣服，"那我找时间去问问那小男孩，他怎么得到你的。"

"沈超，"我走过去凝视他的眼睛，"你敢对他怎样，我杀了你。"

大概是我说得太认真，沈超居然失神了一下，紧接着他低下头笑了："这样啊……看来这次你是玩真的。"

我还来不及辩解，他竟然转身就走了。

那之后我并没有听曲城说过沈超，大概他没有去学校找过什么麻烦，我渐渐也就忘了那件事。可这次，曲城怎么会知道沈超出事了，到底怎么回事？公车居然堵在了半路，我心急如焚，却搞不清自己在急什么，手机突然又响了起来，害得我神经立刻绷紧。"喂，你现在来第六医院吧。"依旧是曲城的声音。

"你告诉我到底怎么了？为什么要去医院？"

"你过来再说，快点。"

"那你告诉我，你们两个到底谁受伤了……"

曲城在那边顿了一下，然后声音突然变得柔软：" 我没事。"

我的心终于放下来。

其实，我知道，我只是在担心他而已。

赶到医院第一眼就看见曲城坐在走廊的椅子上，两只手按着膝盖，头垂得很低。我从来没有见过如此黯然的他。抬起头向远一点望去，走廊的尽头是亮着灯的手术室。

"怎么了？"我跑上去蹲到他面前，"到底怎么了？"

"沈超在里面。"

"你们怎么会在一起？"

"我在路上看见他被一群人围在中间，毫无胜算，所以想帮帮他，没想到越帮越忙，最后还要他保护我……"我注意到曲城身上一片一片的血迹，心里一阵阵惊慌："那你有没有事？"

"没事，我只是觉得……"他的话说到一半突然哽住无法继续，只是死死闭着眼睛，好像在抗拒着什么。许久，他站起来对我说，"我先走了，他醒过来应该……"

正在此时，手术室的门开了，在那一瞬间我的心里已经有了某种预感。我抬起头看曲城，知道他也和我一样。

沈超死了。那把刀无意却干脆地割破了他的大动脉。

那是我第一次亲眼看着一个生命就这样在眼前消失，竟是这样无声无息。顷刻间想起曲城曾经说过的"我们都无法知道明天会发生什么"的那段话，心里忍不住泛起了悲凉。

只不过相比较我仅有的一点点伤感和惋惜，曲城要激动得多，他靠着墙坐在地上，把头埋在膝盖里："是我，如果不是为了推开我，他不会被那刀子划到……如果我送医院再及时点……"

"不是，不是的，这和你没有关系，谁也不能怪你。"我尽可能地安慰他，企图打消他的负罪心理，可是他依旧拼命地把过错往自己身上揽。言语在一个人脆弱的时候，自责的时候，难过的时候，沮丧的时候，都会显得无力，我突然非常想拥抱他，可是我的想法最终也没能支配行动。

我不敢。我竟然会不敢。

其实，反而是曲城让沈超在生命的最后找到了自己的意义。后来我们才知道，那一天他的爷爷过世了。和一群狐朋狗友混在网吧手机关机的他，居然没有见到从小最疼自己的爷爷最后一面。那一天他故意惹了那一地界最无赖的人，故意将战火挑至最浓。可是他万万也没有想到曲城会出现，而且会想要用那纯净却无力的善良拯救他。

只是在推开曲城的那一瞬间他是否想起了我当初那认真的恐吓呢？人事已去，我也拒绝再去纠缠于那些曾经，希望它们也能够和生命一起入土为安。

我想我终归是个内心坚硬的人。

沈超死后一个月，曲城始终无法释怀，我终于了解了他的那种近乎无畏的善良。他面对那种人人避之犹恐不及的局面选择先去报警，然后去拖延时间，他在那样的时候居然根本没去想自己会不会有危险。而在结果出来之后，他还会自责。新闻里下河去救落入冰窟的儿童的见义勇为者，依旧会对着摄像机说："水太冷了，根本游不过去。"大都还是努力一下后，最终还是因为时间太久，打捞上来已经没有呼吸了。人们总是会在保证自己生命安全的情况下，再力所能及地予以别人帮助，不是么？

如果曲城不是这么想的的话，那么他为什么会对我说，我不会救你。

我怎么也想不通，他突然的冷漠究竟代表什么。

初三上半学期快要结束时，我的功课好像终于有了一点起色，至少脱离了和题目互不认识的阶段。那个家教老师总是当着我的面对陈年说："你家姑娘挺聪明的，一讲就会。"每当这个时候陈年就会露出舒心的笑容，只是我一想起肯德基里面看到的，心里就像堵了一块不大不小的石头。

其实我一直在等着陈年主动找我谈，我觉得只要他找我，我并不一定不能接受一个人来充当"妈"这个角色。就算不能接受，我也可以当她不存在。可是陈年没有，那天他回来与我见面后什么也没说，一切都还和平常一样，仿佛所有都只是我的幻觉。

我讨厌这样子的他。

曲城依旧会上我家来给我讲英语，可是那些语法句式他讲时我都很明白，过两天再做题时却依旧不知道怎样入手。然后他就一遍一遍不厌其烦地重复，一遍一遍加深我的记忆。有的时候我会很烦，很没有耐心，把书一扔就跑到沙发上一个人生闷气。每一次曲城都看着我不说话，他知道不一会儿我会自己坐回来的。他的好脾气让我错以为他不会和我生气，所以当他真的对我发脾气时，我第一次慌乱得只剩下伤心。

"你知不知道我帮你上课会浪费自己多少时间？你能不能专心一点？"

正在发呆的我回过神，一时没有明白他说的是什么。只是冲着他继续脑袋一片空白。

"我先走了。"说完他把桌子上属于他的东西收进包里，转身到门口，"陈梦，你倒是该想想你自己想干什么。"

"喂，你……"我猛地清醒，站起来追到他旁边，"对不起，刚才我确实在想别的事，以后……"

"没有以后了。初三下学期我大概没有时间过来了。"曲城说这话时就像说"晚上吃什么饭"一样平静，我看得出来这是他早就想好了的，大概一直苦于如何开口。

"可是……"

"我们之前有约定的，不是么？"门关上后房间里又只剩下我自己，我站在原地看着那扇涂着绿色油漆的门，身体里竟然产生了一种类似于饥饿的感觉。被遗弃感，寂寞感，空洞感。

原来我真的耽误了他的时间，他只是忍无可忍了而已。也对，我和他又没有什么关系，讲课也是无偿的，他有随时喊停的权利。只是……我摸到脸上凉凉的一片，打开门追了出去。

从我家到车站要走一站地的路程，应该还来得及。我拼命朝车站的方向跑，一边跑一边想我到底要说什么。就在我已经可以隐约看见站牌的时候，曲城要坐的那趟车从我身边开过，情急之下我只好追过去用力地拍打它的铁皮外表，司机好心地把速度放慢，朝我挥手，意思是这里不是车站，不能停车。可我管不了这么多了，我担心如果我现在不坐上它就再没机会赶上了。于是我趁它减速的瞬间冲到了它的正前面，正巧这时司机踩了油门，我闭上眼睛的前一秒看见了司机惊愕的脸。

可是我没有感觉到被撞击的那种钝重的痛，我只感觉到了一阵晕眩，自己好像真的倒了下去。睁开眼睛，看见车里惊魂未定的司机正在龇牙咧嘴地骂我，我耳朵却失聪般的什么都听不见，骂了两句之后，他猛踩了一下油门就走了。这时我才看见和我一起摔在地上的曲城，他的胳膊挡在我身下，才让我没有直接接触地面的疼痛。"对不起……"我站起来发现身上除了有那么点轻微的痛，没有什么大碍，伸手想要拉他，他却打开了我的手。动作中的冷，让我僵在原地。

"陈梦，让别人担心，让别人为你受罪，你觉得很有意思是不是？"

"对不起……"我不知道除了这句话我还能说什么，可是他也不知道他的话正像吸血虫死死黏在我的心上。曲城看了我一眼，站起来就想走，我却看到他手掌和手肘上大片的擦伤。"你……"我跑过去把他的手拉起来，"对不起。"

"够了，别再随随便便说这句话了，一点擦伤没事的。"他的声音终于有了柔软的安抚，我的眼泪却掉下来了。我的手在他的手上越来越用力，低下头看见自己的眼泪一滴一滴砸到灰色的地面，和泥土混在一起。

"对不起……"

我们就这样面对面站着，过路的人都投来奇怪的目光，我知道这场景太容易让人误会了，可是该怎么办呢，我永远都只会把事情弄得一团糟。哭了一会儿，直到觉得自己能够抬起头了，我一鼓作气对他说："你走吧，你说得对，我就是只会让别人担心，谁和我有关系谁倒霉。手要记得快点擦药。再见。"说完我故作洒脱地擦过他的肩膀朝家的方向走去，走了两步我才突然意识到一件事，那就是曲城说话不算数，他救了我。

我转过身想要看他走没走，却意外地撞到了一个人身上，还不等我抬头，那个人略显小心地用手臂环住了我。

准确地说，我撞进了一个让我安心的怀抱。

我们的第一次拥抱，我将眼泪落满了他的肩膀。

那一年，我们十六岁。

当然，在我少有的能够冷静下来的时候我也不是不清楚。陈年就是这样一个人，他总是什么都不说，只想要默默躲在我看不见的地方，帮我扫清路上的碎石。可是我总是不领他的情，太过固执和一意孤行，所以很多时候他也不确定自己做得对不对，也跟着我走了很多不必要的弯路。比如，他给我找英语老师的事。

没错，那次遇到的阿姨，就是陈年拜托再拜托给我找的英语老师。她本来就很忙，平时上课，周六周日在外面还有办提高班。可是这么简单的事陈年却不知道该怎么对我说。所以他单独找了曲城谈。

"他都跟你说了什么？"坐在马路牙子上，我问曲城。

"你爸爸很爱你。他担心如果愣是把老师找来，你会不接受。"我沉默，"陈梦，别再倔犟了，一而再、再而三拒绝对你好的人，你自己也不好过，不是么？"

"就算是他去找你，让你不要再来了，你也没有必要用这种方法吧，搞得我……"

"我也想直接说，可是……除了这样，我说不出口。"

我把他的手抓起来，手心朝上，轻轻地吹："你等会儿我。"

我跑到最近的便民药房，买了一包棉签，买了止血药，然后又在外面买了瓶矿泉水："再不弄干净的话会感染的。"我一点一点用棉签把伤口上面的土和血迹擦去，"应该会疼哦，疼的话……"我抬起头，他的脸突然靠近，有一点点温热落在我的唇角，稍纵即逝。

天很冷，还在刮风，我却感觉自己的脸火烧火燎像是要爆炸，我低着头半天都没有抬起来。在时过境迁之后我想起来才明白，只有第一次这样青涩的亲吻，才会笨拙得连唇都对不准。可是每当我想起来这一幕，心里依旧柔软得可以拧出泪来。

我很顺从地接受了那个新老师，也很努力学习。其实一直以来让我甘心转变的人，就只有曲城而已，从一开始就是他将我从那个通往死路的路口推离，然后带在身边，告诉我："你要为我变得好起来。"我终于发觉自己最大的结症是什么，那就是无所付出，我无法通过别人来感知自己存在的意义，所以总是空落漂泊。可是现在，我决定要为别人而活，在做这个决定的瞬间，我就感觉到身体里蓄满了全新的力量。

是他，让我重生。

但是谁会相信我和曲城明明已经知晓了彼此的心意，有过短暂的拥抱，轻浅的亲吻，却没有认真说过"在一起吧"这样的话。我不了解他不说是为什么，我只知道我还没有那个自信。

我怕我不配。浴火重生之后的如果不是凤凰，那么会不会是烧黑了身体的乌鸦？

所以我在心里和自己下了一个赌注，如果我能够考上高中，就用力去抓住眼前美好的一切。但假如……我会退出他的生活，退回自己原来孤身一人的狭小空间。

曲城说："陈梦，你为什么总是这么喜欢伤人伤己呢？"他从来都叫我"陈梦，陈梦"，全名全姓。可是为什么听着他的声音，我甚至会觉得这个叫"陈梦"的人应该是个颜色透明的甜美女生，有着和他一样的明亮光晕。

初三永远有着让人措手不及的迅疾，天越来越暖，我就越来越急躁，每天除了吃东西喝水，我几乎都把自己锁在房间里。和陈年的交流只是他上下班开关门的声音，有时候他会过来敲敲门，问我一些无关紧要的话，我随口答，他便离开。

我甚至觉得他只是想确定，我依然呆在房间里。

　　夜已经深了，桌子上的电子表刚刚跳过四个零的那一秒。又是一天。我揉揉已经消极怠工，对那些密密麻麻的字失去分辨功能的眼睛。站起来打开房门，客厅漆黑一片，我抬眼正好对上妈妈的遗像。无法否认，我是像她的，只是她更加温润一些，而我干枯潦草。突然我听见了陈年房间里有动静，下意识地想要躲回屋里，却已经来不及，陈年打开门看见我愣了一下："梦梦，天天熬太晚也不好，去睡吧。"

　　"正打算睡，"我看见他手里拿着玻璃杯，"想喝水？"

　　"嗯，嘴干，我倒点水拿进去，你去睡吧。"

　　也许是光线问题，那一夜我看着陈年，第一次觉得他老了。犹豫地过去接过他手里的杯子："我来吧。"

　　把水交给他之后，他许久都没有动，我想他大概是有话想要对我说，只是我们相对站了一会儿，最终还是各自回了房间。只是我还没来得及把门关上就听见了破碎的声响，在夜里刺耳到惊悚。我飞奔到陈年的房间，看见刚刚还完好的那个玻璃杯变成四分五裂的残骸，水和玻璃片混在一起，在墙上反射出冷光，陈年捂着头坐在地上。

　　"爸，你怎么了？"

　　"我没事，衣服口袋里有药，你去给我拿来就行。"

　　我赶忙去翻那瓶药，又倒了一杯水让他喝下，过了好一会儿他才渐渐缓过来，扶着床沿站起来坐到床上："梦梦，你去睡吧。地上先这样，明天我收拾。"

　　说不出"我在这儿照顾你吧"，甚至连一句"你自己注意些"都开不了口，我狠狠咽了一口唾沫，静静退了出去。刚刚那瓶药还留在我的手里，借着灯光看清原来是治疗高血压的药，那么刚刚他倒水是为了喝药吧。

　　我不敢想象假如我已经睡熟，那么会发生怎样的事情。

　　躺到床上，满满的睡意竟然全部散去，我第一次仔仔细细去想我和陈年的感情。他是我的亲生父亲，他给了我生命，给了我成长的全部条件。他待我温和，从不逼迫或暴力施压。他应当是好家长的代表，可为什么我却无法与之亲密。我从来叫不出"您"，更说不出关怀的话，甚至连在一起看电视都坐在沙发的两端。可是……我想我并不是不爱他。我的生性疏离已经到了冷漠的境地，竟然连至亲都无法打破。

　　不自觉地想到曲城，我对他的依赖命中注定般的坚决，他仿佛就是我生命里缺少的温暖甜蜜的那一部分，只有和他在一起我才完整。拿起手机给他发信息，知道这时候他应该还没有睡："你在干什么？"

　　不一会儿，他回过来："学你，发呆。"

"咱们年级前十名也会发呆啊。"

"陈梦小姐，我要采访你一下，深更半夜来损我很有意思么？"

我看着手机笑，本来已经编辑好的"刚刚我爸爸犯高血压了"又一个字一个字删掉，换成"我明天去学校上课"。

"全学校男生听见你这句话都会很兴奋的。"

"你去死！"我把手指从发送键上移开，又加了一句，"你也会兴奋吗？"

手机背光 20 秒陷入黑暗，然后再也没有亮起来。

只有我知道，我一夜都没有睡。

转天早晨我顶着两个巨大黑眼圈走进厕所看着小小镜子里那个面色暗淡的自己，用凉水洗了好几把脸，转身要出去时，一直挂在墙上的那面镜子兀自落了下来，撞到洗手池，然后玻璃溅得到处都是。我承认我被吓到了，这简直就是"魔镜魔镜，谁是天底下最美丽的人，然后镜子碎了"那个笑话的现实版。陈年走过来看到这场面也呆了一下，随后看了看墙上那根满是铁锈的钉子，又看了看地上镜子边缘的塑料壳，说："可能是太久了，挂钩的地方裂了。这镜子还是和你妈妈结婚时她买的呢，回来我再给你买一个吧。"

我退回客厅，脑袋里依旧回荡着玻璃破碎的巨大声响。

于是那一天，我还是没有去学校，也没有打开手机。一直到晚上临睡前，我终于忍不住按了开机键，一条信息也不存在。

什么时候我才能不做一个敏感过头的人呢？

真正回学校是一个星期之后，我从衣柜最里面找出那套只穿过一两次的校服，想了想还是化了一点妆，为了遮盖自己苍白的脸色。我在发烧，前一天晚上我被那些物理题弄得要发疯，然后早上醒来发现自己就睡在那堆物理题中，窗户吹进来的风让那一页页白纸黑字发出似笑非笑的音色。我从椅子上站起来后又因为低血糖兼发烧导致的头晕摔倒在地上。我想自己支撑着站起来，试了两次居然没有成功。那一刻我从未有过的感到害怕和绝望。

陈年在外面做早饭，依旧是老三样，白米稀饭、面包、煎蛋。

到教室门口时里面已经在上课了，时间分明没有过去太久，可是眼前的一切变得非常陌生。那个语文老师还是老样子，喜欢把手交握在后面，在教室里溜来溜去。曲城依旧坐在靠窗的位置，认真做着手中的卷子。我在门口站了一会儿，里面开始陆续有人发现我，他们诧异的眼神又让我有了想逃的冲动。这时候语文老师发觉了大家的骚动，透过门上的竖形窗子看见了门外的我,她的脸上也顿时写满了惊讶。我想也许她已经忘记了我这个人的存在。

沉默地走进教室,一直没有抬头去看任何人。我的桌椅已经被当成废物放到了教室后面的角落,我走过去把它们分别搬回原先的位置。桌面椅面上都蒙着厚厚的灰,桌肚里俨然成了垃圾箱,小食品袋,饮料瓶,甚至还有鼻涕纸。四周的眼光直直地戳在我的身上,我咬着下嘴唇埋头收拾,尽量什么都不去想。整个教室充斥着一种诡异的安静,好像所有人都故意将呼吸放轻,在这样的氛围下我随意动一动都会显得无比刺耳突兀。

整整一包面巾纸都用光了,桌子还维持在一抹一手黑的状态,我向四周搜寻,根本找不到抹布的踪影,再说也不可能去找谁借。心里寂静得好像一座坟墓,我蹲在地上面无表情,手却在书包带上默默收紧。"喏,给你,"一只熟悉的手伸过来,是一包满满的纸巾和一瓶水。曲城蹲下来,把水倒在一张纸巾上塞到我手里,"先把椅子擦干净坐下,下课再去找盆接水。"说完他把东西放在地上,趁机在我耳边极其小声地说了一句话。我相信那些对这个场景咋舌的人都只能看见曲城偷偷对我说了什么,可是绝对听不清楚。

他说,你真是好样的。

很多时候曲城就是我的向导,他总是以一种干净果决的姿态将我从一个僵局中解救出来,让我拥有短暂的勇气。纵使短暂也弥足珍贵。他丝毫不在意那些窃窃私语,异样眼光。他比任何人都勇敢。我用他给我的纸巾和水把椅面擦干净,站起来却依旧免不了眼前一黑,我只能闭上眼睛站上一会儿,然后坐下用剩下的水吃了退烧药。就在这时收到他的信息:"你怎么了?"

"没事,低血糖而已。"

"早上没吃饭么?"

"吃了,没事的,一直都有一点。"

这句话说完,那边就再没有回复。仔细一想,似乎每一次都是他那边先行结束对话。除了一些必要的问答,很少会有长时间的闲聊。我握着手机的手松了松,然后随手把它丢进了包里。

下课后我找来盆和抹布仔细把桌椅擦干净,把垃圾扔掉,然后走向曾经很熟悉的班主任办公室。门虚掩着,我还是喊了声"报告"。

"进来。"班主任烫了新的卷发,回头看见我,脸上还算镇静,"我刚听说你回来了。"

"我想和大家一起复习。"

"这样……没问题啊,不过我们已经开始第二轮复习了,你确定你跟得上么?"她说这句话时语气带着一点点小心翼翼,因为就我以前的脾气来看,听完这句话应该会立刻摔门出去，那样在办公室其他老师面前她也很难堪。

但是我平静地说："我想试试看。"

回教室走到自己的座位，竟然发现桌子上放着一块巧克力和一包水果糖，我向四周望了一圈，发现许多人都往这边看，看起来他们都知道是谁放的。当然，我也知道。撕开一颗水果糖的包装，把它放到嘴里，立刻充满水蜜桃的香甜。我摸了摸额头，退烧药好像发挥了作用。

"你回来了啊……"一个幽幽的声音突然从我背后响起，吓了我一大跳，我扭过头发现——

李思思。

从那件事以后我就拒绝再见这个人，之后也真的再没有遇到过，可是此时想起已经过世的沈超，竟然意外地发觉心里早已没有什么怨恨了："嗯，你还好么？"

面对我的泰然自若，李思思显得更加不自然，她不回答我的话，只是直直地看着我。我发现她和之前不大一样了，更加瘦，眼睛微微水肿，显得特别憔悴。然而她看着我的表情又那么让我捉摸不透，好像有剧烈的喜悲藏在后面，此刻都化成了隐忍。

"你怎么了？"我还是忍不住问。

"你知道他死了么……"

我终于明白了是什么让她这样失魂落魄，我没想到他们一直都有联系，更没想到沈超的死竟然会给她这么大打击："我知道。那是意外，我们都没有办法，你就……"

下一秒，一片混乱，有的女生尖叫起来，因为李思思突然用巴掌截断了我的话。因为根本没有防备，所以这一下挨得结结实实，我甚至听见了耳鸣。李思思站在我面前眼泪大滴大滴往下滚，好像挨打的是她。我以为紧接着她会歇斯底里地冲我喊些什么，可是她只是哭得发抖，然后第二次举起了手。

"够了！"在她第二个巴掌落下前，曲城挡在了我前面，"这事要怪就怪我，跟她没关系。"

我看着他的背，心算了一下这是他第几次出面保护我。所幸的是李思思第二个巴掌并没有落下去，她刚才那一下已经用尽了所有气力。

"陈梦，你是个冷血动物，你不是人！"李思思看着我和曲城好半天，最后颤抖地说出了这样一句话。她的嗓子哽咽得快要吐不出完整的字，之后她在众目睽睽之下蹲下去，哭了。

我懂的，她一定是从知道消息的那天就一直强忍着心里的难过，她只能在同样认识沈超的我身上用仇恨来转移心里的疼痛。我不知道他们有没有正式交往过，但就算有也只是给自己的折磨更深一些，地下恋情的最大特点就是：无人可以分享，也无人可以哭诉，当一切结束，多冰冷的结尾都要自己吞掉。

这对于她来说太沉重了，她没办法一个人担当。毕竟她不是我，不是在她眼里冷血无情的我。

"痛不痛？"曲城从老师办公室借到毛巾和热水帮我敷印记明显的脸，他的手隔着毛巾放在我的左边脸颊上，我依旧可以感觉得到。

"还好啦，你去上课，我不能拐好孩子逃课的。"

曲城拧着眉毛看着我，完全不理睬我笨拙的玩笑。"喂，搞那么严肃干什么，人在江湖混，挨两巴掌算什么，是不？"

他还是不说话。

"去上课去上课，我马上就回去。"我把毛巾从他手上接过来，推他出水房，"我自己来就行了，喂——"

他的手膀突然围拢上来，和上一次误打误撞，将错就错不一样，这一次明明白白是他的主动意愿。他只比我高半头，他脸颊轻轻贴着我的耳朵，让我的右半边脸也开始发热起来。"这是学校哎。"

"在一起吧，"好像怕我没听到一样，"在一起吧，我们。"

从没想过会是他先将这句话说出口，可是为什么是这种时候。我不着痕迹地与他分开来，轻轻摇了摇头。

"为什么？"

"现在还不是时候。"

曲城沉默地看着我，我想他是懂的。末了，他伸手摸了摸我的头发，转身朝教室走去，我听到他说："我很怕过了这个时候我又会没有勇气。"

不管怎样，绝对不能在我这样狼狈不堪的时候。我不能忍受他因为愧疚或同情和我在一起，更不愿他之后视我为拖累。毕竟我们还有这么长的时间，应该足够让我变得更好。电视剧里不是常常这样演么，女生希望能在自己最美好的时候和自己最爱的人牵手。

虽然是在还无法预言将来的年纪，我依旧在心中笃定，他是我此生最爱的人。

春夏的味道开始明显的时候，教室后面的黑板写上了：距离中考还剩100天。每一天放学之后班长会把数字改掉，从三位变两位，然后越来越少。

心里悬挂着一个点滴瓶，每一天都有东西在疯狂注入：知识，以及烦躁紧张的情绪。而每一天也都有东西在溜走，但那是什么谁也说不清。

曲城一模的时候语文考了 109 分，英语考了 112 分，在全区都可以排得上名。我看着老师夸奖曲城时露出发自内心的笑容。我手上勉强及格的卷子被指甲划破。"恭喜。"我走到他座位前摆出一张开心的脸。

"你很厉害了，"看得出来他真的很开心，仰起脸看我，"有多少人每天上课都没有及格呢。"

我牛气地说："那当然。"

然而在他看不见的学校角落，我将那一张张试卷撕成小得不能再小的碎片，一捧又一捧扔上天，再看着它们变成夏天里的雪，全部打在我的脸上。

中考那天我和曲城分在两所不同的学校，但距离并不远。前一晚我还是过了零点才睡，并没有什么紧张，倒是转天路上的那些家长让我意识到这是个很重要的日子。到了那所陌生学校的大门口，时间尚早，考场还没开放，我站在门口东张西望时竟然看见曲城的身影从远处靠近。

"你怎么来了？你现在不是应该在考场么？"

"时间还够，来看看你，"他说着从包里掏出一块巧克力，"吃了再进去，省得晕场，而且对脑子好。"

"总给我糖吃，你就不怕我吃成猪啊？"

"没事，猪我也挺喜欢的。我走了，考完给我打电话。"

我站在原地咀嚼着他言语中的暧昧，如同口中的巧克力一样柔滑得注入心脏表层，开始发挥它的效用。我随着巨大的人流涌进学校，找到自己的考场和座位。一切规规矩矩，有条不紊，犹如一匹平整的绸缎。

而等待分数的日子，就像是一把锋利的剪刀在一端蓄势待发，看最后会剪出一袭华美的旗袍，还是一堆残破的废料。

那个分数通过信号传到我耳朵里的时候，我完全无法信服。我神经质地一遍一遍拨打那个号码，可是那个讥笑似的数字始终都没有变过。比一模二模低五十多分，我的语文机读卡居然没有读出来。

或许，这就是我的命，虽然我多么不想这样认为。

我知道曲城也查完了我的分数，因为考试后他特意问过我准考证号码，作为交换我也知道他的。当我从电话里听到他的分数时我一直强忍的眼泪终于落了下来，那完全是为了炫耀而存在的三位数字。查完分数后我将自己反锁在房间里，抱着膝盖倚着门坐在地上，恢复一种拒绝所有人靠近的姿态。曲城的第三个电话打来时我按了关机，而陈年在外面敲门叫我出去的声音在我听来竟像是从宇宙深处传来，那么的不真实。

并不是第一次看见天亮的全过程，但是却是最模糊的一次。天空充满大大小小的波纹，让我感觉自己像是溺在水中。袖口上都是一直没有干透的泪水，脸上紧绷得好像能够提取出盐粒。我爬到床边翻出包里还剩下一半已经有些融化的巧克力，一股脑塞进嘴里。甜腻的味道只在舌尖徘徊了一下，却在喉咙里留下了经久不去的苦。

原来这世上的一切都是物极必反。当你越孤注一掷将一切都贡献给一个希望，你才越怕输。可是没有谁能够保证自己百分之百不会输。

"梦梦，你把门打开，你得吃点东西。"天刚刚亮起来陈年又来敲门，我麻木地看着那道门突然举起包狠狠砸上去，里面乱七八糟的东西：书，笔袋，水瓶，还有那张过了期的准考证通通掉在地上。房间外的敲门声戛然而止，我想象不出陈年的表情。

门铃声在这时响起，我听见陈年的脚步声渐渐远离我的房门口。

"叔叔，我……"

居然是他。桌子上的表显示时间是 6 点 35 分。

"来，进来，你来劝劝她也好，"陈年让曲城进屋，"从昨天查完分数之后就一直待在里面，没吃没喝，唉……"

"陈梦，把门开开，"他的声音依旧那么平静，带着不容抗拒的命令口吻，从前我是多么迷恋遵从，"你这样有用吗？"

没有用，我知道。我蜷缩着身子躺在冰凉的地上，从门下的缝隙看着他白色的运动鞋。没有用，但我至少可以选择不去做一个漆黑的影子黏在他身后。

"陈梦……"

"滚……滚，滚！"我用尽最后的力气对门外的他喊出这个字，然后原本以为干涩得再也流不出泪的眼睛再次疯涌决堤。

门外许久的沉寂之后曲城冷冰冰地甩下一句话："你要是想当鸵鸟随便你！叔叔，对不起，我先走了。"巨大的关门声结束了一切。

他说得对，我就是一只鸵鸟，长着和泥沙相同颜色的丑陋羽毛，把头扎进沉闷的沙里，还一个劲儿地对自己说，"看不见我，看不见我"。多傻。最傻的是这只鸵鸟还曾经妄想过有一天羽翼进化，能够飞上蓝天。

但是鸵鸟也有鸵鸟的倔犟，我愿赌服输。

当天晚上我就打开了房间门，陈年坐在客厅的沙发里看见我立刻站起来，却不知道该说什么才好，我挥挥手："饿了，想吃饭。"厨房里有做好却动也没动的饭菜，我热了热，搬到桌上和陈年一起吃。他一直都在不安地盯着我看，似乎等待我开口说什么，可我无话可说，只想一切恢复原状。

一个连线都没有上的分数只能上一个职专，所以报志愿的那天我没有去，连毕业证都是陈年帮我拿回来的。手机里面曲城的号码那天之后就再也没有出现过，他对我彻底失望了吧。

"恭喜你考上市重点高中。"然后将他的号码设成来电拦截。

恢复原状吧，忘记"在一起"那句虚妄的话。

漫长的暑假期间，除了陈年有一次说了一半戛然而止的"那个教你英语的男孩子……"曲城这个人真的就好像从没出现在我的生活里一样。可是明明心里的那个位置被占满了，挪不走，丢不掉，沉甸甸的无比辛苦。临开学前的那一晚我又失眠，坐在床上把包里一次次塞满东西，再一次次倒扣在床上。第三遍的时候一颗不知何时遗落在不易发觉角落里的水果糖突然掉落在我身上，我暗暗用力捏它，想要抬手扔掉，却最终还是放在嘴里，用牙齿拼命咬碎，那些甜蜜的汁水迅速冲进胃里。

与身体里那种叫寂寞的毒素相抗衡。

我报的职专距离家很远，所以我开始住校。其实这一切都是我一早计划好的，陈年也没有多加阻拦，只是叮嘱我一个人在外要小心些，与人为善。开学第一天陈年也上班，所以我一个人提着巨大的行李箱倒了两趟车到了学校门口。刚一下车我就把行李箱扔到一边，蹲下去吐了。夏天拥挤的车厢，满是燥热和汗味，我忍了又忍才没在车里吐出来。"没事吧，"有一个人的声音从头顶传来，他蹲下轻轻拍我的背，"吐出来就好了。"

我无法置信地抬起头看见他的脸——曲城。

为什么他总是看见我最狼狈的模样，为什么我最狼狈的时候他就会出现。

"没事，"我用水漱了下口，拿纸擦干净，"你怎么在这儿？"

"难道你不知道我的学校离这里步行也就十分钟？我还以为你是故意的呢。"

我没想过会有这样的巧合，转念又想到一个更大的问题："你怎么知道我在这儿？"

曲城伸手摸我的刘海儿："只要我想找你，你躲到哪里我都找得到。"

心中所有为抗拒而设的屏障，在这一刻土崩瓦解，才发现其实里面全部都是塑料泡沫，形同虚设，风一吹就什么都不剩了。

"喂，开学第一天不许哭。"

我用手背抹了一把脸上的汗："去死，谁要哭了。"

曲城抿着嘴微微地笑，笑容明朗得如同清晨刺破云层的第一缕曙光。

"那……"他向我伸出手，手心朝上，"在一起，现在可以了么？"

原谅我，就算我对上天发了誓，此刻我也会选择承受任何报应，决不愿让他的手空落无着。缓慢地把手交到他的手上，慢慢地十指相扣起来。后来我从一些女生嘴里才知道，原来恋爱中的所有小细节都有特殊的意义，十指相扣的意思是：不离不弃。

不离不弃，多美的四个字。

我对陈年说我想参加春季高考时，他虽然嘴上没有说什么，却仍能够看出有多高兴。原本以为大学是和我没有关系的一个词，也觉得自己再不会去和谁打什么赌，可是我的想法永远都会被曲城改写，他对我说"考上大学吧，否则我也许会去别的城市上大学"。

"那假如我考上了，你就会留在这儿？"

"可以考虑，"看我一脸失望的表情他拉过我的手，"才高一哎，你想得是不是早了点？这一次你有三年，重新开始，来得及。"

我点头，然后闭着眼睛靠在他肩膀上，他那么瘦，让我有一点点心疼。

第一学期要结束时又到了冬天，我的生日就是在冬天。陈年曾经对我讲过，妈妈生我的那天下了三十年未遇的大雪，积雪厚得阻碍了所有交通工具，他就是在那样的天气推着借来的三轮车愣是把即将分娩的妈妈送到了医院。记忆里我从来都没有正式过过生日，那一天和平常没有不同，只有陈年会给我做一碗面。

生日的那天正好是周六，我从宿舍床上坐起来拉开窗帘看到外面一片银白。其他几个室友早早就出去玩了，我穿好衣服靠着墙背语文课文，突然听见曲城的声音，他在楼下大喊："陈梦，陈梦。"

放下书跑出去却找不到他的人，正当我怀疑是不是自己幻听时，眼睛被一双很凉的手蒙住："喂，我知道是你。"

"朝前走，拐弯，慢一点，好，"曲城没有放下手而是指挥我在看不见的情况下走路，"一，二，三——"

眼睛被释放的瞬间我看见宿舍楼后一大片没有被践踏过的雪地上用蜡烛拼成的——陈梦，生日快乐。

　　"你……你很恶俗哎，"一束束微小的火光在一整片冰天雪地里摇曳，看得人心里涌动出温暖，我冲动地转过身跳到他身上死死搂住他的脖子，"谢谢你。"

　　谢谢，你给我了，我一直想要的。

第七章　白纸

　　我在"城池"唱歌的时候最轻松的就是在台下和老板聊天。老板是个三十出头的男人，虽然开的是娱乐场所，人却喜静，气质里还有那么一点儒雅。我不想加场的时候他不会逼迫我，轮到别人唱时我走下台，他会在角落里给我点一杯饮料，对我说我哪里唱得不好。

　　我才知道，原来"城池"是一个故事。

　　"它的意思是守护。"

　　虽然年龄差距并不到一辈，但他的爱情故事我听起来还是觉得很遥远。当年那个姑娘怀抱着对舞台的憧憬，每一天清晨都在阳台上勤奋地练声，唱那些在当时并没有很多人听的歌。住在对面楼的他是唯一听众。

　　"后来呢？"

　　"她现在是一对双胞胎的妈妈，"老板说话的时候脸上并没有什么波动，就像讲别人的故事，"十八岁那年我决定出去打拼，许诺几年后回来给她一个未来，只是最后她还是没有等我回来，和别人结了婚。"

　　我哑然。原来，这只是一座空城。

　　"那天你唱歌时脸上的表情让我想起她。"老板突然又开口，看见我的表情后很无奈地摇摇头，"小姑娘别害怕，我对你没有别的想法，要是有，你现在还能好好坐在这儿么？你有男朋友吧。"

　　我微微点点头，问："你怎么知道？"

　　"你身上有爱情的味道，而且你是个有故事的人。"

　　"你看我这么年轻能有什么故事，"我举着漂亮的酒杯，装出无辜的口吻，

"我可是白纸一张。"

"不谙世事的孩子总是喜欢把自己说得很复杂，而经历过很多的人才会把自己伪装成什么都不懂。可是那些往事是会在身上留下痕迹的，明眼人一看就可以看得出来，一张白纸上只要写过字就不可能再恢复成一张白纸，特别是你是无法换一张新的。"

究竟要走过多少陌生道路，经过多少寒冷人事才能说出这样了然的话。三十出头有正当生意，酒吧只是副业，或者说只是纪念，却没有家人，至今未婚。晚上一个人在这里喝酒，然后睡在酒店。

"想听什么歌吗？"我问他。

"老一点的歌会么？"

"说来听听。"

那天晚上老板点的歌里有一句词是这样唱的："你说如果雨一直下到明天，我们就厮守到永远。"假如谁也说不出永远究竟有多远，那么就随时都可能到期，可为什么即使明白了这个道理，还是有那么多人愿意守着一座空城。

我在"城池"干了一个月，总体还算平静，虽然也曾有过醉酒后的客人死命要我陪酒的事，但最后酒吧的看场都会帮我摆平。我拿到一个月的工资时发现里面多了五百，我去找老板，他随意地说："就当是你陪我聊天的工资。放心，在我眼里你只是个小丫头而已。"

我站了一会儿，默默把钱收进口袋："谢谢。"

这笔钱我不能直接给绍凯，只能先存起来。这么久他还没有发现我半夜出来上班的事，因为我几乎都是在他晚上不回来的时候出去，唯一有一次冒险在他睡着之后偷偷跑出去，然后天亮前又偷偷溜回来，可能他白天真的太累了，睡得很沉，并不知道我做了什么。

揣着那一叠钱回去，走到门口习惯性地掏钥匙，抬起头却发现没有那个锁在外面的大锁头。我的脑袋顿时一片空白，手在口袋里握紧。正在这时，门开了，想跑已经来不及，绍凯与我面对面站着，我不敢看他的眼睛。

"进来吧。"他什么也没说，侧身让我进去，他冷静得让我有点害怕。

"绍凯，我……"

"困么？困就进去睡吧。"

我伸手去拉他的手，他却不着痕迹地躲开，走了出去。我的手僵在半空，看起来像是没有生命一样。

我，又让他着急失望了吧。

一个人回到屋子里，床上很整齐，他回来都没有睡吧。我躺上去，却禁不住席卷而来的睡意，想着等我醒来再哄哄他应该就没有关系了，终于沉沉地进了梦里。

我一直都很爱做梦，几乎每晚都会陷进不同的梦境，有时候是熟悉的场景熟悉的人，也有的连我自己都好奇它的出处。梦里面我在一条陌生的路上，两边都是高大的白杨，让路显得更加漫长。我不知道自己走了多久，脚都磨出了泡却怎么也停不下来，就在我绝望时突然看见了前面绍凯的背影，我高兴得大声叫他，却发现自己无论怎样用力都发不出声音，腿在这时候也像被钉在地上无法动弹。最终我看着他的背影渐渐消失，却连哭都哭不出声音来。

"绍凯！"掐着自己的脖子醒过来，万幸的是自己还能够说话。惊魂未定地坐起来看时间，发现自己竟然从早上一直睡到了傍晚，外面一点儿声音都没有。我起身出去走到阿毛小哲的房间前敲门，"绍凯，你出来，我有话和你说。"

不一会儿阿毛来开门："梦姐，凯哥还没回来。"

"还没有？"梦中的场景突然出现在眼前，我转身朝门外跑，"我去找他。"

"哎，梦姐，"阿毛拉住我，"他只是去找亦哥了，没事的。"

"可是……"我还是想出去，却看见绍凯已经走到了门口，我跑过去拉着他的胳膊问，"你怎么这么晚才回来？"

"没事。怎么了？"他伸手揽着我的肩膀，和我一起走回屋里，"你不用担心我的。"

"你生气了是不是？"其实不用问也知道，除了生气之外他不可能这样和我说话，"其实……"

"我没生气，别乱想了。"绍凯静静地打断了我想要编造的谎言，又打开门想出去，"我去抽根烟。"

"就在屋里抽吧，没关系。"我不想让他找机会离开，低头却看见他手里已经快要变空的烟盒，"你怎么又抽这么凶？绍凯，你生气你就说好不好，你别这样。"

"呵，我要生什么气，"他摇摇头，"你不喜欢抽烟，我出去抽。"说完他把我一个人关在了门里面。

明明刚开始平稳安宁的生活又有变冷的趋势，可是假如我对他说实话，他会了解么？我走出去，看见绍凯坐在门口抽烟，他好像又瘦了一点。"绍凯，"从后面抱住他，把脸贴在他的背上，"别这样好不好，你这样我不知道该怎么办。"

"梦儿……你去找过孙亦，对不对？"许久他把我拉到身边，轻轻吐出这句话。

该死的孙亦，叫他不要说不要说，居然还是说了出来。我在心里暗暗骂他，却不得不承认："是，对不起。"

"傻瓜，对不起什么啊，"他摸摸我的头发，"走吧，到屋里去。"

我和老板请了两个星期的假，他很痛快地答应了。两个星期，我在家里做饭等绍凯他们回来，还和以前一样打打闹闹，晚上他依然习惯性地环着我睡，我睡不着的时候就枕着他的胳膊静静地看着他。其实他算是个漂亮的男人，轮廓硬朗而分明的脸，眯起来坏坏的眼睛，应该会迷倒很多小女孩。为什么这么长时间他都不变心呢？在黑暗里我因为自己这样傻的小心思而偷偷笑起来。

如果有一天他变心了，我会难过吗？会介意吗？

日子过得飞快，转眼又是冬天。春节前两个月超市是最忙的，绍凯他们几乎每晚都无法回来，于是我把一星期三晚改成了每晚。无法否认，我喜欢"城池"的环境，虽然是很小的酒吧，却有着自己的小情小调，除我之外，其他唱歌的女孩子也都是声音轻灵，很少时间会放那种吵闹的舞曲。但正因为这样，除去一部分老客人之外，"城池"的生意总是比不上别家。

"下面我要唱的是张先生点的歌:《爱情》。"后面的音乐刚刚响起，点歌的张先生突然走上台来拦住我:"等等。"

我不知道他要做什么，只好保持着标准的微笑。

"再加一句，这首歌送给我们的陈小姐。"他的话刚一出口底下起哄似的响起了掌声，我知道又碰上了难题，只好赶紧说:"张先生您真会开玩笑。"

"陈小姐，我请了你几次，你不是说身体不舒服，就是找机会跑掉，今天我上台请你，你还能不给面子么？一会儿下了台我请你喝两杯酒，不会很长时间。"

"张先生，我是真的不会喝酒，不想扫您的兴，才……"

"别吊我的胃口了，谁信你只是个唱歌的啊。我去和你们老板说今天你的钱我出，走吧。"说完他竟然伸手往台下拉我，我惊慌失措不知道该怎么办，只好搜寻老板的身影希望他能够替我解围，却看见台下的中央位置一个人正在静静看着我。

那一刻，我看着绍凯深不见底的眼神，拼命挣开了那个男人的手。

酒吧里昏暗的灯光，让人的脸都显得不太清楚，环绕的射灯又把五官照得诡异而扭曲。我和绍凯就这样台上台下相对着，那个不知死活的男人还不死心地拉扯我，我很担心绍凯会冲上来打他。可是大概也就只有一分钟，绍凯沉默地转身走了出去。

"绍凯！"我什么也顾不得，从台上跳下去追出门拉住他很冷的手，"我和你回去，我们回去说好不好？你怪我，恨我，骂我都行。"

他没有回头看我，只是一寸一寸将手抽出去："陈梦，难道你还不明白，看见你这样，我恨的是我自己。"

他居然叫我陈梦。为什么同样的两个字他叫起来显得那么冷漠。我朝着他的背影用力地叫了几声，可是他一直到消失在我的视线里都没有回头。背后酒吧看场的人出来问我，是不是有麻烦，他的手刚碰到我的肩膀，我蹲下去撕心裂肺地哭出了声音。

"你没事吧？"一个犹豫的轻浅的男声从我的头上方传来。

我被记忆里熟悉的那部分击中，抬起已经哭花的脸模糊地看见了一个脸庞柔和的男孩子，他的目光清澈如一面湖。

"你回来了……是不是……"我突然紧紧抱住他，把眼泪流在他的肩膀上，"我好想你，真的好想你……"

"喂，你……"

只顾着沉溺于自己幻觉中的我并没有看到，远处走了一半又迅速折返回来的绍凯看着这拥抱的一幕，默默地闭起了眼睛。

"小姐，你是不是认错人了？"

哭泣逐渐平静下来之后我猛地放开了面前的人后退了一步，他看着我眼神更加的无辜。怎么可能是他呢？我定睛去看眼前的男孩，应该还是学生，很像那时我们的年纪。

"对不起……吓到你了，我没事。"

"哦，那我走了。"他也没说什么，只是看了我一眼，转身走了。我看着他越走越远，想要询问姓名的话最终还是没有说出口。

深呼吸了几次，擦干脸上的眼泪，我扭身走回酒吧，老板好像已经知道了刚才的事，看见我招手让我过去："没事吧？"

"没事，我今天晚上就到这儿行么？"

"行啊，这样，我这里你想来就来想走就走，我随时欢迎你来玩儿票。快去把男朋友追回来，这才是正事。"

"谢谢您。"我忍不住对老板微微鞠了一个躬，转身推开门往家的方向跑。

这条路并不算很近，但平时慢慢走也没感觉有什么，可此时才突然发觉它的漫长，跑到家门口时已经气喘到不行。

"绍凯……"轻轻推开门，只有琴房亮着灯，我小声叫着他的名字走进去却看见阿毛小哲和孙亦。所有人居然都在，我有些奇怪，可是暂时顾不得问："绍凯呢？"

"陈梦，这么晚你去哪儿了？"孙亦走到我面前，语气里也满是疑问。

"先告诉我绍凯在哪儿。"

"他不是去找你了么？你们没遇见？"

我站在原地只感觉一盆冰水从头顶倒下来。他没回来，他真的没回来，我最担心的事还是发生了。我看着孙亦想张嘴却开不了口。

"陈梦，你怎么了？"他们三个人都发现了我的异样，"发生了什么？"

"我……我要去找他！"转身太过生硬竟然站立不稳，我靠着墙身体慢慢滑下去，"帮我找他回来啊……"

"什么都别问了，"孙亦看着蹲在墙角的我，转身对小哲阿毛说，"我们出去找找阿凯，这俩人估计是闹别扭了。"

他们出去后巨大的寂静围拢了我。我抬起头茫然地环顾四周，突然发现了房间不一样的地方。原先空白的一面墙被喷上了五颜六色的涂鸦，看不出来究竟是什么，却可以看出中间的字：丫头，生日快乐。在那面墙底下的一个椅子上放着还没有打开盒子的生日蛋糕。我用力捂住自己的嘴，想象着绍凯赶回来想要给我惊喜的样子，最初的时候他一定还一边准备一边说服自己我一会儿就会回来，可是……

这一次我伤他有多深啊。

来离城的第一年绍凯根本不知道我的生日，那时是我们最混乱的时候，没有人会想起庆祝生日这种奢侈的事情。然而第二年，我依旧不记得自己何时说过生日是哪天，甚至连我自己都忘记了，他却突然拿着吉他进屋坐在我对面，在我满是疑问的眼神里给我唱《灰姑娘》。

"怎么会迷上你，我在问自己，我什么都能放弃，居然今天难离去。你并不美丽，但是你可爱至极……"绍凯唱歌的声音和说话不大一样，有一点轻微的哑。听到这句时我终于忍不住笑了出来，却听到他用一种平时不会有的声音说，"生日快乐。"

那一刻，我竟然呆住，完全手足无措。所幸的是他用吻帮我解了围。

过了近一个小时，就在我已经坐不住要跑出去时，他们三个回来了。"陈梦，你说你们到底怎么了？周围我们找遍了都没有他的人。"

"我出去找！"

"不行，"他们几乎是异口同声地阻止我，"这么晚了，你要是再出什么事怎么办，他不是小孩子了，赌赌气明天也许就会回来了。"

"你们不知道，这次不一样的，不一样，"我看向那面墙，"你们为什么不告诉我……谁也别拦我，我一定要找到他。"

"好，那至少找个人陪你去，这周围这么偏僻，一个女孩太不安全。"

"不要，我要一个人找到他。"说完我穿好衣服就要出去，孙亦赶紧拿手机给一个人拨电话，然后打手势让我等一分钟，撂下电话后他对我说，"我给你找了个朋友，他开车载你去找，这样也方便是不是？"

我点头，想说谢谢，孙亦却早一步做了个"stop"的手势。

　　坐在孙亦朋友自己改装的车子里，在离城深夜的街道上慢慢寻找绍凯的身影。陌生的男孩子，染着黄色的头发，大概是因为好奇一直不停地问我话，我却没有搭话的心情。要在一座城市找一个伤心的人有多么难，也许就连他自己都不知道要去哪里。恍惚中想起了曲城曾经对我说过的那句"只要我想找你，你躲到哪里我都找得到"，才不得不承认这是不可能实现的话。

"呃……你能不能想想要找的人可能去哪儿，我们有目的性地找会不会好些？"身边的男孩沉默了一会儿终于又忍不住开口。这样麻烦人家，就算人家嘴上不说，心里也会抱怨吧。我只好抱歉地看着他，心里却根本理不出头绪。

绍凯，你在哪里呢？

"你知不知道距离火车站不太远的地方有一家快餐店，名字……名字我不记得了，如果知道能送我去那儿么？"

开车的男孩子想了一想，竟然点了点头："大概就是那儿了，这里我熟。不过这么晚了去快餐店干什么，还这么远，饿了么？"

我不再说话。那是我们初始的地方，我很想过去看看。

开了半个多小时，夜里的马路那么清静，他开车的速度让我有一点害怕，幸好还是平安到达。那间快餐店还在，也依旧是24小时营业，我下了车，在窗外对他挥手："你走吧，我一会儿打车回去就行。"

"不行，孙亦那小子肯定得跟我急。"

"我会和他说的，你回去吧。"

一路上他的手机响了很多次了，肯定是有事情。果然，他犹豫了一下还是答应下来："那你自己注意，我先走了。"

　　和除夕那天有一点不同，快餐店里有了客人：刚刚下班的职员，和玩到半夜来吃夜宵的男孩女孩，我像那天一样去买了一个汉堡坐在当时的那张桌子边，只咬了一口就再吃不下去。当时为我买汉堡的人现在在哪里呢，原来同样的食物在不同的情境下味道也会不同。

　　一个人在桌子上趴了一会儿便觉得索然无味，走到街上沿着便道漫无目的向前走。幸好我能够确定绍凯不会离开这座城市，否则我想我现在一定会疯掉。朝快餐店右边走了十分钟后我又折返，打算走左边，就在离快餐店还有三步时我看见绍凯坐在台阶上安静地抽烟。

　　已经没时间去管究竟是不是我的幻觉，甚至连那根燃着的烟都已算不得阻碍，我跑上去扑到他的怀里，一颗悬着的心终于可以着陆。谢天谢地，真的是他。

　　绍凯大概根本没想到我也会来这里，一时间一点儿反应都没有，过了一会儿才慌忙把手里的烟扔掉。

　　"当心烫到你。"

　　我突然从他怀里把身体抽离站起来看着他，发狠似的打了一巴掌过去，我的右手立刻震得麻了起来："你知不知道我找了你多久？你知不知道大家都有多担心你？你知不知道我多怕找不到你……"

　　他好像根本不知道疼似的，依旧没什么表情，站起来伸手摸我的脸："别哭。以后都不要在我面前哭。"

　　"绍凯你别这样行不行，我不去了再也不去了行不行，"我按住他停留在我脸上的手，生怕他会离开，"你要是生气你打我也行。"

　　"我怎么可能打你，我不会和我爸一样。"

　　一句话终于让我了解了他的心被我伤得有多重，我竟然把他心中好不容易刚刚愈合的伤口再次撕裂开。"对不起……"我把脸贴在他的胸口，胳膊用力到整个人都颤抖起来，"对不起，我们回家好不好？和我回家吧。"

　　"好，回去。"他低头轻轻吻我的发顶，"不哭了，我跟你回去。"

　　折腾了几乎一整夜，回到家的时候天都快要亮了。孙亦他们三个果然都没有睡，一直在等我们。看见我们一起回去时，孙亦走过来猛地一拳打在绍凯脸上："你小子多大了？离家出走到现在还玩儿！"

　　"孙亦！"我护在绍凯的前面，"是我的错，真的都是我的错……"

　　"我不管你们两个了，放着好好的日子不过，整天瞎折腾。"孙亦看了样子一个比一个憔悴的我和绍凯，"要接着打还是要怎么样，先进去睡觉，睡醒再说。"

走回屋里绍凯让我躺到床上睡觉，我小心翼翼地摸他的脸，一晚上居然被打了两次："痛么？"

"没感觉。睡吧。"

"你和我一起睡。"

绍凯看了我一会儿，他那种寂寞的神情让我心慌，幸好他还是躺下来把我抱到怀里："放心，我回来了就不会再走。我保证，一定比你晚离开。"

可是神经没办法真正放松下来，依旧是紧绷地感觉着他的每一个微小动作。被他抓着放在胸口的手能够触摸到他的心跳声，那么慌乱，和我一样。

是第一次吧，我们这样相拥着却各怀着心事，谁也没办法睡去。

其实有很多小细节我总是有意地去遗忘。三年的朝夕，在外人看来已经类似于夫妻的生活，绝对不会仅仅几个片段就可以概括。争吵的，感动的，痛苦的，沉默无语的，那些细碎的堆叠如同蛋糕上散满的奶油碎末，是不可缺少的一部分，却在吃完蛋糕后最容易被忽略。

我用手拿着一块蛋糕举在绍凯嘴边上："你吃。"

"你吃吧，你看你弄得一手都是。"

"那我吃一口你吃一口。"

"行。"被我缠得没办法，绍凯轻笑起来，我就觉得他笑里面有内容。将信将疑地刚咬了一口想要递给他，他突然靠过来用嘴把我嘴角的奶油舔走，速度之快让我心跳都停拍，"还挺甜的。"

"你……讨厌，谁让你这么吃的……"脸红着转过头去看见角落正端着两盘蛋糕狼吞虎咽的那两个人一直往这边偷瞄："你们看什么看啊？"

小哲指着我和绍凯边摇头边说："你们两个到底是不是地球人啊，打得快好得也快。"

"要你管，"我拉绍凯站起来，"走，我们回屋去。"

"记得把窗帘拉上啊……"

这该死的小哲一句意有所指的话搞得我脑子里开始乱七八糟，落荒而逃似的回了房间，轻易地就被绍凯按到墙上："说，你想什么呢？脸红成这样。"

"我……什么也没想……"漫长的越来越滚烫的亲吻短暂停歇之后，我只好投降，把头埋在他的胸口任由他胡作非为，"还是把窗帘拉上吧……"

我一点也不信绍凯没有生气，可是当他决定把情绪藏起来，我竟然发现自己毫无办法。我们的关系中被我亲手埋下了一颗不知何时会引爆的炸弹，我不清楚自己有没有能力在爆炸前拆掉它，更不知道会不会一个不小心直接被它炸得四分五裂。

"梦儿，我要回安城一段时间。"

我噌的一下坐起来，睁大眼睛看着他，我觉得自己的表情一定像一只受惊的猫。绍凯有点被我的反应吓到，伸手把我揽回去轻轻拍，说："你别激动，我又没说不回来。你别怕。"

"你知道我害怕还吓我……"我像孩子抱着巨大娃娃一样抱着他，"你回去做什么？"

"梦儿，和我一起回去吧。你不想回家的话，我们还在一起。"

我没注意到他没有正面回答我的问题，只是在挣扎该怎么办才好。明明"好"字已经涌到嘴边，最后却依旧是摇了摇头。

"你告诉我，"绍凯强行扳正我的身子，让我直视他的眼睛，"遇见我的那天发生了什么？你为什么那么害怕回去？"

措手不及之下，炸弹轰隆一声，爆炸了。只剩下满心回荡的鸣响。

"没什么……"

"好，"他放下我，坐起来穿衣服，"我过完年走。"

我从后面死死抱住他："绍凯，你给我时间好不好，我会慢慢告诉你的。"

他镇定地把我的手掰开，最后留下的话让我傻得半天回不过神来："我给你的时间还不够多么？那个长得很清秀的男孩对你很重要吧。"

我用手捂着脸背靠着冰凉的墙壁，阴冷像是病毒，甚至可以感觉出它们渗进毛孔的过程。不可能不可能不可能……为什么他什么都知道。原来一直以来都是我在自欺欺人么？

那个对我很重要的人，早已经不在了啊。

这是一个貌合神离的新年，比起去年的灰暗，这一年明明要和谐很多，我的心却终日惶惶不得安宁。无论我何时抬头去看绍凯的表情，他都像平时一样，说说笑笑，对我宠爱备至，如同那天的话不是出自他的口一样。

这样的绍凯让我陌生，从前那个他已经被我伤透，不会再回来了吗？

整个除夕夜都在喝酒，到最后头晕就倒在绍凯身上，恍恍惚惚间感觉到他把我抱回屋里，盖好被子，却没有留下。我实在睁不开眼睛，只能任由自己睡过去。

第二天被鞭炮的声音吵醒时还以为是邻居家，却发现声音近得有点离谱。穿好衣服跑出去，发现他们居然买了很多花炮来。

"买这些干什么？"

"玩啊，敢点么？"

我疯狂地摇头。"没事的，来，"绍凯把手里的烟递给我，让我拿好，抓着我的手靠近那截小小的引线，我本能地向后缩，却拗不过他，确认点着之后我捂着耳朵飞快地躲进他的怀里。在巨大的声响中，我听见他在我耳边说，"我不在，你要自己学着做很多事，我真的不放心。"

我抬起头却看见他在看远处。谁都不知道刚刚的那一刻，我曾错觉于那句话是出自曲城的嘴。

其实我比任何人都恨自己戒不掉的幻觉。

"绍凯，我有话和你说，回去好不好？"鞭炮声掩盖了我说话的声音，我只好提高声调再说一次，"我有话和你说！"

绍凯看了我一眼，拉着我走回屋里："说什么？"

深吸一口气将肺灌满，就好像空气里真的会有"勇气"那个成分一样，但是除了更加感到缺氧之外没别的："如果……如果我说我不让你走，你能不走么？"

"笨丫头，我说了我又不是不回来。"

"我说我不让你走，不让你走，就是不让你走！"我也不想把这种无赖的样子拿出来，可是除了这句话我也想不到别的。

绍凯突然低下头笑了，他用特别陌生的语调对我说："那好，给我个理由。"

"理由……"

"对，给我个能让我留下的理由。说不出来，是么？"他看着我的眼睛，一步一步逼近我，我不自觉地向后退，一直到后背抵到墙，"我从来都没有想过我会对一个萍水相逢的女孩有感情，可是……我输了。"

"对不起，对不起……"我伸长胳膊抱住他，"你为什么要对我有感情呢，为什么……"

"陈梦，你知不知道，有时候你真的很残忍，"绍凯推开我，"我们都给对方一点时间吧，也许在一起太久了，该分开想一想了。"他转身要出去之前，我冲到了他面前："别说你对我多有感情，我不相信，我不想听！你根本不爱我，你只是在骗你自己！我就是残忍，自私，不懂事，我不会爱任何人，所以你们最好快点把我扔下，让我一个人自生自灭！我……"

巨大的摔门声截断了我歇斯底里，双刃剑一样的话。你们都别爱我，要我自生自灭好了。

只是我没想到绍凯走得那样快，我哭着睡着，仅仅三个小时，他就悄悄离开了。醒来的瞬间看见枕边他放下的纸，刚刚干掉的泪痕又被覆盖。他在我睡着的时候进来过，他对我说过什么呢。

"好好照顾自己，晚上一个人睡要盖好被子，做不了的事情找人帮你，不要乱来。我知道你不是故意说那样的话的，每一次你害怕或是难过都会用这样的办法，把自己弄得更伤。傻丫头，如果有一个人能让你不哭不害怕，你随时都可以走。"

"绍凯！"我握着那张字条用力去砸小哲他们房间的门，直到把他们吵醒，一脸茫然地看着我，那一刻我就知道连他们都不知道绍凯走的事情："没事了……你们去睡吧。"

又要下雪了，天冷得吓人，我抱着肩膀站在院子中央，连自己要干什么都不知道。假如绍凯不在了，那么我和这座城市还有什么关系呢，或许我也该离开才对。可是……世界这么大，我要走到哪里，才能丢掉这么多的记忆，才能找到弥补这些伤害的药方。"梦姐，"会这么喊我的只有一个人，我缓缓回过头去，看见阿毛站在几步远的地方满是担心地看着我，"我说了你别着急，凯哥他……好像走了。"

"我知道。"

他在原地停了一会儿才走过来，我以为他是想试图安慰我，却没想到他对我说："梦姐，你知道他最近为什么总是躲开你么？他病得很厉害，上班的时候一直在咳嗽，可是在你面前他能忍就忍。昨天晚上还烧到39度，他根本不敢让你碰他。"

冷风让我起了密密麻麻的鸡皮疙瘩，脸则根本丧失知觉。原来我什么都不知道。我以为自己知道的了解的原来都是别人故意做给我看的。

"去火车站找他，应该还来得及的，"阿毛叫醒了头脑一片空白的我，"你放心他这样子一个人走吗？"

我连外套都来不及穿，跑出去拦下一辆出租车，司机看见我披头散发的样子吓得愣了一愣："小姐……你……"

"去火车站。"

第八章　没有硝烟的战争

　　我常常想用怎样的词语形容我与曲城的三年才最恰当，那种妥帖的温度像是一个无形的屏障将我包裹其中，免受惊扰和伤痛。住校是有利也有弊的事情，有了所谓的自由，却要和各种各样性格的人磨合。宿舍里的女生家离学校其实都很近，住校只为了图新鲜，日子稍一久就变得抱怨不停。我第一次和一个女生吵架就吵得惊心动魄，她趾高气扬地挑着下巴让我乖乖把东西搬到别的宿舍，因为她的朋友要住过来。我看了看她一脸自信的样子轻轻地笑，往床上一坐，随意地看起了书："我住得挺好的，不想换。"

　　或许是我真的变得乖顺了，她竟然把我当成了一只绵羊，她万万想不到自己会被绵羊咬上一口，当时脸就气得通红。出乎我意料的是她没有立即发作，而是忍耐地转过脸去不再理睬我。

　　中午我和曲城出去吃完饭回到宿舍，发现我的东西通通被扔到了楼道垃圾桶里，被子上黏着菜汁，还故意留了一截在外面好让我认出来。我站了两分钟然后拉着那个桶回到宿舍，直接倒在了那个女生床上，倒完后我拍拍手，扬头看着顿时傻在原地的她。她缓过神来之后像疯了一样喊叫着过来扯我头发，最后宿管将我们一起带到了办公室。

　　面对着老师，刚刚还张扬跋扈的那个始作俑者哭得梨花带雨，言之凿凿控诉着我平日怎样横行霸道，排挤她，欺负她。我摸着自己脖子上被她指甲划出的那道血痕，连笑都觉得累。

　　"老师，我错了，都是我的错。"

　　"我怎么就不信你会说这种话呢。"曲城看着我脸上脖子上手腕上的伤，嘴角却带着一点点笑容，"你们女生打架真可怕。"

"你爱信不信，要是以前估计我就拿刀捅她了。"

"别胡说八道，我去给你买点药擦擦。"

"不用了，"我突然伸出手拉住他的胳膊摇晃，"你说我现在又没办法在宿舍再待下去。回家要倒两次车，我晕车，你每天骑车送我回家好不好？"

曲城看着我拧了一下眉头，好像在挣扎什么。

"好不好嘛……"

"好，拿你没办法。"

从那之后，曲城每一天都会骑他那辆暗蓝色的车载我回家，路真的挺远，要骑上一个多小时。可是我知道曲城的个性，只要答应了就风雨无阻。他比我晚放学两个小时，我坐在路边看书等他，两个小时也是不短的时间了，可是用来等他就变得很有意义。远远看见他的车骑过来，还来不及停下我就直接跳到后座上："你能不能不用跳的，也不怕摔着。"

"摔不着的。"

"你扶好了不要乱动。"

我心里暗暗觉得好笑："好了，啰唆。"

曲城突然右手扶着车把，左手伸向后面："把手给我。"

"干什么……"我不明所以地将右手交上去，他却无奈地让我换成左手，"你到底……"话还没出口却已经明白了他要做什么，他拉着我的手轻轻放在了他外套的口袋里。我心里想这个人真是图谋不轨啊……另一条胳膊却还是配合地环了过去。

"这样就安全了吧。"他得了便宜还卖乖，我当即就想把手收回去，他却抢先一步按在我的手上，"你给我老实点，别乱动。"

"你……"虽然气不过，心里满溢的却是一种沉甸甸的力量。过了两分钟，我自然而然地将头靠在了曲城的背上，轻轻合起眼睛。

假如这个世界上有一个能够让我觉得牵着他的手闭着眼睛走都不会迷路的人，那么，在当时除了曲城再没有第二个人选。

陈年第一次撞见曲城送我回家时明显愣住了，他一直都认为我是坐公车。我有些尴尬地松开抱着曲城腰的手，从后座跳下来，小声喊了句："爸。"

"回来了，"他虽然平静地应着，视线却没有回转，还一直盯着曲城看，"进去吧。"我马上明白过来，他这句话是对我们两个人说的。

"叔叔，我先走了。"完全不顾我使的眼色，曲城骑上车迅速地离开。我看着他身影消失的方向，有那么一点儿失望。

"你们两个一直还有联系？"进了屋，过了一会儿陈年才尝试开口问。

"不是，后来遇到的，"我也不知道这样算不算说谎，"我们其实……"

"这孩子是个好孩子啊，"陈年打断了我解释的话，"不过他身体是不是不好？"

"啊？"我不明白他为什么会这么问，"不是啊，他一直也没生过什么病。"

陈年低头喝了口水，没再说话。

本以为会持续很久的谈话竟然这么快就结束了，我猜不透陈年心里在想什么，能够确认的是我和曲城的行为已经明明白白表示了我们在恋爱，可是陈年却依旧按兵不动。我有些意外地发觉自己突然变得像每一个早恋的少女一样，开始有那些莫须有的担心，从前那个不管不顾的我当真被封印在了看不见的角落，被灰尘丝丝盖住了。

回了房间立刻掏出手机给曲城发信息："你不要担心，我爸什么也没问。"

十分钟过去，并没有回复过来。

我不甘心，又发了一条："？？？"

手机在过了半小时后才终于亮起来，却不是信息而是电话，我接起来刚要说话却听到那边说："你现在下楼来。"

我不由得心跳加速，鬼鬼祟祟朝客厅看去，陈年已经回屋改作业备课了："好，你等我。"

没有穿外套，穿着拖鞋跑下去，因为怕关门时门会响只是虚掩着没有关上。刚到楼道口就看见曲城静静站在那里，我不知道哪里来的勇气直接跑过去抱住他的脖子："你在这儿多久了？"

"你爸爸真没骂你吗？"曲城用手轻轻摸我头发，"我不放心所以又折回来。"

"那你还不如不走呢，他真没说什么。"

"陈梦，其实我刚刚想了很久……"他把我与他拉开距离却不看我的眼睛，"要不然，我们还是分手吧。"

因为太过突如其来，我连一句"为什么"都问不出来。我抬头静静地看着他微垂的眼帘，强迫自己先镇静一点："你再说一遍。"

"我觉得我没办法给你幸福，对……"

"滚，我不想听这些假话，"我用力地推他的肩膀，"滚，滚！我答应了！行了吧？"

眼泪流下来的前一秒我转身往楼上跑，曲城在后面使劲儿叫我，我死死捂着耳朵，当做没听到。回到屋里，我蹑手蹑脚地把门碰上，想尽量把声音减到最小。

"回来啦？"惊慌地回过头看见陈年端着茶水从房间里走出来看着我，我狼狈得连眼泪都来不及擦去。

"梦梦，你是不是在和那个孩子谈恋爱？"

"是。"否认也没有意义，反而显得可笑。

"我不反对。"

我低头把脸上的泪擦干净，暗暗觉得老天真是爱跟我开玩笑。

"还是反对吧，已经结束了。"

陈年明显没有想到，反而脱口而出地问我："为什么？"

"我也想知道。"说完我走回自己房间，用力把门关上。

只顾着陷在不明白和不甘心情绪里的我躺在黑暗里慢慢睡去，并不知道曲城站在楼下一直都没有走，更不知道陈年曾下去和他说了很多话。

黑夜总是习惯性地藏匿起一切，给人以平和的假象。每一个睡着的人的睡梦外都发生着有关他的真实，只要是真实，就有喜悦也有灰暗。所以如果让我选，我宁愿活在梦里面，梦里面他永远都会朝我伸出手，语气温柔却不容抗拒地说："在一起吧。"

对了，如果再加上一个"永远"，就更好了。

就算无法理解但事实是我们确实分手了，我不会再等他放学，一个人去车站等车，我中午开始吃食堂的饭，没有特殊情况不出学校。我固执地告诉自己没有他我自己也一样能够很好地生活，我甚至动了换手机号码的念头。平素和我略微熟悉一些，或者碰见过我和曲城在一起的人都察觉到了我的异样，只是我从他们的眼神里却看到了截然相反的内容，似乎提分手的是我，不对的也是我。

星期四的早上起床发现头疼，直觉告诉我是发烧了，找出体温计试了一下，也只是低烧。带了点药，带了一包糖，就去了学校，没想到快到中午的时候温度竟然一下就蹿了上去。趴在桌子上整张脸烧得通红，老师讲了半节课特意停下来过来问我有没有事，我摇摇头，脑袋里却像有一块石头，随着摇动撞得太阳穴生疼。

"喏，退烧药。"中午其他人都出去吃饭，我一个人待在教室里，一个同学回来时竟然放了一盒药在我桌子上。

"不用……"

"是你男朋友给你的。"

"他在哪儿？你怎么会遇到他？"我生硬地从椅子上站起来，连头痛都暂时忘记了。

"他每天都会过来啊，一个人在外面吃饭，你也不理人家。"

我抓起桌子上那盒药往学校外面跑，我一定要问清楚为什么说了分手他还关心我，还一个人坐在曾经的地方吃饭，晚上肯定还会来接我。既然已经分手了不就应该分得干干净净，以后井水不犯河水，老死不相往来的吗？"你给我站住！"刚到学校外面就看见了熟悉的身影，我拦到他面前，把那盒药扔到他身上，"你到底什么意思？"

曲城完全不在意我激动的样子，伸手摸摸我额头："烧得这么厉害，回家吧。"

"你为什么还管我……我们已经没有关系了啊。"他温柔的眼神让我毫无招架之力，语气又开始变软。

"人和人之间关系很多，朋友也可以关心的。"他擦过我的肩膀自顾自的朝前走，"好好照顾自己。"

"你知不知道你很软弱，你明明有事却什么都不对我说！"

曲城听见我的话突然停住了脚步，正在我们僵持的时候一辆车从我们的中间穿过，等到车过去我以为曲城已经走了，他却站到我面前第一次无比用力将我按进他的怀里。我在窒息中听到他说：

"我就是懦夫，你别恨我。我怕你恨我。"

说完他转过身没有回头地跑远了，留下我傻傻站在车来车往的路中间哭都哭不出来。过了一会儿，我的手机响了，我看到他的信息说："给我一点时间，再给我一点时间。"

这一次的烧久久退不下去，还咳得惊天动地，最后只得麻烦陈年带我去医院。诊断结果出来是肺炎。连续一个月的输液，才发现自己原来是过敏体质，完全不能用那些消炎药。陈年请了很多天的假，其他老师肯定已经怨声连天，我对他说："爸，我自己去就行。"

陈年张了张嘴，看起来还是不放心，我却阻止了他要说的话："我一个人可以的。"

他的脸色僵了一僵，还是随了我的意思。他明明知道我一个人可以，也喜欢一个人，可是还是难掩失望的神色。我看着他，很想挽回一下，至少像其他孩子一样表达一点亲密与需要，可是张开口却是接连不断喘不上气来的咳嗽。

我没想到陈年会找曲城来接我。他进来时我正要输完液，他和我对视了一下来不及说话就出去叫医生。针拔得有一点疼，曲城走过来帮我按着棉签。"我自己……"他拧了一下眉头，我乖乖没再说话。

"为什么不告诉我？"确定不流血了以后他把棉签扔掉，然后又去要了一根干净棉签蘸上清水轻轻擦我手背上的碘酒，"赌气？"

"没有。你怎么知道的？"

"你爸爸给我打的电话。"曲城习惯性地过来牵我的手想要往外走，我却有那么点不习惯地想要躲开，"你这样也不好骑车，坐车空气又不好。"

他的自行车停在医院外面，打开锁让我坐上去。一切都跟从前一样，差不多整整一年都是他骑车送我回家，我环着他的腰心里觉得安宁，甚至曾经在他背上睡着过。可是也就过了那么短的时间，我僵着两只手只肯死死握着后座的铁条，不知是故意还是无意，到一个十字路口前面他突然很猛地刹了车，我的肩膀撞到他的背上。"把手给我。"

他就是这样，一模一样，有条不紊。可是我尝试了两次努力去抬胳膊，却没办法像第一次一样配合他。"把手给我。"他干脆把车停下，扭头看着我又重复了一遍。

"算了吧，没事。"

"陈梦……"

"够了！"我从后座上跳下来向相反的方向走，他跑过来拉住我，强迫我面对他，"你到底要干什么？我们已经分手了，我们已经分手了，我没办法像你这样！"

曲城一动不动地看着我，脸色突然变得飘忽不定，他的皮肤一直都那么白，像是吸纳了太阳白光的那种白，此刻却渗着寒冷。我刚想把视线转到别处，他的手突然扳正我的脸，吻准确无误地落下来。

和第一次的浅尝辄止不同，两个人的吻唇都渐渐从冰凉变温热。我瞬间张大了眼睛，然后再慢慢闭上，只听见自己的心跳。甜蜜的，紧缩的，潮湿的，几乎可以腐蚀掉一整座城池。

"我喜欢你。真的。"

什么是年少的爱情呢？就是恍恍惚惚理不出来龙去脉，明明微小又无力，在心中却能够产生近乎伟大的坚持。像是一场战争，用尽一切手段将彼此禁锢在两个人的窄小世界，以为坚不可摧，以至于以爱为名义伤害周围的人甚至自己。

"我也喜欢你啊……"

正是下班的人流高峰，学校也放学了，他们不约而同地对马路上站着的我和曲城投来复杂的目光：玩味的，不屑的，无奈的，羡慕的。仍然放心不下而找其他老师代上晚自习赶来接我的陈年站在远处看着两个年轻的孩子，他的脸上什么表情都没有，风吹过他日渐花白掉落的头发，平添了一份苍老。他的浑身带刺，矛盾不已，或许除了去确认那个人有没有可以承受的心，他再不能做其他。

问题是，他已经可以确定，那不是一个能够让我得到一辈子安宁的港湾，只是他没办法让我回头。他永远都没有办法。

有些时候争吵其实也可以变为黏合剂，我和曲城走过一个不算太寒冷，却让我大病了两场的冬天。当春天来临，我们依旧在一起，这是多么让人开心的事情。学校前后沿路两百米的路旁种满了海棠，春天的时候树冠上开出粉色的毛茸茸的花朵。其实，这种花树的名字，还是曲城告诉我的，天暖了之后他甚至开始每天早上来我家接我。一场雨过后，那些粉色的绒毛被打下来大半。清晨的街有着湿漉漉的清新味道，满地零落的美好，我突然瞄到地上有一大朵完整的海棠花就心血来潮地从后座上跳下去捡。大概是突然感觉到车子变轻了，曲城猛地停下回头看蹲在地上的我，满脸无奈："地上的都脏了，你捡它干什么？"

"做纪念啊。"我随口应着，捡起一朵最完整的，把上面的雨水甩掉，包在一张纸巾里，然后才坐回曲城的车上，"走啦。"

他没有马上骑车，而是朝我伸出手："给我。"

"给你干什么？"

"你就别管了，"他把刚刚他还很不屑的那朵湿淋淋的海棠花拿过去，"给你一定毁掉，还不如给我。"

我不服气地撅嘴，心里却还是甜蜜地承认。

那朵花两天之后回到了我的手中，变成了一个可以挂在脖子上的工艺品。曲城一板一眼地告诉我制作流程，怎样晾干，压平，为了装进瓶子里而剪成适中的大小，甚至为了能够保存完好，怎样顶着别人异样的眼光去找女生借透明的指甲油……我边听边笑得前仰后合，被他狠狠地瞪。其实我一点也没在意这是怎样做成的，我只知道这是礼物，只凭这一点，就已经足够了。

再说，他在我的心里本来就是无所不能的魔法师。一直都是。

"那……"我把那个小瓶子挂在脖子上，歪着头问他，"你想要什么作为回报呢？"

"什么回报不回报的……"

见他完全不上我的圈套，我只好把耍赖的招数拿出来："你就说嘛。要不这样，你带我去游乐场？"

曲城显然是已经想到我有所预谋，把脸扭到一边完全不看我，但是就平常的经验来看最后他一定会答应，只是这一次他转过头来问我："你说去哪儿？"

"游乐场啊，我爸从小都没带我去过，我又没有过什么朋友，那种地方一个人去很无聊的。"

"我也没去过。"

"真的？"我先是惊讶，而后又变成不可思议，"为什么？"

"不告诉你。"

"为什么不告诉我，说，"我不依不饶，他无可奈何，只好站起来躲我，可是哪里躲得开，"今天不说别想跑。"

"好好好，我说我说，"曲城实在没办法只好支吾着开口，"我……我怕高，行了吧。"

我看着他根本无法用"窘"字形容的表情，扑哧一声笑出来。

只是如果那一刻我有认真去看他的眼睛，我一定能够看出来他在说谎，他的眼睛里笼着一层飘忽的雾，而雾后面藏着的是嗜人的怪兽。随时都预谋着撕毁他，来吞掉我。

"那这样好了，只要你陪我去，哪怕什么都不做也好。怎样？"

他伸出手摸我头发，无可奈何地笑笑表示默许。

我和曲城约好去游乐场还没有实现，清明节就到了。那个时候清明节还没有被定为法定假日，往常假如我上课陈年就不会叫我一起去扫墓，而这一年刚刚好赶上周末。一大早我睡眼蒙眬地走出房间去厕所，却看见一桌子奇奇怪怪的东西，陈年看见我，对我说："梦梦，和我去看你妈妈吧。"

我停住脚步，抬起手揉了好一会儿眼睛："行。"

第九章　不配说爱

　　我知道我又一次陷进了那个梦里，梦里依旧是那条望不到尽头的笔直的路，只不过又多了一些浓雾。我看着前面绍凯的背影叫不出声，也追不上去，那种巨大的无力感让我急得流下泪来。然后他就消失了，那一刻我被浓雾团团围住，呼吸越来越困难，他依旧没有回来。

　　我清楚地知道这只是梦，可是我还是很害怕，挣扎着想要醒过来。"绍凯……绍凯……"在心脏一阵剧烈的痛楚中张开眼睛，周围很黑，没有灯光。我向左右看了好久才确定自己躺在医院里，对面床还有病人在睡觉。想要坐起来，赫然发现左腿被打上了石膏吊了起来，全身也没有一点儿力气。正在我有些混乱时，一个护士推门走了进来，看见我醒了，过来问我："你叫什么名字？"

　　"陈梦。"还好，脑袋没有坏掉。

　　"我们在你身上找不到任何能证明身份的东西，连手机都找不到，也联络不到你家人，你先把住院费交一下啊。"

　　"家人……"我默念了一下这两个字，第一个想得起来的人是绍凯，可是……他现在在哪儿呢？再说我也不记得任何人的电话啊，"小姐，我能知道我是怎么到这儿的么？"

　　护士小姐好像对我逃避开住院费的举动很不满意，语气带上了一点不耐烦："有人打了 120，可那人打完就走了。"

　　我暗自庆幸这家医院还是救死扶伤的，没有把我直接从车上扔下去，或者晾到一边，什么时候交钱什么时候治病。

"那我是……"

"你腿断了，但是问题不大，躺着别乱动等拆石膏就行，"说话的间隙她给我输上了点滴，我抬头看那个瓶子想要知道里面是什么药，"对了，你流产了，要多休息。快点儿想办法和家人联系，否则等病房一满你估计就要住过道了。"

流产？我使劲儿用手肘撑着床坐起来，却在这时感觉到了小腹的一点点疼痛："你说……我流产了？"

护士像是看出了我毫不知情："你自己都不知道的吗？你算算自己的经期啊，都第五个星期了。行了，你快点儿想办法联系家里人吧。"

可怜的孩子。我和绍凯的孩子。护士小姐出去后，我把手轻轻覆在肚子上，那里居然曾经有过一个生命，可是我还没有来得及察觉他的存在，他就又离开了。或许他是聪明的，他知道他的妈妈和爸爸都还没有能力迎接他的到来，或者说，都还没有想过他会到来。

对不起，孩子！

心里纷乱得根本无法入睡，再加上旁边其他病人的鼾声，我空洞洞地张着眼睛，脑子里开始去整理白天发生的事情。我赶到火车站，满目都是陌生的脸孔，我发现自从那一年来到离城，我就再没有到过火车站，以至于都不清楚应该怎么找。我在人群中钻来钻去，最后询问了卖东西的人找到了广播站，那个人很遗憾地告诉我，去往安城的列车一刻钟前已经开走了。

我知道绍凯真的走了，原来他可以走得这么坚决，完全不给我回转的余地。

一个人走出火车站，脑袋昏沉沉，眼睛涩痛，无意识地走上了火车站旁边的过街天桥，天桥上有许多提着大包裹的外来打工者，还有一些乞丐，我原本一直低着头走路，直到有一个人撞了我的肩膀一下才抬起头。然后我看到了远处一个隐约熟悉的，闪着特有光泽的背影。"曲城——"我一边大声叫他的名字，一边疯了似的追过去。我想我真的疯了，明明理智一直在不停告诉自己"不可能是他"，却还是飞蛾扑火的姿态。他不是永远都会在我最无助的时候出现么？就在我离那个背影越来越近的时候，放在楼梯边的一个包裹绊了我一下，然后我干脆地摔下台阶。起初的片刻我是清醒的，因为我还听到了周围一片混乱的声音。

可是没有他的声音。之后，我就什么都不知道了。

医生护士对我的态度越来越不好了，我知道对于这种没有交费却占着床位的人他们是深恶痛绝的，所以我做好了随时被轰出去的准备。只是假如我被轰出去了，我的腿无法走路，我要怎么办？让我没想到的是三天后孙亦居然出现在了医院，我们对视的那一秒，我发现他红了眼圈。

"没事的，只是意外。"我安慰他，自己的眼泪却已经快要掉下来。

原来那天晚上我还没有回去，家里的那两个人就已经预料到我可能出事了，但是怎么也想不到会这样。他们找了我一夜，第二天没办法去找了孙亦，听说我去车站追绍凯了，孙亦赶紧去车站附近问，果然听说有一女孩子出了事，被120载走。然后他找了很多家医院，终于找到了我。

"你一定又骂他们了吧。"

"骂？要是绍凯在这儿都可能杀了他们。"

听到"绍凯"两个字我不自觉地抖了一下，孙亦看出来，立刻住了嘴。这时候查房护士走进来，看见我病床边有了人，跟发现新大陆一样，赶紧走过来："你是陈梦的亲属么？"

"是，我马上去交费，"孙亦扭头面对护士，"她有没有事？"

"没事，骨折，还有就是流产，"护士瞥了孙亦一眼，"记得多给她买点儿吃的补补身体，她身体很不好。"

我想护士可能误会了，想开口解释："我们……"

"陈梦，我一定把那小子给你抓回来，让他跪在你面前跟你道歉。"

我被孙亦的脸色和语气吓到了，半天才苦笑着摇摇头："不用了，真的。"

我没想到孙亦真的去了安城，他安顿好我的住院问题，叫小哲和阿毛轮班来照顾我，然后一个人去抓绍凯。他很轻易地就找到了绍凯，就在小时候的家附近，他本来也不确定绍凯真的会回到那儿，却远远地看见了熟悉的身影。然后他冲上去狠狠给了绍凯一拳。

"你……"绍凯捂着脸看着孙亦，一脸的不可思议。

"你什么你，你一个人跑这儿逍遥自在来了，扔人家女孩儿一个人在那儿！"

绍凯扭过身去不看孙亦的眼睛："陈梦让你来找我的吧，看来她已经习惯有事情就去找你了。"

这一次孙亦是真的急了："你他妈说的什么浑蛋话？我倒希望她能去找我，而不是我转了半个城的医院才找到她！绍凯，是男人你就说句痛快话，你到底回不回去？你到底还要不要她？你要是不要，那你以后就别再出现，陈梦，我照顾！"

"医院……她怎么了？"绍凯终于听出了话中的关键，"她到底怎么了？"

"她去车站追你，出了事根本没人知道，腿断了一个人躺在医院里没有人管。哦，对了，她还流产了。孩子是谁的，不用我说吧。"

"怎么可能……不可能，我才走了几天，不可能……"绍凯死死闭着眼睛摇头，突然抬起手给了自己一个嘴巴，"我他妈真是浑蛋！"

"你有点儿出息行不行？现在马上给我回去，要不回，一辈子也别回！"

"你不知道……你不知道我爱她，我爱她啊，"绍凯第一次坦白地将自己心里真实的话说出来，他抱着头坐在地上，"可是我怕她不需要我，我总是觉得我留不住她……"

孙亦看着这个儿时的玩伴痛苦地说着对我的感情，心里的一些东西又慢慢缩了回去。有一些细微的情感在他心里同样藏了许久，但是除了借着争吵，它们大概永远都不会有见天日的那天。

晚上我把给我送饭的阿毛轰回去后，一个人也慢慢睡着。我希望自己可以一觉到天亮，什么梦都不要做，做梦太累了。可是我又梦见绍凯。这一次我看不见他，我站在一片混沌里面孤身一人，突然有一双手臂从后面抱住了我，片刻惊慌后我感觉到那是绍凯身上的味道和温度，心终于放下去。可是我就是看不到他的脸，我只能感觉到他在我身边，抱着我，让我不再害怕。我叫他，他也不回答。"绍凯……"恍惚间感觉有一只手在摸我的脸，是熟悉的感觉，我以为自己依旧在梦里面，"绍凯……绍凯……"

"我在，乖，我在。"

听到他的声音之后我猛地惊醒，看见黑暗里绍凯在看着我，他的手停在我的脸上微微颤抖。过了几秒钟，也许只有一秒，我开始哭，像受了天大委屈的孩子一样号啕大哭。"不哭，不哭，我回来了，不哭了，"他俯下身子用力把我拥进他的怀里，他那么用力几乎让我窒息，可是我还是感觉不够，伸出手死死抱着他，眼睛里像是装着一个坏了的水龙头，呼呼向外喷着咸涩的水，"对不起，对不起，我是坏蛋我是混蛋……"

俗话说，伤筋动骨一百天，我就真的在医院里住了近三个月。其实我早就吵着要回家了，反正到了时间来拆石膏就好了呀，可是绍凯他就是不准。"来，吃饭，"我正坐在病床上郁闷，他又端着碗坐到我对面，用勺子送到我嘴边，"乖。"

"先生，我断的是脚，又不是手，请不要搞得我像生活不能自理一样，好么？"

"吃完再说话。"

"你……"我气结，"好吧，我吃。不过护工先生，你这种态度说话是要扣钱的。"

绍凯看了看满脸写着"我要出去"四个字的我，终于忍不住笑了出来："刚才大夫说明天就可以拆石膏，然后就给你办出院手续，行了吧？"

"真的？"看到他点头后我真恨不得能下床跑两圈，"闷死我了。"

这三个月绍凯伺候我吃，喝，拉，撒，睡……除了最后一条护工不能做之外，其余的简直一模一样。就连一直以为我是被男朋友抛弃的一个小护士都对我说过好几回："你男朋友对你可真好。"

是啊，他还是抛不下我。

那天夜里绍凯回来，我一度都无法肯定那是不是真的，只能死死地抓着他的手，一直到天一点点亮起来。

"笨蛋，多大的人了，怎么还会这么不小心？"

"还不都怪你……"我又抓着他的手贴近自己的脸，"你为什么不等等我呢？"

"好了，都怪我，就是怪我。放心睡会儿，我保证你醒来就能看见我，好不好？"

"那你唱歌给我听，就算我睡着也不许停。"

绍凯坐到我的床边把我的头抱过去，轻轻拍打我的肩膀。为了不吵到其他病人他贴着我的耳朵梦呓一般地唱，那是一首女生的歌，不知是不是歌的原因，唱到最后竟然有那么一点点哽咽的感觉。

"我愿意为你，我愿意为你，我愿意为你忘记我姓名，就算多一秒停留在你怀里，失去世界也不可惜。我愿意为你，我愿意为你，我愿意为你被放逐天际，只要你真心拿爱与我回应，我什么都愿意，什么都愿意为你……"

晨昏颠倒，再醒来时又是黄昏，我抬起头看见绍凯静静看着我的样子，心终于安宁了下来。他伸手摸我的脸，那么轻，像是怕碰碎了一样："你明明还是个孩子，怎么就会……"我想他大概已经知道了我流产的事情，突然不知道该怎么开口才好。

"对不起……"我竟然怕他会怪我，"我不知道……我不是故意的，真的。"

"怎么这么傻呢，"绍凯把脸埋进我的头发里，"只要你没事，我只要你没事，懂不懂？孩子，你想要，我们以后还会有，懂么？"

哪怕在那种时候我的脸居然还是因为他的最后一句话红了起来。

拆了石膏全身顿时轻松起来，我当即就想蹦下床跑圈，绍凯去给我办出院手续，临出去时警告我："你别给我乱动。"我才不肯听他的，再不走路就该不会走了，我下了床僵硬地在地上走路，不一会儿就熟悉了，像从前一样蹦跳都没问题。

"我说了你别乱动！"

我回过头看见绍凯想生气又无可奈何的样子，吐吐舌头，朝他跑过去。"你看我没事了嘛，要不然我出去给你跑一圈看。"

"你呀，"他突然弯腰固执地把我抱起，周围护士病人都在看，可是我怎么挣扎都不管用，"车来了，走吧。"

不用想也知道是孙亦找来的车，他看见绍凯抱我下来，从副驾驶室里走出来拉开后面的门。"你应该可以走了吧？"他疑惑地看着我。

"当然能走，可是他……"我撅着嘴瞪绍凯，他完全不理睬我，把我放进车里，"你看他啊。"

"你老实会儿吧，"绍凯揽过我的肩膀，让我靠着舒服，"从昨天知道今天可以出院就说个不停，半夜也不睡觉，现在乖乖睡觉吧。"

住院的好处在于彻底和外面的世界隔绝开来，我记得我住进医院时天还有些冷，出院时发现竟然已经到了夏天，整个春天被我省略了过去。"梦儿，"有一天绍凯突然对我说，"去买点衣服吧。"

我一时反应不过来："买衣服干什么？"

"你到这儿以后一直没买过衣服吧，都还是来时带的那些，你不用这么省的，去买点儿衣服去。"

"你不也一样。"

"你和我不一样，你是女孩，干什么这么委屈自己，"绍凯拉着我的手，"你看看街上和你差不多大的女孩儿天天都怎么过日子的。"

"哦，原来是看见美女了啊，"我转身坐到一边，"那你去大街上看啊。"

"那行，我去了。"

"喂，你敢！"我终于忍不住跳起来，却又中了他的圈套，撞进他的怀里。

"你吃醋了？不说话我可真走了……"见我气急败坏却歪着头不承认，他的手慢慢地松开，突然又收紧用力地亲我，"我怎么就这么爱你呢。"

"你……"半天我才意识到他说了什么，"你刚才说什么？"

大概是被我这样问，脑袋突然蒙了："没说什么啊。"

"你明明知道，再说一遍，就一遍。"

绍凯仔细回想了一下，然后就笑了："我不说第二遍，要说你说。"

我当然知道他在等待什么。可是每到这样的关头我的语言功能就好像突然退化，我开始恨自己的占有欲。没错，就是占有欲，明明知道自己无法给他回报，却还是不停地要，甚至还要求他再肯定一遍。就像是往身体里注射毒素，他明明都已经喊痛了，我却还要他叫得更大声一点。"走啦，我陪你买衣服去。"依旧在我没有张口之前，绍凯揽过我的肩膀，如同刚刚他什么都没说一样。

其实，绍凯从来都没陪我逛过街。买衣服要去市中心，但是我就没有真打算去买衣服，所以突发奇想要他陪我走路。我们两个拉着手，沿着家门口的大路朝前走，打算走累了再坐车，不知不觉竟然走到了"城池"门口。绍凯突然停下脚步，我抬起头有些担心地看着他。

"你在这儿等会儿我。"说完他松开我的手就要进去。

"不许！"

我一下子蹿到他面前，两条胳膊挡在门前，不要他进去。谁知道这时候竟然有人推门出来，门一下子拍到我的头，我吃痛地叫了一声。"你……你真是的，痛么？"绍凯赶紧把我拉过去，帮我揉，"你就不能不激动啊。"

"还不是你害的……"

"好好好，又怪我。"他好脾气地应着我，"你放心，我不是去闹事的，两分钟我就出来。我保证。"

我没办法，只能一边揉着头一边不放心地等着。那次之后发生了太多的事情，我一直都没有再来过，绍凯也一直没再提起，我以为他已经忘记了。早知道就不让他经过这里了……正在后悔，他走了出来，我赶紧迎过去，还不等我开口，他却说："你自己去买好不好？"

"不要，"我使劲儿摇头，"你要干什么？"

"那你和我一起回家，然后你在家等我，我回来再陪你去好不好？"

笨蛋，陪不陪我去不是重点，重点是你要干什么。

"你不告诉我，我就不让你去。"

绍凯对我一点办法都没有，却还是死咬着不松口："你乖点儿，要不我生气了把你一个人扔在这儿不管。"

"你！"我才不相信，不过既然他不愿意说，我怎么问都是没有用，"好吧，但是你保证你不准乱来，你发誓。"

"啰唆死了，好好，我发誓，我要是乱来的话一会儿被车……"我伸手捂住他的嘴，"你看你又不让我说。"

最后我还是一个人去转，可是心却还是悬着怎么也放不下，走马灯一样地逛了逛小店，然后像赶任务似的随意买了两件便宜的，转身就往家里赶。"回来啦。"刚进院子就看见绍凯，他好好站在那里，看起来心情还不错的样子。我的心总算放下了一点儿。

"你到底去干什么了啊？"

"你就那么想工作么？"

原来还是那件事："其实我……"

"那以后我们一起去工作，行了吧。"

我在想是不是那个门把我脑袋拍坏了，怎么我听不懂他说什么："你说什么？"

绍凯忍无可忍抬手拍我的额头："笨死了，我是说难道你没看见今天那家酒吧外面贴着招乐队么，以后我给你伴奏，给你挡酒，然后再顺便帮你打那些缠着你的男人，怎么样？"

我看着绍凯一脸认真的样子，完全不像是开玩笑，第一次那么强烈地觉得他简直可以做普天下男朋友的楷模。

"谢谢！"我跳起来抱住他的脖子，"我爱死你了！"

我能够瞬间反应过来自己在激动之下说了什么，是因为绍凯抱着我的手臂猛地僵了一下。然后我也听到了心里那个黑洞报复似的咆哮，仿佛顷刻间就可以将我吞噬得尸骨无存。

它说，你怎么可以。

它说，你配吗？

其实我曾经无数次去想我现在的生活，想我幸不幸福，后不后悔，想我到底爱不爱绍凯……可是谁会相信，我真的想不清楚。我甚至觉得我再花上三年，五年，一辈子，都不可能想清楚。如果那样的话人生该是多么的可笑。

我唯一没有怀疑过的是我只能这样过下去，因为绍凯爱我。是的，我就是无耻地吃准了这点。就如同生物趋利避害的本能，我贪婪地霸占着现在所拥有的温暖，因为我是耗费了所有的精力才从冰河里游上这样一座摇摇晃晃的岛屿，我知道如果我不用尽力气去抓牢他，我就会轻易回归寒冷。

全身被冻僵的感觉，我不想要第二次。

只是我越来越担心陈年，在许多个夜晚会突然梦见他的脸，然后浑身冷汗地坐起来。绍凯被我惊醒，什么也不问，起身将我抱到怀里。我二十二岁了，那么陈年就已经五十五岁了。他快要退休了吧，他的身体还好么？这样想着就再也睡不着，又不敢动，担心再吵醒绍凯，只能静静地躺着，闭上眼睛就是初三那一年的深夜陈年犯高血压的样子。

即使我一直都说不出自己有多爱他，却从未否认过他是我的父亲。即使他从未表现过他多么需要我，但我依旧是个不折不扣的不孝女。

清晨醒来，心里依旧惶惶不安。绍凯去上班了，我开始到处翻上次偷偷记在一张纸上的孙亦的号码。

"喂？孙亦，是我，我是……"

"陈梦吧，我知道。什么事？"

"我想知道我们现在住的这里的具体地址。"

孙亦在那边微微停顿了一下："你想干什么？写信？还是让别人给你寄东西？"

"我……"我握着公用电话破旧的听筒，却说不出来我究竟想做什么。

"好了，见面再说，我正好有话对你说。你别出来，我过去。"

孙亦对我很好我是知道的，他也曾经玩笑似的说起过对我的好感。可是他的为人实在太过正派，又因为家境原因十分成熟理智，时间久了我开始把他当成哥哥。但是若非有事情，我还是不会与他单独见面，因为彼此心知肚明，所以还是觉得有那么一些奇怪的隔膜。

过了不到一个小时，他就来敲门，我打开门看见他背后刚刚开走的出租车："进来吧。"

"身体好点了么？"一起走进院子里我却犹豫着要不要进屋子，孙亦却先一步说，"我说两句话就走。"

"其实也没什么事，医生不把病说严重了怎么赚钱啊。"

"你就逞强吧，你自己都不知道我找到你时你什么样吧。其实……"最后还是坐在琴房门口的台阶上，"阿凯他就那个脾气，有时候说话不管不顾，小孩子似的，其实他真是在乎你。"

我笑："我知道。其实我比他还小孩子脾气。"

"绍凯小时候其实很乖，我记得那时候他还总是来我家给我讲数学题呢。可是他很孤僻，你想不到吧。"不知道想起了什么，孙亦居然开始回忆起绍凯小时候的事情，我倒是很乐意听，"他在人前总是战战兢兢，我爸前一阵还对我说没想到当时那个小孩会变成现在这样。对了，印象里最清楚的就是我开始学吉他以后，他总是跑来什么也不说就待在旁边看，后来我求我爸爸让他和我一起学，可是绍凯怎么也不肯，撒腿就跑。呵，真是……"

"他以前就这样啊，"我幻想着绍凯小时候的样子，突然笑个不停，"真是三岁看老。"

"陈梦，如果你和绍凯最后还是走不到一起，那只能怪你们太像了。"

孙亦走后，我回到屋里，想着他说的话。确实，我和绍凯太像了，两个心理不健全的人互相取暖，都希望能够用对方来弥补自身缺少的那一部分，可是却发现两个人加在一起依旧是重叠了的残缺。只不过他的选择永远都是不伤及他人，不奢求也不接受他人的给予。而我，总是早早地将希望寄托给别人，完全没有自身的力量。

找到了纸和笔，在纸的左上角写上"爸爸"，心底郁结的话却像干涸的血块，黑漆漆的一大片，就是没有办法提取出来。努力了很久，最终还是把笔丢到桌子上，白纸揉成团，用力扔出窗外。

我该说什么呢，我有资格说什么呢。难道我还期望陈年会回信给我么？如果他说希望我回去，我真的会回去么？

坐在床边把脸埋在掌心里，脑袋一片混乱，一个人的名字突然带着特有的光亮从纷乱中冒出头来。我努力想着他的脸，努力地回想他说过的话，这么久以来第一次允许自己用尽全力地想他，心里竟然真的逐渐平静下去。再一次铺开一张纸，下笔开始顺畅。

爸爸：

请相信我还活在这个世界上，并且生活得很好。现在我的身边依然有对我好，给我力量的人，现在的我比以前强大了很多。真的。

只是我还没有回去的勇气，我还找不到回去的路。爸爸，我还是很想他啊，你知道的，你一定知道我有多么地想他。

你还好吗？最近我总是梦到你，我只想知道你还好不好，我过去的那些话你有没有收到。请不要劝我，不要逼我，可以么？

我不奢求你能够原谅我，假如你能够当做没有我这个女儿我才放心，可是你不会的，我知道。

爸爸，现在我想起你，想起他，想起安城的一切，总觉得像是梦一场。我也不知道这场梦到底该不该醒过来。

陈梦

将信投入信筒的一瞬间，心上好像有一座山轰然倒塌。如果这片废墟能够在许久之后长出坚毅的树，成为可以留步的风景，那，该多好啊。

　　一直到晚饭绍凯他们都还没有回来，我把他们的饭留出来，放到一边。然后锁好门，一个人进屋睡。身边没有人总是睡不安稳，有时候以为自己睡了很久，其实才过了半小时。有的时候习惯性地翻身去贴近绍凯，却摸到冷冰冰的被子，一下子就惊醒，然后再翻身面向墙壁。

　　我不想承认我已经依赖他到这种地步。

　　半梦半醒间感觉到了身边有动静，一双手臂环了过来，我扭过身张开眼睛看他："回来了，累么？"

　　"还好，又吵醒你了。"绍凯把我紧紧抱在怀里，他的声音里明显都是疲惫，我腾出手来脱下他的上衣，然后把脸贴在他的胸膛上。恍惚间感觉到有灼热的呼吸扑在我的耳后，我不自觉地动了动，他的手从我的睡衣下摆伸进去解着我的内衣带子："不公平……为什么你脱掉我的，我也要脱掉你的……"

　　一双与吉他为伍的手，做什么都那么娴熟。指腹带着薄薄的趼，掌心滚烫，我忍不住微微喘息。

　　"又没有不要你脱……"

　　清晨醒来，绍凯又走了。我看了一眼表，算了一下，他共睡了不到四个小时。心里有一点后悔，怎么能这么任性地折腾他呢，可是一想起夜里发生的一切，脸上就火烧火燎。我闭起眼睛努力告诉自己不许再胡思乱想，热度却还是散得好慢。干脆就坐起来，收拾乱七八糟的床，习惯性地去捡床上掉落的头发，手指却僵在了某处。

　　自己一直都是黑色的直发，长过腰际。而床上的那根头发却是微微的黄色，到肩的长度，有烫过的卷曲。

　　那是不属于我的，另一个女人的头发。

　　可是，它却在我们缠绵过的床上。

第十章　灯塔

那次去扫墓果真还是出了事，我想我天生就是个惹事精。

一大早洗漱完，吃完早饭和陈年一起坐上了长途车。第一次知道原来扫墓是要去妈妈老家的。那是离安城不算太远的小地方，名字里有"庄"字。

三个小时的路程，景色单调，两旁都是一掠而过的白桦树，看得人昏昏欲睡。我把头靠在车窗上给曲城发信息，来来去去，一些细细碎碎的话语。陈年坐在我旁边闭着眼睛却没有睡着，不清楚他在想些什么。一直都以为陈年和妈妈都是生在安城，可当我到了妈妈的故土，立刻被眼前的情景惊得说不出话来。

原来时至今日依旧有如此贫穷落后的村落，满地黄土，稍微有钱一点的人家是瓦房，而妈妈的姨姥姥家居然还是稻草和泥砌的外墙。那是个已经九十有余的老太太，眼睛看不见腿也不能走，每日躺在床上一动不动，意识却是清醒的。我站在远处就闻到了床那边传来的恶臭，于是始终没有靠过去，倒是陈年过去说了话。这才知道原来外婆在我们来之前曾回来过，她居然都没有告诉陈年，更何况是我。

似乎我上初中后就没有见过外婆，她也从来不会来看我这个外孙女。

一个村子里都是亲戚，我跟着陈年走了许多家，在其中一家吃的午饭，圆桌中间放着一个巨大的盆，里面是土豆和炖肉。除了这一盘剩下的就都是炒鸡蛋，花生米之类的。一个需要叫"舅老爷"的人不停地让我吃肉，可是我从来一口肥肉不沾，我看着那盆子里烂熟的肉皮一阵阵泛恶心又没办法表现出来。我清楚这并不是他们平时都可以吃的东西。

真正到了去上坟的时候陈年要带我去，可是其他人却不肯，说什么小孩子不能去。陈年向他们解释我已经十六岁了，坚持把我拽到了妈妈的坟前。

我第一次与妈妈这样直接相对。虽然只是一口装着骨灰盒的棺材。

陈年把带的食物摆到妈妈的坟上，然后拉我过去，说："我带梦梦来看你了。梦梦，来，你和你妈妈说句话。"

那一刻我居然心有抗拒，想要挣脱开陈年的手。话卡在喉咙口，最终什么都说不出来。她是我的妈妈，却仍然是完全陌生的人，我不记得她的脸，她的声音，连她是妈妈这件事都是通过别人的嘴来知道。我到底要对她说什么呢。

"爸，你能不能先回去，我想和妈妈单独说一说话。"

虽然不放心，陈年却还是给我指明了回去的方向后留我一个人在妈妈的坟前。当四周变安静我终于又想起了自己一直都想亲口问她的话。

"妈，你后悔吗？"

"你看见现在的我，你后悔吗？"

突然扬起了一阵风，黄土蒙在我的脸上，迷了我的眼睛。当然没有人会回答我，我从口袋里抽出只剩下一张的纸巾擦了擦脸，然后随手将空纸巾袋扔在了地上，转身离开。

奇异的是我居然迷路了，我明明是按照来时的路往回走的，却渐渐走出了村子，到了空无一人的路上。我命令自己冷静，可绕了半小时依旧没有绕到地方。掏出手机想给陈年打电话，才发现因为来得突然没有充电，加上一路上不停发信息手机竟然自动关机了，恐惧一瞬间充斥了心脏和四肢。

一头黑色的老牛卧在离我不远的地方眯着眼摇着尾巴，可是我却总觉得它在盯着我，我根本不敢从它的身边走过。寸步难行，又举目无亲，虽然我在心里一直觉得自己的处境就是这样子，可是当现实真的成为这样我才发现自己有多么害怕。靠着一棵树蹲下，开始想念的人是曲城，我在想如果他现在在我身边一定会牵着我的手走到对的方向。正在这时一个陌生人过来牵牛，我顾不上去想危不危险，就奔到他面前，指手画脚地问附近有没有可以打电话的地方。

他让我和他走，我站在原地不敢动，他就转过脸来憨憨地露牙齿对我笑，"我不是坏人的啊。"

走了不太长的路终于看见了人家，他把我带到了一个极小的小卖部，那里有一部公共电话。情急之下我的脑袋里能够想起来的居然只有曲城的号码，无可奈何只好拨了过去，在听见他声音的一刻我的眼泪突然上涌，连带着声音也阻塞了起来。"喂……"

"陈梦？你用什么电话打的？你怎么了？哭了？"

"曲城……我迷路了，我电话没电……"我总是可以把孩子的一面完全展现在他的面前，"你知道我爸电话么？"

"你别急，在原地别动，等我电话。记得，哪里也别去。"

他镇定的声音让我的害怕像腾起的尘土一样慢慢往下落，我撂下电话待在原地。不到十分钟他的电话就打回来："我给你爸爸打过电话了，他也在找你，你别害怕。你现在告诉我你附近有什么特殊的标记没有，陈梦，别怕。"

我在四周搜寻能够符合特殊标记的东西，突然看见了远远的一家房上面插了许多彩旗，这是别人家都没有的："旗子……这里有间房子上有很多彩旗。"

"好，就待在你现在待的地方不要动。千万别乱跑，知道吗？你爸爸很快就会去接你的。"

果然只过了半个小时陈年就找到了我，我才发现其实这四周的路并没有什么死胡同，全部都可以通达，我却越走越远。陈年看见我，并没有说什么，只是把我带回去和一些人道了别，就连夜回了家。在车上，他仿佛不经意地提起"刚才那孩子给我打电话时急得快哭了似的，真把我吓了一跳"，我把眼睛闭上，想着曲城明明担心得要死却仍是强装镇定好给我力量，心里就像是被丢进了一颗话梅糖，有一层一层的酸涩渗透表皮，里面装得却满满的都是甜蜜。

回到家已经很晚，倒头便睡，手机依旧没有充电。第二天差不多睡到中午才起床，陈年看见我走出房间就对我说："刚才那孩子来找过你，看你还在睡就没吵醒你。"我赶紧又转回屋里把手机连上充电器开机，一分钟以后狂涌进来的短信把我的手震得发麻。

"你没事了吧，回家记得告诉我。"

"怎么还不开机呢？"

"已经半夜了啊，就算手机没电用叔叔手机也给我个消息。"

"陈梦……我担心你，你知不知道。"

……

从陈年找到我之后不久一直到接近天亮，全部都是曲城的信息，我这才深刻地了解到自己是多么没有责任感。赶紧编了一条信息回过去："对不起，我忘记告诉你，对不起。我没事了。"

半分钟电话就响了："我早晨去看过你了。"

"我知道，对不起，我忘记充电了。"

曲城微微叹了口气："我已经想到了，知道你没事就好。明天早上我去你家接你，我们再说。"

不清楚他为什么那么急着撂电话，连我一个"嗯"字都容不得说完。我有点失落地把手机放下，其实我本来想说马上就想见到他的，可是他没有给我机会。

周一一大早我就收拾好跑下楼等曲城来接我，可是我等到了再不走就要迟到的时间他还是没有来，手机也关机。有些不放心，但我对他的相信总是很膨胀，所以连担心的情绪都被挤得剩下很少。

最后我还是一个人坐公交车去了学校，踩着铃声进的教室，想了想还是给曲城发信息"我已经到学校了，你有什么事么？"一直到中午他都没有回复我，同样地，他也没有来找我吃饭。

是病了么？怕我担心才不告诉我吧。思前想后只有这一种可能，却还是不太能理解。生病是每个人都会经历的事情，没必要用这种方式啊。放学后我坐上通往曲城家方向的车。

不是第一次去，凭印象找对了楼口，也知道是一楼。我站在门口犹豫着到底要不要敲门，毕竟这样突然的出现不是太正常，手举起来又放下多次，最终还是决定放弃。正转身准备离去时门却开了，开门的依旧是曲城的妈妈。她看见我有些惊讶，我也尴尬地站在原地不知道该怎么办才好。

"你找曲城？"

"来，进来吧，"时光好像回转了一样，我又一次踏进曲城的家，里面的摆设丝毫未变，而我们的关系却变成了这样，"你们在一所学校吗？"

"啊，不是，我们……"没有戒备就作了回答，然后不知道该怎样自圆其说，看起来曲城的妈妈压根儿就不知道我们之间的事情。正在努力想谎话，曲城从屋里走了出来，他身上披着一件衣服，看起来没有力气的样子，脸色更是不好看，他看见我吓了一跳："你怎么来了？"

"我……我就是……"该死的，我更不知道该怎样说才好，只能转移话题，"你没事吧？"

"你又出来晃什么，不是说了不能动不能动吗，"曲城刚张嘴想回答我，他的妈妈反倒抢先了一步，我不傻，能够听出来话里面的严重性，"再不听话又得住……"

"妈！"

那是我第一次看见曲城露出紧张激动的神情，也是第一次听见他几乎可以称为呵斥的声调，不仅我愣住，连他的妈妈也愣住了，仿佛面前站着的不是自己的儿子。我受不了这样的气氛，或许这一切都是我的错："对不起，我先走了。"

"陈梦，"曲城追出楼道拉住落荒而逃的我，完全忽略他的妈妈在后面叫他的名字，"别走。"

"对不起，我不该来的，我只是担心。"我有些语无伦次了，"对不起，你不该对你妈妈发脾气的，我……"

"不是你的错，不是你的错，我不准你把错都往自己身上揽，"曲城的嘴唇泛着暗紫色，有着诡异的艳丽，"我不准任何人伤害你。"

我看着他的眼睛，几乎要因为他的这句情话掉下泪来，却又听到他补充了让我困惑的三个字："包括我。"

然后他就剧烈地咳嗽起来，我想要拍他的背却被他挡开："我没事，你先回去。"

我看着他转身消失，想着他说的那句类似誓言，却更像是谜语般的话，心里总觉得不安，只好告诉自己不要乱想。

"我不准任何人伤害你。包括我。"

曲城在家休息了一个星期才来上课，他一直和我保持联系，告诉我"其实早就没事了，我装病在家偷懒"，可是这样的理由用在他身上一点儿也不合适。周一清晨他终于又站在我家楼下等我，看见我之后，把车子转一圈让我坐上去。

他单薄的校服衬衣在阳光下微微透亮，我揽上去突然有那么一点儿小心翼翼。

"陈梦，暑假陪你去游乐场好不好？"

"嗯，好。"我闻着他衣服上淡淡的洗衣粉香味，心跳加速地闭上眼睛。

于是开始期待假期的来临，假如前方有美好的事物等着，那么期待的日子里所有的一切就都变得美好。那是我生命里最耀眼的夏天，我终于变成了漂亮的，懂得开怀去笑的姑娘。

这一切都是因为他。

"爸，能不能给我点钱，我想去买两件衣服。"

陈年没抬头就说："行。"

为了开这个口我思想斗争了一整天，一直到晚饭后才说出来。其实陈年是不可能拒绝的，我只不过是在跟自己较劲儿。小学的时候因为带午饭上学，每天只有两块钱零用，那时年纪小也没有花销，让我对金钱产生概念的是一个同班女生。说来可笑，十岁大的孩子居然懂得去诈别人的钱，更可笑的是我根本搞不清楚状况，只能服从。那是个长得很黑的女生，偏偏喜欢穿艳红的连衣裙，我能够想起有关她外表的东西就只有那么多。她家好像靠卖菜为生，从小在市场长大的她很小就学会了那些大人身上的不好的东西。平日里总是一脸恶相，男生女生都不愿意靠近她。那时的我很怕生，不敢与人交谈，中午一个人避开所有人吃饭，然后在外面待到快上课再回教室。本质上我和她一样没有朋友，不凑巧的是我还坐在她的后座。

有一天上课我自动铅笔的笔芯用光了，鼓起了极大的勇气，我拍了拍她的肩膀，战战兢兢地问："你能借我一根铅笔芯么？"

没想到她痛快地把自己的一支自动笔扔给了我："你拿这个用吧。"

如果不是我的孤僻性格总是把自己和别人隔得遥远，这样的事在同学之间是非常常见的。一盒铅笔芯便宜的五角，贵的一块，里面装着几十根，一根半根谈不上偿不偿还。我用完就马上还给了她，可是第二天当我买了一盒新的铅笔芯，也几乎忘记了前一天的事情时，她却突然对我说："你昨天偷我铅了吧！"

完全没有用"拿"这个字，而是直接用了那么尖锐的"偷"。像是一根刺直接在心上扎出了一个洞。

"昨天我就借给你了，我里面放了好多根，现在全没了。我那个铅笔芯贵，你要赔我。"

我料想得到当时我的表情一定惊恐无比，懦弱无比，脸都是红的，就像被老师提问时一样。

"少了多少……"一下子就变成了承认，承认了那个"偷"字。

之后的演变就开始啼笑皆非起来，她隔三差五地就增加减少的数目，以一毛一根的价钱找我要，最后竟然说我弄坏了她的自动笔。我明明白白地知道她只是看我好欺负才会肆无忌惮，可是我就是不知道该怎样反抗，哪怕她的武器就只有一句话："你不赔我我就去告老师！"

后来我把这件事和曲城说过，也许我说的时候语气里仍然有着愤恨，他伸手摸摸我的头："只能说你笨。"

"我也觉得，从前怎么会傻成这样。"

我还是憋着一口气出不来，可是时间已经过去这么久，连发泄的机会都没有了："你说我从小学到初中变化怎么这么大……"

　　曲城抿着嘴笑了一下，歪头看我："你根本就没变，还是孤僻小孩。"

　　一语道破所有人看不到的真相，只有他可以做到。张扬，叛逆，另类，全都源于庞大的孤僻，因为不想再被指使，羞辱，欺负，所以表面变强大，其实内里丝毫未变。这样去想，我突然可以理解那个女生了。

　　"你以后可以去当心理医生，真的。"

　　"我能治好你就行了。"

　　我不由得笑起来。

　　周末去买衣服，临出门前又仔细想了想要不要叫曲城一起，最后还是决定不要。如果带他去，他又会左右我的思想，我一定会买他说好看的衣服，这简直就是无法改变的事。

　　一个人逛街是一件很无趣的事，奇怪的是以前并没有这么觉得。依赖果真是害人的东西，它让我习惯了两个人一起吃饭，过马路时会有人自然地保护，也习惯了只要说话就有人应答。夏装总是靓丽的，以前我总喜欢穿黑色或是暗色，感觉很中性的衣服，从不穿裙子。而这一次我开始觉得那些浅色的，糖果色的衣服也很漂亮。

　　反正没有人看到，心怀忐忑地试了几件以前从来都不去正眼看的很小女生的衣服，不知道是不是纯粹为了卖货，每次从试衣间出来售货员都会说好看。最后买了一件藕色的短袖上衣，乳白色的棉布裙子，及膝，两层，外面的那层有镂空的花纹。

　　当我穿着这身衣服把头发梳成标准的马尾走进教室，我从别人的眼睛里看到了自己的变化。

　　曾经一个和我关系还可以的室友上课偷偷给我传来了纸条："我一兄弟想追你，怎样？"

　　"叫他去死吧。"我都不知道她该怎么把这句话委婉地表达出来，反正我又不在意他们的想法。

　　曲城见到我时还算镇定，好吧，这是我意想之中的，他要是一惊一乍我才觉得奇怪。只不过我还是希望他能够表达出一点点，哪怕就一丁点儿的喜欢，大概是看出了我的失望，他伸手把我拉向他，近距离地看我："看来以后我要把你看牢一点了。"

　　"啊？"每每在他面前我就会失去思考能力，"看什么……"

　　他突然歪头轻轻亲了我的脸一下："看着你，永远都是我的。"

　　这次确实听懂了他在说什么，可是脑袋却彻底停转，只能傻到不行地看着他，一直到他被我看得受不了也开始脸红起来，伸手挡我的眼睛。我本能地向后躲，却险些被绊倒，他索性拉我胳膊将我拥进他的怀里。额头撞到了他的下巴，他向下移了一点象一闪而过的风一样若有似无地亲吻我的额头。

轻浅的疼痛变成了膨胀的幸福。幸福，幸福，幸福，在真空一般的心里反复冲撞。

"梦梦，最近那孩子还天天接送你么？"

吃饭时陈年突然问我，我夹菜的手停了一下，含糊地答："嗯。"

"这样天天麻烦人家，好么？"我听得出来他在找合适的措辞，"要不哪天把他叫到咱家吃个饭吧。"

"用不着吧，这样……好么？"

"有什么不好的，就明天吧，明天我回来早，给你们做饭。"

我看着他收拾好碗筷，转身进厨房刷碗的后背，问："爸，你到底想干什么？"

他没有回答，只听见水龙头哗哗向外流着水，声音冰凉又吵人。

我倒是不担心陈年会对曲城说什么，那些电视剧中的阻碍子女交往的父母大概是很多见，可是陈年不是，不知道为什么我敢确定这点。只不过捉摸不清他的意图我心里总是难安，于是忍不到见面就给曲城发信息："我爸明天要你来我家，我不知道他要干什么。"

"嗯，那好。"

有时候我觉得他更像陈年的孩子，怎么说这样的情况他也该有点奇怪或是紧张才对，可是他居然一点不良反应都没有。

"喂，我很担心哎。"

"笨，你爸挺好的人，又不会吃了我，担心什么。"

"也对啦。"连自己都开始嘲笑自己，怎么会变得在意这么多东西，小心思多得那么心烦。可是……或许这样才算一个正常的女孩也说不定吧。

说完"晚安"，关上手机，翻个身打算睡觉，突然听见了外面有动静，小心翼翼地起身踮着脚尖打开一道门缝，看见黑暗的客厅里居然有明明灭灭的火光。想到陈年是不抽烟的，我心跳猛地加速，却听到一阵咳嗽声。

陈年。

我推开门出去抢下他手里的烟："你疯了吧！"

第十一章 我们结婚吧

我和绍凯一起在酒吧演出的第一晚，老板就看出了我俩的关系，虽然我俩一直都掩耳盗铃般保持着距离。"眼神，你俩在台上的眼神让人一眼就能看出来。再说上次我也见过他一面，只是没看清。"

"眼神？"

"去唱歌吧，一会儿让你看。"

台上的音乐已经开始了，是《阴天》，我坐在椅子上嘴离话筒很近地哼唱，"爱情究竟是精神鸦片还是世纪末的无聊消遣……"台下的氛围突然变沉静，我喜欢这种感觉，便越来越放松。唱完歌老板冲我招手，我才发现他一直躲在角落用DV拍我，DV里面的我坐在舞台中央的吧椅上，脸上表情淡漠，可是却常常不经意地转头去看后面弹吉他的绍凯，和他眼神相对，再转回来。

我根本就没有感觉。

看见我的表情，老板哈哈笑起来。我窘得要死，又不得不承认，只好低着头走回后台，坐在绍凯的旁边。他只顾着拨弄他的琴弦，完全不抬头看我："喂，你怎么了？"

"没事。今天还有两场吧。"

"嗯，你先把琴放下，"我把他手里的琴拿过来放到一边，伸出胳膊搂他的脖子，"我累了。"

"怎么了？你不是说不想让别人知道我们关系么？"

我知道有许多人在看我们，后台除了我俩，小哲，阿毛，还有别人，可我也不管他们是用什么表情了："瞒不住，不瞒了。"

"刚才你又去找老板说话了？"

我直起身子看看绍凯一脸倔犟的表情，一下子明白了过来，手指向里勾了勾："你过来。"等他把头靠过来，我使坏地咬了一下他的嘴唇，"原来是吃醋了啊。"

"才没有。"他被我吓了一跳，反手按我的头，"我哪有这么爱吃醋。"

我拉着他的手："好了好了，该出去了，走。"

那根女人的头发我只字未对绍凯提，只不过我没有把它扔掉，而是用透明胶黏在一个本子里留了起来。然后这件事也好像标本一样在我的心里被长久地封存了起来，永恒新鲜。

我找不到提这件事的资格和理由，我觉得自己根本就不该在意的。可是我在意了，那天清晨我坐在床上，看着掌心里那根不知是谁的头发，想象着那是怎样的一个女人，漂亮吗？活泼吗？可爱吗？越想心里的水位线越高，然后一滴眼泪不偏不倚打在上面。

如果有一天他真的离我而去了，他到别人的身边了，他不会再逗我哄我对我发脾气，不会再保护我，不会再抱着我。那么我该去哪里，该去做什么，我……还有什么。

所以我忍耐着，我什么都不会说，只要他还在我身边，只要这样就好。

我和绍凯他们在"城池"的演出渐渐步入正轨，居然出乎意料地开始有名声传出去，"城池"的生意越来越好，我们晚上几乎要加场到天亮。有的时候到了三四点钟实在困得难受，绍凯就替我顶两场，让我在后面睡觉。有一次半梦半醒间听见了外面绍凯的歌声，那是曾经对我唱过的那首《我愿意》，我在后台破旧的沙发上翻了个身，继续睡去。身上盖着的是绍凯的衣服，我往上提了提，遮住半张脸。

"醒醒，醒醒……"被叫醒时发现天已经亮了，绍凯坐在我旁边摸我的头，"我们回家吧。"

"对不起……"我居然又让他替我熬了一夜，看着他憔悴的样子忍不住心疼，坐起来把衣服还给他，他却坚持裹在我身上，"我又睡过头了。"

"确实太累了，你不知道你刚才睡得多香，我本来想叫你，进来看你睡成这样都舍不得。走，回家一起睡去。"

绍凯说完就想拉我站起来，看见我表情后却笑出来，回身一下子抱我起来："我只是说回家睡觉，你在想什么，嗯？"

我绕着他的脖子，脸红得像只番茄："回家啦，哪里有想什么……"

从那之后我晚上都尽量不睡觉，和他倒班，但是他还是让我多睡。有一次我看见他在台上唱完歌，刚走到后台就拼命地咳嗽。我递给他水，他转过身去喝，还不忘摸摸我脸告诉我没事。

他是绍凯，他没有变，他一直都是我的救赎，我的保护，我抓住的唯一光亮。他不可能有其他的女人，他的心我能够看得见，他不可能装着另外一个人还如此对我。我看着绍凯的背影，在心里反复这样想，走过去紧紧抱住他，他吓了一跳，拍拍我的手："怎么了？"

"下首歌我们一起去唱好不好？"

他看了一眼手里的条子，"行啊，不过为什么正赶上这首歌……"

我不明所以，拿过那张条子一看，上面写着的歌名是《我想我不够爱你》。抬起头看绍凯，不知道该说什么，这本来就是巧合，可就因为是巧合才让人欷歔不已。

"我想我不够爱你，我不曾忘了自己，没那么全心投入，所以会一败涂地。"

"我想我不够爱你，我忘了你的用情，没办法重来一次，也只好听天由命。"

我唱第二句，但我却觉得这两句都该属于我，在唱到"我忘了你的用情"时我的心剧烈地颤抖了一下，不自觉地将眼光转到台下，不再和绍凯相对，可是我却看到了台下一个奇怪的人。

那是一个学生似的女生，微卷的头发，眼睛很大。我不是第一次见到她了，每次她都一个人坐在角落，只点最便宜的饮料，开始的时候只是待到晚一点就会走，后来开始半夜都留在这里。我曾经有些多事地担心过这样一个女孩半夜不回家会不会不好，可是看起来她也过了十八岁，再说我也没什么权利管。而这一次她没有再坐在那儿，而是站在台下的正中央目不转睛地看着台上的……绍凯。

她在看绍凯，我第一次这样肯定。她眼神里的光那么真实，甚至似曾相识，那是在我面对曲城时有过的，温柔的，执拗的，不管不顾的光芒。

"不能在没有月亮的夜里，也不能轻易地闭上眼睛，因为你会出现在天空或心里。不能在一望无尽的地方，也不能钻进那拥挤人群，因为寂不寂寞，都会惊醒我，我失去了，我失去了，我不够爱的你……"

音乐还没有结束，那个女孩突然冲上台来抱住绍凯的脖子，台下一阵起哄似的喧闹。我放下话筒默默走回后台，没有去看任何人的表情，阿毛追着我想替绍凯解释，我拦住了他："那种小女孩就是这样子，我不介意。"说这话时我居然还是笑着的，我笑这样莽莽撞撞的小女生，我笑这样哗众取宠的表达，我笑我自己再也不可能有这样的感情了。

我失去了，我不够，爱的你。

"今天没有了吧，我有点累了，先回家，"我收拾好东西，拍拍阿毛肩膀，"告诉他，没事的。"

走出酒吧的那一秒，被天亮的白光照得头晕，我摇摇头，一个人往家里走。我已经不会再搞负气出走那一套了，我没什么气可生，我有什么理由生气呢。我也不想再用眼泪博取谁的同情，就算有眼泪，我也会在不被人看见的时候擦干。

走到家门口的时候看见了邮递员，是陈年的信，隔了很久他终于还是回信了，我站在门口有些缓慢地打开，看到的第一句居然是——

"梦梦，你外婆去世了。"

"你干什么？"没过多久绍凯就慌张冲进屋里，按住我正在收拾行李的手，把我拉起来坐到床上。

"你放开我……"我想挣脱掉他的手却挣不开，"我要快点走啊。"

"呵，刚听说你吃醋了我还不信，看来是真的，可是刚才那种情况，事先我也不知道啊，乖，不闹脾气了。"绍凯把我的手松开，像往常一样握着我的肩膀把我往怀里带，我却不耐烦地推开了他："我没时间管你那些事！"

尖锐的声音化成匕首，划破空气的保护，直直戳向了一个地方——绍凯的心。"对不起，"我知道自己过分了，站起来浅浅地抱了抱他，然后提起地上的包打开门，"等我回来再和你解释。"

身后一点声音都没有，他也没有拉我，我还是忍不住回过头去。绍凯站在原地看着我，脸上的表情如同没有化开的水墨。我有点心疼，把包放下过去拉他的手："我实在是太急了，你别乱想。"

"到底怎么了……"

我走到桌边把抽屉拉开，想要把陈年刚刚寄来的信给他看，却突然看见底下静静躺着的那个本子。一个愣神的瞬间绍凯居然伸手把它拿了起来，"不能看！"我惊慌地去抢，他没有拿住，本子啪的一声掉到地上，偏偏翻开了贴着头发的那一页。

"这是……什么？"绍凯慢慢蹲下去，我却觉得这一幕太过可笑。潘多拉魔盒终于打开，里面的罪恶却全部都是我自己放进去的：我的贪恋，我的占有欲，我的自私与恐惧。究竟是怎样的病态心理，才会把一根头发当成罪证，而且还那么精心地藏匿起来。

我自己都没办法面对这样的自己，转身想走，绍凯突然恶狠狠地拉着我的胳膊将我箍进怀里，我怀疑他要把我的肩膀掐碎："你放开我……"

"不放！多久了，到底多久了？你傻不傻，你傻不傻啊你，为什么不直接问我？"

"我怎么傻了……"我急得都快哭了，可越这样就越说不清楚，"你放开呀，我有急事！"

"你……还会回来么？你听我解释好不好？"绍凯表现出来的脆弱让我不知道该怎么办才好，心里默默说了对不起，用力推开他跑出大门。

别忘了，我最擅长的就是逃避。

又到火车站，买了去安城的车票，要在候车室待到下午三点。一排排破旧残缺的塑料座椅上都是东倒西歪的人和大大小小的包裹，身边的女人拼命地嗑着瓜子，我用脚盲目地把瓜子皮敛到一堆，再统统碾碎。瘪瘪的包紧紧抱在怀里，真正到收拾时才发现自己比来时更加一无所有。或许，我的一切都留在了这里，再也带不走了。

闭上眼睛额头抵在膝上，回想起最后一次见到外婆的情景。那是我离开安城前的那天早上，穿过漆黑堆满杂物和蜂窝煤的甬道，尽头就是外婆的只有十几平方米的小屋。一进门首先看到的就是蒙着红布的观音，那一直是我的禁地。外婆看见我略微有一点点惊讶，但还是赶忙给我倒水，她的身体还是很好，就是耳朵听不清楚了。

"您身体还好么？"

"你说什么？"

我又抬高了一点音调："您身体还好吗？"

"哦，好，就是人老了，耳朵和腿脚都不好用了。你学上得怎么样了？"

"挺好的，我考上大学了，给您看，"我掏出录取通知给外婆看，"我要去外地上大学了。"

"好，真好，你妈要是看见也安心……"提到妈妈突然就没有什么话可说了，坐了一会儿，我起身要走，外婆突然站起来拿了五百块钱塞给我，"上大学用钱多，拿着。"

"不行，我有钱，您留着用……"

"拿着，我知道从你小我就没怎么疼过你，我也老了，用不着钱。"

我咬了一下嘴唇："行，我拿着，您好好照顾自己。"

出了外婆家，我掏出那张再无意义的大学录取通知，撕成了碎片。

陈年在信里依旧没有要我回去，只是说外婆临死前曾清醒过来，问我怎么样了，她一直都以为我在外地上学，还特意叮嘱陈年不要告诉我。外婆去得很安详，一直都在昏迷。陈年说"梦梦，你别难过"。

我也以为自己不会难过的。

除了没上学前曾在外婆家住过一个月外，我和外婆并不算亲。外公死得早，她一直一个人过，尤其我上学以后，如果不是陈年带我去看她，她根本不会来看我，有时我甚至会忘掉有这个外婆存在。可是看到信的那一刻，我的第一反应就是回去，回去见外婆最后一面，即使已经来不及了。

过了中午，肚子很饿，买了包饼干，吃了两口又吃不下。我有点担心绍凯，来不及跟他说清楚，他会不会胡思乱想，我没有怪他，那不过是我自己的病态心理作祟啊。看见去往安城的检票口打开后，我突然退缩，火车票上被打上的那一个洞究竟是释放令还是威吓。火车缓缓进站，安城两个字出现在我眼前，我终于提起包转身跑出火车站。

路过的人都在看我，我捂着嘴泪如泉涌。我还是没勇气回去，我还是不敢去碰那道伤口。

回到家已经傍晚，饭菜的味道扑鼻而来，我使劲儿抹眼泪，却止不住。站在熟悉的门前，犹豫地抬手敲门，绍凯会怎么想呢，会觉得我无理取闹吧。刚敲了两声，门就猛地开了，我傻傻地看着他，许久才开口："我……还能回家吗……"

绍凯伸手摸我的脸，上前紧紧把我拥入怀中："傻瓜，你永远都能回家。"

"对不起，对不起，我对不起所有人……"

"来，进来，我们回去说，"绍凯接过我手里的包，揽着我回屋里，"我都知道了，为什么不告诉我，要回去也是我陪你回去啊。"

"我不敢回去。"

"好了，知道回家就好，"绍凯擦着我的眼泪，"在马路上哭，丑不丑？吃东西没？"

被他一问我才感觉到饿，买的饼干只吃了两块还在包里放着，我摇头："我去做点，你们也没吃吧。"

"今天我去给你做。"

"啊？"我实在想不到他会说这种话，"能吃么……"

绍凯又好气又好笑，报复似的揉乱我的刘海儿："我先吃，没毒死你再吃，行了吧？"

我终于破涕为笑，认真地点头表示赞成。

让我意想不到的是绍凯做的东西竟然很好吃，大概是太饿了，他看着狼吞虎咽的我不停地笑。我使劲儿打他："你会做东西还要我做。"

"我喜欢你给我做东西吃。"

我提出抗议："你这是大男子主义！我罢工，以后你做。"

"呵，行，谁叫我拿你没办法呢。"绍凯拉我的手，"走，咱们出去走走，你这么吃不运动会变猪的。"

"变猪也是美女猪……"我想反驳嘴却被堵住，脑袋缺氧以后什么也想不起来，只知道自己那么依赖地抱着他，"你就会这样不让我说话……"

牵着手在周围转了转，有的路很黑，或者地上很坑洼，我有点不敢走，绍凯就揽过我的肩膀，让我离他很近。只要靠着他，我就心安，走多黑的路都不害怕。可是我却明显感觉到他是要带我去哪儿。"梦儿，"我一个分神的工夫他就已经把我带到了目的地，"你看看。"

顺着他手指的方向看过去，是一个已经关门的房屋中介门口贴着的单子，是一间独单，面积不大，但是煤气，暖气，热水器都齐全，我知道绍凯是什么意思，可是我还是摇头："不行的，我们要是走了，你让他们两个怎么办？大家在一起住习惯了，挺好的。"

"你呀，你就不能提点要求，你让我有点成就感，为你做点事，行不？"

这一地段晚上都没有人走动，我踮起脚尖绕着他的脖子："你为我做的够多了，我都乖乖回来了，你还没有成就感啊。"

他的手揉着我脑后的头发，我耳边是他宠溺的声音："以后你要是有什么事，或者你觉得我有出轨嫌疑，明白问我，懂么？不许都藏在心里，你的心本来就这么小，都放满不开心的东西怎么行，记得啊。"

"其实我不怀疑你，我就是……有点害怕，万一你哪天……"他又用相同的方法堵住我的话，我闭着眼睛手指停在他的脸上，趁意识还在的时候微微呢喃，"先回家吧……"

被他拉着跑回屋，然后一起跌到床上，他的胳膊环在我身下，让我丝毫没感觉到痛。

"看我干什么？"

"想看不行呀，"我伸手勾住他的脖子坐起来，把头靠在他的胸口，"你为什么那么喜欢我啊？"

他低头继续蹂躏着我脖子上已经没法见人的印记："我也不知道……可能第一眼看见你就被你把魂儿勾走了，否则在这儿住下的那晚我不会那么控制不住的。傻丫头，当时也不会反抗呢，你可以打醒我啊……"

无法控制地想到丢失初夜的那一晚，我确实有想过反抗的，可是……"如果当时我反抗了，你现在还会这样抱着我么？"

我害怕被拒绝，所以我也无法拒绝别人。假如那个时候我推开了绍凯，或许现在我们不会变成这样，我们会像最熟悉的陌生人一样一起生活，但那样的话是好还是坏呢？一定是好吧，因为我的贪欲，才走到了今天这一步。

成就了一份不完整的爱情。

"梦儿，结婚吧，我们，"我躺在一片巨大的安全里却听到了这样的话，不知所措地抬起头却发现绍凯无比认真地看着我，显然已经摆脱了情欲的干扰，又或许他早就准备好了，"虽然我还不能给你什么，但是……结婚吧，我不想你再离开了。"

有那么一刻，只听得到心跳声，我的头脑拒绝思考，手不自觉地攥紧并且变得冰冻。绍凯轻轻把我的手指掰开，握住，放到胸口："我不要你现在回答，别紧张。"

"绍凯，你知道吗？小时候我曾经和外婆住过很短的一段时间，那个时候我觉得她好讨厌，"虽然已经昏昏欲睡，但是不知为什么特别想说话，好像有些话如果不说出来就再也没有机会说出来了，"她总是不让我这样不让我那样，她习惯了一个人睡，我和她一起睡她就会抱怨睡不好。然后有一次我受不了了，我就在她的饭里面动了手脚。"

绍凯把手臂伸开让我枕，另一只手握着我的手不停玩弄："你做了什么？"

"我趁她不注意抓了一把土放进她的米饭里，然后她发现了就给我爸打电话，说你怎么养的孩子，心眼这么坏。那时真是恨死她了。"

"呵呵，你真笨，你就不会放点看不出来的东西啊。"

"哎，你比我还坏哎，"我仰头看他，忍不住亲他一下，"不过现在想起来，其实都是小事情，也没有什么真的恨或者怨。"

"好了，乖了，睡吧，再不睡天都要亮了，"他把他的手臂环起来，让我躺好，"你要是做噩梦了，我会亲醒你的。"

很难得的一夜无梦。连我自己都觉得一定会梦见外婆，却睡得很沉。醒来时已经天亮。我看着绍凯睡在我旁边安静的脸，伸手轻轻地抚摸。我想我应该答应他，应该嫁给他，除了这条路我哪里还有别的路走。更何况，我毫不否认，嫁给他我会幸福。

　　生活开始被填得很满，绍凯他们每天都要去超市工作，一周只休息一天。每周还有三个整夜在"城池"唱歌，我很担心他们的身体。逼迫他们吃完饭再走，看着他们一起走到门口，我还是忍不住走过去："等会儿。"

　　我抬手摸阿毛的额头，他赶紧往后躲："梦姐……"

　　"你俩给他请假，他发烧了。"

　　绍凯也过来摸了一下他的头，然后狠拍了一下："死小子怎么不说话！"拍完转头看我，"你怎么知道的？"

　　我翻他白眼："从刚才吃饭就看出他没精打采，你以为谁都像你啊，什么都看不出来。"

　　"呵，行行行，"绍凯边点头边笑，把阿毛留给我，"你就乖乖听你梦姐的话吧。"

　　轰他和小哲走后，我推阿毛回房间休息，他一个劲儿说"我没事，没事"搞得我头疼，直到进了他的屋子他突然就不出声也不敢看我了。仔细想想，他们两个人的屋子我从来都没进过，毕竟是两个年纪差不多的男孩的房间，总觉得没事进去不大合适。但是我实在没想过这屋子能乱成这样，本就不大的小房间，也没什么家具，居然也能变成猪窝。我斜眼瞥旁边满脸"今天天气不错"的阿毛："你先去我们那屋待着，我不叫你回来别给我回来。"

　　"这个……我们自己收拾就行了，不用……"

　　"行了，你快走吧。"我直接把他推出去，把门关上。

　　收拾了一上午才终于把他们屋子收拾成刚开始的样子，做了碗热汤面端着走回我和绍凯那屋，发现他特拘谨地在床边坐着。"吃吧，"我把碗递给他，"收拾完了，一会儿回去睡觉，其实你在这屋睡也行，不至于这么认生吧。"

　　"谢谢梦姐。"他两只手捧着碗却没有动，我顺着他的眼光低头看自己，突然明白过来，提了提衣领："你看什么看！"

　　"咳，没啊，昨天还以为你们又吵架，不过看起来没事。"他一边吃一边说，"都怕了你们吵架，明明好好的两个人，干什么总吵啊。"

　　我摇摇头："没事，我们没吵架。"

　　看他吃完饭，也吃完药，却不打算睡觉。我干脆搬椅子坐到他对面，平时交谈不多的两个人因为这个百无聊赖的下午开始说一些话。原本也不知道该说什么，直到他说出："我觉得当你孩子一定特幸福。"

孩子……我心猛地沉了一下，曾经是有的。我知道阿毛一直都很在乎妈妈抛下他的这道伤，在我眼里他就像我弟弟一样，有的时候会觉得他怕我，或许那是因为他拿我当姐姐。"我当不好妈妈的，因为我根本就不知道妈妈该怎么当。不过……你也别再怪你妈妈了，这世上每个人活着都有每个人的难处。"

"我不怪她，只不过我很想知道她现在在哪儿，是不是根本就忘记了我的存在。"

"还说不怪，我给你讲个故事吧，不过我有条件，你不许告诉绍凯。"

看到他点头答应之后，我开始扮成一个讲故事人的姿态说故事："从前有个女孩儿，她非常厌世，她厌世是因为她觉得这个世界讨厌她。有一天她终于受不了了，就一个人爬上了一座二十几层的楼房，她站在上边往下看，只要她一闭眼就可以一了百了。然后她掏出了一个写了一半笔记的本子，那是准备写遗书用的。她开始一页一页地撕，折成纸飞机飞出去。她决定等到飞出一百个就跳下去，可是本子都撕完总共才折了七十四个。她站在整个城市的上方，看着底下浑然不知的路人，那天的阳光特别灿烂，照得人特别舒服。过了一会儿，不知道想到了什么，她突然转身朝楼下跑。她知道自己还不想死。"

阿毛听得特别认真，看我停下才问我："然后呢？"

"过了差不多一个月，有一天，她从那座楼底下经过，突然看见一群围观的人，她靠过去看才知道有个女孩儿从上面跳下来自杀了。那时候是夏天，衣服很单薄，那女孩儿摔在地上时整个儿就是全裸的，特别丑。她看了一眼尸体，已经被白布盖起来，只露出一只手和一条腿，满地的血。那时候她还没觉得怎样，可是半夜的时候她突然冲进厕所吐了。她终于明白她之所以厌世，是因为她对这个世界还有需求，还有渴望。真正绝望的人，是根本连讨厌的情绪都没有的。"

"是你么？"

我不置可否地笑笑："不要窥探讲故事人的隐私。"

我没有告诉阿毛，那是我的初二上学期，那时候我还没有和曲城在一起，我还在一个人的茫然阶段。我也没有告诉他，徘徊在自杀边缘的这种事，我做过不止一次。这些事绍凯是不知道的，我不是故意瞒他，只不过有一些事连我自己都打算忘记了。

但是打算是一回事，做到又是一回事。这两个如果能够和谐统一，那么这世上或许再没有那些事与愿违的伤心了。

"老婆，我回来了——"正在做晚饭，绍凯突然从后面抱住我。

"别捣乱，"虽然嘴上不耐烦地说着，却还是回头和他亲了一下，"去洗手去，一会儿吃饭。"

"陈梦，这……"小哲回了一趟屋，又跑出来，"是你收拾的？"

"不是我是谁，告诉你们就这一次，以后你们还想睡在垃圾堆里没人管。"

"阿凯，你快点把她娶了吧，以后我们就有保姆啦。"小哲过来拍绍凯的肩膀，我却发现他们在对眼神，好像在串通什么。可能是发现了我在注意，绍凯一揽我肩膀跟小哲说："滚丫的，是保姆也是我用。"

第十二章　谎

"哎，一会儿见我爸你要怎么说？"曲城载着我和我一道回家，陈年大概已经在准备饭菜。

"你想让我怎么说？"

"我……"我低头想了想，发现自己的脑袋里空空如也，根本无法正常转动，"我怎么知道。"

"看吧，你也不知道。既然不知道，担心什么，随机应变喽。"

无论什么事情到他这里都可以轻描淡写，一笑而过；什么事情他都可以轻轻松松，迎刃而解。很多时候我真的想不通他是怎么做到的。在很多年之后，度过了十几岁那个敏感的年纪，我才发现处变不惊是怎样过人的智慧，有些人一辈子都学不会。如果他还在，那么他一定会变成最最优秀的人，这一点我深信不疑。

可是，不可能了。

"爸，我……们回来了。"我们回来了，多么温暖的一句话，和电视中任何一个和谐的家庭每天都会出现的情节一样。可是我的手却是冰凉的，低着头不知道该看哪儿，曲城突然紧紧握了一下我的手。

"站在那儿干什么，进来坐啊，菜马上就炒好。"陈年从厨房出来，发现我俩还站在门口，赶紧让我们到沙发上坐，还特意倒上了水。曲城只坐了一下，也站起来向厨房走去："叔叔，我帮帮您吧……"我只听到了这一句话，等他进厨房把门关上，我就什么也听不到了，只能看到他俩在交谈着什么。

奇怪的感觉。说不出的奇怪感觉。我一个人坐在沙发上看着面前玻璃杯里的水，局促得好像是我在别人的家。有什么被颠倒了，或者是有什么被抽离了，让我有种衔接不上的无力感。

"过来坐啊。"大概是最后一道菜做完，曲城和陈年一起走出来，冲我招手，我越发感觉他在喧宾夺主。桌子是圆形的，我不知道自己该坐在哪里，曲城把椅子拉开让我坐在陈年旁边，他坐在我旁边。

哪里有心情吃饭，我用筷子拨弄着碗里的米饭，等待陈年说出他准备说的。

"来，孩子吃啊，别客气。"陈年一个劲儿给曲城夹菜，曲城也不好意思拒绝，可是他吃东西向来很少，去肯德基他一般只吃两块鸡翅。当然，陈年不知道，还给他盛了不少饭。

"爸，他胃口很小，你不要一直让他吃。"

"男孩子还在长身体，不吃东西身体怎么会好。"陈年又拿出他家长和老师的双重语气教导了起来，却在我没有准备的时候猛地话锋一转，看着曲城说，"我觉得你每天早上还是不要跑来了，你家离这儿也不近吧，要是不来你还能多睡会儿。"

我终于清楚，这才是陈年真正想说的。他为什么要这样，为什么……可是我却没办法反驳他的话。因为他说的确实句句有理。

曲城家骑车到我家就要四十分钟，然后他再载我去学校，真的很辛苦。他又不是一个会迟到的人，总是早来，在楼下等着慢吞吞的我，仔细想一下，他每天早上也许五点多就要起床。"没事的，叔叔，我正好顺路的。"我不敢相信地抬起头，发现曲城的眼睛还和从前一样，正视着别人，满满的坚定。可是是在说谎。他家明明和我家在不同的方向，不可能有路过这一回事。

他居然也会说谎，我从来都没想过。

显然，陈年并不信，我看着他的嘴微微张了张，出口却只是一声轻叹。"叔叔……"曲城也同样欲言又止。

"吃饭吧。"

我没想到就这样轻易地结束了，原以为是一场鸿门宴，结果却是什么都没改变。吃完饭待了一会儿，我送曲城下楼，陈年并没有阻拦，一直到楼下我才彻底舒了一口气："憋死我了。"

"我也一样。"

我抬起头看他也难得露出一副缺氧的样子，想他这一晚上比我辛苦多了："其实我爸说得对，要不然……"

"我走了。"

"喂，"我慌忙拉住他的手，却不知道自己要干什么，"我……哎呀，我不知道要说什么，好乱！"

"没事了，不是没什么事么？"顿了顿，他伸手摸我的头发，他总是喜欢这样极轻极轻地摸我的头发，每当这个时候他的眼睛都温柔得让人不敢看，"你……喂，不怕你爸爸看到啊？"对于固执扑进他怀里的我，他毫无办法只好宠溺地低声对我说话。

"你不会骗我的吧，不会像刚才那样……面不改色地对我说谎吧。"

"原来是在想这个啊，你呀，真是，我说了随机应变嘛。"

曲城走后我转身上楼，发现陈年已经回了自己的屋子，门是关上的。我在他的门外站了一会儿，抬手敲了敲，小声问："爸，能不能跟我谈谈？"

陈年一辈子都没有抽过烟，可是那一晚我却看见他在抽烟。那一刻我已经察觉到他心里拥堵着太多繁杂的情绪，而且全都与我有关。只是他的性格与我的性格决定了他什么都不能说。"进来吧。"门打开，我走进去坐在椅子上，仔细嗅了嗅，屋子里没有烟味。

"爸，你究竟在担心什么？"

陈年破天荒地沉默不语，可这样的寂静更令我心惊胆战："爸……"

"梦梦，就算我不让你和那孩子在一起你也不会听，我还能说什么。"

"给我个理由，"我从没想过陈年会说出这种无能为力的话，"给我个不喜欢他的理由。"

"你记得，很多时候最美好的东西都是瞬间的。"

我还是不懂得陈年的话，只能够隐约听出里面有隐喻，而且是我应该知道又最好不知道的："爸，我先回屋了。你不要再抽烟了，那东西对身体不好。"

我已经不能离开曲城，他之于我就像是太阳之于向日葵，是我必须仰着脸去汲取的生命之源。就算永远都有人会去怀疑早恋的真实性，觉得是喜欢与爱的混淆，是普通到不值得一提的感觉。可是它却是生命中最柔软最鲜艳的一段经历，在毫无经历的时候它惊心动魄，在生命失去底色的时候它明亮得让人感伤。

无论在任何时候，有任何理由，都不可以去否认感情。

一个异常炎热的周末我和曲城去安城最大的公园玩，公园里绿树成荫，湖水激滟耀眼。租了双人骑的自行车，然后争论谁要坐前面，他要我坐，我却死活要坐在后面偷懒。最后还是他妥协，我坐后面时不时蹬一下，大多时间是东张西望。

"小姐，你知不知道我很累。"

我把视线从远处的云彩上收回来，歪头看他的侧脸，强忍着笑："那怎么办呢？"

"你就故意气我吧。"他的好脾气和柔软的声调像周围不大不小的暖风一样舒服。我伸手想要像从前一样环他的腰，调皮的风突然将他的衬衣扬起，手碰到他皮肤的一瞬间像是触电，又像是被什么咬了一口，猛地把手收回来，"你……"曲城也敏感地停住，回头看我，就算再热的天也掩不住脸红，我咬着嘴唇不敢看他。

"不至于吧，害羞成这样。"曲城从车上下来，一只手扶着车把，一只手伸向我，"一起走走。"

"嗯。"依旧是十指相扣，两个人的手心都有汗，却更加紧地握在一起，仿佛再也分不开。我有时候会想如果有一个人骑车从我俩中间穿过，那我们两个人的胳膊一定会一起折断。

沿着河岸漫步，阳光透过树叶间隙撒下一层暖暖的光落在他的睫毛上，真的是……好看得让人不想把眼睛转开。

"看什么呢？"

"哪有看什么……"我慌忙把目光转开，在天空绕了一圈却没有着落，无奈只好又回到他的脸上，"你看我们现在这样像不像老奶奶和老爷爷？"

"嗯，是有点儿，不过要是老了还能这样也不错。"

我点点头："就是不知道到时候跟你这样转来转去的人是谁了。"

曲城被我突然的一句话呛得愣住，停下脚步看了我一会儿，止不住笑起来："醋不是这样吃的，连目标都还没有。"

"那……我们以后会一直这样吗？到老都一直在一起，会吗？"

就算我幼稚好了，在他的面前我愿意傻一点儿，哪怕装傻都好，只为换一个成年人都不再相信的承诺。"会的！"他轻轻吻了我的额头，"相信我。"

夏天确实是个让人又爱又恨的季节，可以穿单薄明亮的衣服，可以喝冰凉的汽水，天空也又高又晴朗。可是太阳火辣辣地在皮肤上肆虐，出汗让身体很容易没力气。即便这样游乐场还是人满为患。

新建的双层旋转木马颜色绚烂，只不过上面的小孩子居多，我还在犹豫着自己上去会不会很丢人，曲城一把就把我拉了上去。他骑在一匹白色的马上，侧脸完美，活脱脱是个气宇轩昂的小王子。事实证明，王子真的可能爱上灰姑娘。

真正旋转起来之后，周围城堡般的色泽变得梦幻一般，真的好像置身童话中，我正东张西望，握着前面栏杆的手突然被握住，我偏过头他居然在旋转中探过身，刘海儿轻轻擦过我的鼻尖："你的表情比小孩儿还天真。"

"你会教坏小孩子的……"我红着脸嘟囔，发现后面有个陪着孩子坐的妈妈正看着我俩指指点点。

因为知道他怕高，所以并没有玩太多其他的项目，虽然有一些我真的很想试试看。曲城买了氢气球和风车给我，又买了鲤鱼的食料，他故意满足我所有的虚荣，让我把梦幻的白日梦做到爆炸。

"你想玩什么就去玩，别管我。"

"不行，"他把氢气球系在了我手腕上，气球在我们两个的中间飘飘荡荡，"你不陪我有什么意思……"

他站住不动看了我几秒钟，突然使劲儿拉着我往前走："作为补偿，我陪你去玩一个你绝对想玩的。"

"什么？"刚刚反问完，抬起头就看见了眼前那个巨大的东西，排队的人多到令人咋舌，"不行，这个太高了。"

"没事，过来吧，不坐一次我也不甘心啊，我要是晕倒你可以把我背出来嘛。"

"可是……"那么高的摩天轮，仰头看顶端眼睛会被阳光刺得受不了，怕高的人真的没问题么？可是那样一间间粉红色的格子，对我充满诱惑力，很想知道两个人一起转到顶端，俯看下面是怎样的心情，"真的……没问题么？"

"不要啰唆了。热么？热就先在树荫下休息，排到号我叫你。"

我摇头，只是跑到一边买了两杯可乐，炎热让他白皙的脸染上一点点红，但是却没有像其他男生一样流很多的汗。他的左边脖子上有一颗小小的痣，却很显眼，像是标志般的让我记住。"你干什么总这么盯着我看啊，"正在愣神，曲城突然俯身看我的脸，"我看看，口水流下来没？"

"才没有，"我扬起头骄傲地挑了挑眉毛，"你都是我的，我想看就看。"

曲城"咳"了一声，把脸转到一边："喝你的饮料吧。"

我微笑地解开手腕上的绳子，氢气球飞上天，那里面承载了我的愿望。

排了近一个小时的队才进到一间小格子里，起初我们俩面对面一人坐一边，等到缓缓向上走，我扭身坐到了他旁边，握住他放在腿上的手。"也不知道到上面时能不能看见家，哎，你家是在那个方向吧？"他好像丝毫没意识到我在担心什么，反倒很期待很兴奋的样子，我看了他两分钟突然跳起来：

"你根本不恐高,你骗我!"

我这一站起来格子猛地晃了两下,曲城赶紧伸手把我拉回去坐好:"别乱动。"

"你就是骗我!"我撅着嘴把头转到一边不看他,他只好换了一个方向,面对我,小心地问:"生气了?"

"你说过你不会骗我的……"

正在这时我们转到了最顶端,云变得好近,曲城突然把我拥进怀里:"我是来许愿的,别生气了。"

"许什么愿?"

"愿望说出来就不灵了。"曲城闭着的眼睛张开来,认真地看着我,"说谎真的分善意和恶意,你以后会懂的。"

在城市的顶端我们安静地牵着手,甜蜜渐渐融化掉我心里的一瞬间而起的小小阴暗,眼睛睁开一条缝隙模糊地看到外面湛蓝的天以及轻薄的云,世界像是被撒了金粉的精致画作,美得不真实。

假如世界永远是这个样子该多好,多一些甜蜜的时刻,没有背叛,没有分离,没有力不从心,没有死亡。

但是,我还没有这样的觉悟和担当,为全世界祈福。我许的愿望只是,让他永远在我身边。

因为我和陈年说过晚饭后再回去,但是从游乐场出来时间还早,所以曲城又带我去了上次的公园,可这次他放着前门不走,愣是把我拉到了后面一处没人的地方,我不明所以地问他:"干什么?"

"逃票啊。"说着曲城指了指栅栏,我才发现断了两根,足够一个瘦一点儿的人钻进去,"上次我就发现了。"

年轻总是喜欢这种不按套路行事的刺激,等到他把我拉进去,我蹦跳个不停:"你原来也会这样啊。"

曲城无可奈何地叹了口气,说:"还不是为了哄你开心,唉。"

想也知道,像他这样的人会做出这样越矩的事肯定都是为了我,原来他一直都小心翼翼观察着,怕我仍在生气。"我早就忘了,"我要赖似的笑着把他两只手都拉起来摇晃,"你去给我买冰激凌吃。"

公园比起游乐场动物园之类的公共场所人总是不多的,更何况已经是黄昏。本来斜挎在肩上的包,因为挎了太久,肩膀酸了就取下来拎在手上,另一只手拿着曲城给我买的巧克力冰激凌。刚要扭头和他说话,突然感觉到手上一空。

　　曲城第一时间追了出去，不一会儿就没了踪影，而我的头脑仍旧空白着。

　　知道最近世风日下，掏包抢钱的越来越多，却没想到会发生在我的身上。我的包里有我所有的钱，手机，钥匙等等最重要的东西，可是此时我顾不得想那些东西，丢就丢好了，我担心的是曲城。

　　万一……他有什么事，万一……

　　"曲城，曲城……"我疯了似的一边向前跑一边大声叫他的名字，周围的人都回头看我。

　　"曲城，我不要那个包了，你回来啊……"

　　"曲城，你别吓我……"

　　当着陌生人哭着大喊大叫真的很丢脸，可是我什么都顾不得了，当我看见他坐在路边手里紧紧抓着我的包时，我忍不住跑过去趴在他怀里像个小孩一样哭出声音。我多怕失去他啊。

　　"你别哭……"半天他才说出这么一句话，声音微弱。我突然意识到什么抬起脸看他，发现他的嘴唇成了深紫色，有些痛苦地皱着眉头，肩膀因为急促的呼吸微微颤抖，"包不是回来了么……别哭……"

　　"你怎么了？你别吓我，你怎么了……"我哭着摸他的脸，"我不要包，不要，再也不要了……"

　　一定哪里有问题，只是我一直都没有发觉。心脏？一道惊雷从脑袋里炸响，曾经的一些不曾注意的片段从眼前飞快地掠过。他似乎很少上体育课，他苍白的脸色和鲜艳的唇色，他上次生病时他的妈妈说的话，以及刚刚在摩天轮上……

　　"你要瞒我到什么时候？你说啊！"我觉得我要疯了，或者我的心脏也出了问题，居然痛得像硫酸腐蚀，眼泪不停地向下滚，完全失去控制，"我们去医院，去医院吧……"

　　"不用，你过来……"曲城轻轻抱着我，我感觉到他在拼命稳定自己的呼吸，"对不起……我怕我说了，你会离开我……对不起。"

　　"你笨啊……我害怕……"

　　"待一会儿就好了，没关系，我自己知道的……乖，让我抱会儿，不哭了。"

　　差不多过了半个小时，曲城的脸色终于好转，我隔着衣服听见他的心跳也终于变乖顺。看他像是要站起来，我赶紧扶他，他揽着我的肩膀："我没事了。"

　　"真的不用去医院么？"

"不用了，跟我回家吧。"

我忙点头，让他一个人回去我也不放心，而且我知道他是有话要对我说。我坚持打了一辆车，一直到他家门口，他下车拉住我，说："一会儿别说刚才的事。我不想再让爸妈担心了。就当帮帮我。"

"好，"我没有点头，只是望着他，"但是你要告诉我真相。"

曲城深深吸了一口气，伸手拉我到门口，按响了门铃。不知道为什么，每次站在他家门口我都紧张得要命，这一次在紧张之外又增加了压抑。开门的依然是曲城的妈妈，看见我之后也依然是一张表情僵硬的脸，尤其是看见我和曲城牵着的手时眼光久久停留。我尴尬地想要把手抽走，曲城却死也不放，几乎掐痛我。

门里门外，气氛诡异。就这样对峙了十几秒钟，曲城张口对他的妈妈说："妈，这是我女朋友，您见过的。"

第十三章　酒后吐真言

　　有一句话说，我们对一个人的感情终会从"想念"变为"想起"，再变为"忘记"。但是究竟需要多长的时间呢？一年，两年？还是十年，八年？人因为拥有直立行走的尊严，智慧的头脑而凌驾于万物之上。贪婪，永远欲求不满，内心无法填补的孤单，奢侈的情感挥霍，然后一圈又一圈地恶性循环。谁都有过这样的感觉，当你幸福的时候你不会想起从前的人和事，而当你被寂寞乘虚而入时，哪怕只有一秒，那些过去了的人和事都会卷土重来，温热又疼痛。

　　一只潜伏在心底的小兽，吸食着久久不能愈合的伤口流出的血水，反而越来越强大。

　　曲城，为什么我依旧只能将"想念"加诸在你的名字前，即使我正被别人抱在怀里细心呵护，却还是清晰地感觉到你用生命在我心里浇灌出一棵遮天蔽日的树，落下浓郁的黑色阴影来。

　　"醒醒……"有热气扑到我脸上，我不耐烦地翻了个身，"哎，当心——"感觉身前空了一下，好像要跌落，幸好有一条手臂把我拦住又转回原来的方向。

　　"你干什么……"不睁眼也知道是谁，我把头往他的胸口蹭了蹭，想找个舒服的位置继续睡，却突然意识到不对。在家我是靠墙睡啊，怎么会……猛地张开眼，看见绍凯撑着头看我。

　　"我在哪儿啊？"

　　"自己看啊。"

　　我东张西望了一下，"腾"一下坐了起来。居然还是在酒吧后台的沙发上，而且是两个人黏在一起，条件反射地低头看了下衣服，幸好还好好穿着："你怎么不早点叫我……"

　　"你想什么呢，"绍凯看我低头检查衣服忍不住笑出来，伸手将我揽回去躺好，"我本来也想在这儿凑合睡会儿的，结果还得盯着你别掉下去。睡得像只小猪一样，怎么叫都叫不醒。"

　　"对不起，我不知道我什么时候睡着的，又让你熬了这么久。"

　　"好了好了，我上辈子欠你的，这辈子活该让你欺负。"好像怕我突然起来会着凉一样，他把手掌覆在我的额头上轻轻摩挲，"所有人都走了，我让他俩先回去睡了，你也让我回去睡会儿行不？"

　　好不容易才有周日这一个白天，可以让他用来补觉，结果就这么被我睡掉了一个上午。一起走到酒吧前台时，只剩下一个调酒师坐在吧台里，喝着一杯五颜六色的东西，看见我们两个牵手出来，暧昧地笑，我只好低着头几步跑了出去。外面的大太阳把我照得发蒙，低血糖的毛病一下子就上来了，眼前一片黑。"哎，怎么了？"看我有点儿向后退，绍凯连忙抱住我，还不等我说话，我的肚子已经替我作出了回答。

　　我发窘地撅着嘴看他："饿了……"

　　"呵，我怎么就拿你一点办法都没有呢。"他俯身亲了我一下，"先让你吃完饭我再睡，要不然你一定会吵死我。"

　　一直到下午绍凯才睡下，晚上又要起来。我轻轻爬到他旁边躺下，因为睡够了一点都不困，只是想看着他。外婆曾经说过，我们每个人来到这个世界上都是来还债的。绍凯也不止一次说，他上辈子一定是欠我的。如果这种说法是真的该多好，那么我下辈子就可以偿还他了。

　　可是这样的说法无非是自欺欺人，是给这辈子做错的，做不到的，或者是找不到理由的事情找的借口。

　　"我该怎么办，你说我该怎么办呢……"我伸手抱着他，脸埋在他的颈窝里面。我并没有注意到他的睫毛微微动了动，眼睛睁开又闭上。

　　那个脸上满是坑洼的男人摇摇晃晃走上台时我都没有发现，直到他走到我面前满嘴污言秽语地伸手摸我的脸，我才瞬间僵住。"小妞儿脸真嫩呐。"他的手指轻佻地向下走，要划到我脖子时绍凯突然过来抓住了他的手腕。

　　完了，我立刻闻到了四周飘浮的浓重火药味，那个男人不服气地想要甩掉绍凯的手，绍凯却根本没放掉的意思。我看见他手背上的筋凸起来，知道他恨不得把那只手掐折。"算了，"我摇他的胳膊，不想把事情闹大，"松开吧。"

看场的两个人也上来使眼色让绍凯放手，转脸对那个喝得够呛的男人说："哥们儿，给我们个面子，算了，别跟他们年轻人一般见识。"

"我就是要你知道什么能碰什么不能碰！"说完绍凯松开手，把我拉到身后，小哲和阿毛也站到绍凯身边，好像随时就要开打一样。"你们两个就别添乱啦……"可是没有人听我的。

"哼，让自己女人来这种地方上班，不就是为了卖……"他的话还没说完绍凯一拳就打了过去，一束幽蓝的追光打在绍凯的眼睛上，里面澎湃翻涌的恨意让我觉得冷。小哲过去要打，绍凯却突然停下手，咬着牙说："这是我的事，你们俩别管！"

而后的发展出乎了我的意料，那男人尝到了苦头居然越来越不服气，从地上站起来抹了一下嘴角，狰狞着似笑非笑的一张脸，用手指着绍凯说："你小子等着！"他出去了一会儿，然后提了一瓶五十多度的白酒进来，"你把这个干了咱就算两清，以后我敢保证没人再敢打你女人主意！"

看场的大哥眼疾手快地把那瓶酒抢了过去，老板终于走了出来，递给那男人一根烟，说："您这就有点儿过分了，要不我让他给您道个歉，要不然让陈小姐陪您去喝一杯也行，这样要是玩儿出人命谁都不好收场。"

"您的意思是我这下算白挨？呵，要不这样，我是个怜香惜玉的人，"说着他色迷迷打量着我，好像要把我看穿，"想办法求我啊，没准……"

"绍凯！"一个不注意他抢过那瓶酒就往胃里灌，我伸手要去抢，他居然一挥手将我甩到一边，我撞到后面的琴架摔到地上。"梦姐！你没事吧。"阿毛过来想扶我，我哭着求他："你们管管他啊……别让他喝了……"

白酒的口大都是滚珠，很难倒，我看着那瓶酒一点点变少简直是煎熬。可是我知道谁都没有办法阻止，他心里太难受，他想喝醉。"够了……够了，我求求您了，我陪您喝酒，我给您道歉，对不起……"显然那个男人更喜欢眼前的好戏，完全没有叫停的意思，绍凯一面往下灌着酒一面将我揽到胸前，死死按进怀里，"别喝了……你别喝了……"

终于酒瓶重重砸到地上，四分五裂，碎掉的玻璃尖锐地反射着光，"好！痛快！"那个男人的酒劲儿好像彻底醒了，"今儿这事就算过了，我忘了。"说完他还想拍绍凯肩膀，我扬手狠狠地抽了他一巴掌，歇斯底里地喊："滚！"

老板把我们送到门口，塞给我打车的钱。"你们先回去，让他喝点儿水，要是发现不对赶紧送医院，这么喝有可能酒精中毒。当心点。"

我把车门关上，让绍凯的头放在我的肩膀上，酒精已经开始在他身体里肆虐了，连意识也不清楚起来。"不哭……没事……"听到他在我耳边颠三倒四呢喃的声音，我的眼泪反而掉下来，抚摸着他的脸："难受么？"

司机一边开车一边不放心地回过头来看着我们："哎，别吐我车上啊。"

坐在副驾驶座上的小哲实在受不了了，我觉得他随时可能打司机："操，你他妈闭嘴吧！"

"师傅，如果吐了，我会帮您收拾干净，我会加钱的，请您快点儿开吧。"听到"加钱"，刚刚面露不快，好像要踩刹车把我们赶下去的司机又踩了一下油门，不再说话。可是最后绍凯还是吐了，而且好像要把身体里的东西都吐干净一样，我完全没工夫在意自己身上的秽物，只能拍着他的背希望他能舒服点。

"好点儿了么……没事，我在这儿呢，"我抱着他，把脸靠在他的肩膀，轻轻抚摸他的背，我实在不希望给别人留下我只会哭的印象，可是我停不下来，"我在这儿，特别难受是不是……"

"靠！"坐在我旁边的阿毛狠狠砸了一下座椅，然后把头转向那边，即使在夜里我依旧看到他的眼圈微微红了。

他俩帮我把绍凯扶到屋里，放到床上。我对他们说："你们走吧，我来就好了。"

"你一个人没问题么？"

"没事，你们也累了，去睡吧，有事叫你们。"

等他们出去，我先把自己的衣服换掉，然后帮他脱衣服。一路上他就一个劲儿地喊热，我想那些酒精已经开始在他的身体里燃烧了。打来水帮他擦身体，我发现现在的自己面对他的身体已经不会尴尬了。"来，乖，喝点水。"也不知道他究竟听不听得到，我把杯子举到他嘴边，他急着要喝，伸手抢，杯子掉到地上碎了。

"为什么……"床上的绍凯又开始不老实起来，拧着眉头翻来翻去，突然我意识到他在找什么，迅速地爬上床去摸他的脸，他好像感觉到了，用力将我抱到怀里，"为什么……为什么……为什么我不知道她心里想什么……"

我什么也不管，抬起头吻住他。

心中是平静，甚至甜蜜的。擦干净身体后，困倦铺天盖地地压过来，我看着绍凯终于渐渐睡沉，发出均匀的呼吸声。我就这样蜷缩在他的身上，昏沉地睡了过去。

夜好心地包裹着我们，世界像个巨大的蛹，缓慢的心跳声，像是藏在重重丝绒之下。不知道睡了多久，有一点冷，我拉过被子盖在我们两个人身上。

隐隐约约感觉到脸上有熟悉的触感，努力张开沉重的眼皮，发现绍凯醒过来看着我，外面天还没有彻底亮起来。"你醒了？头痛不痛？哪里难受？"我猛地坐起来，"你说话啊……"

"水……"绍凯无可奈何地指着自己的喉咙，张开口哑得好像快要说不出话来一样，我赶紧跳下床倒水给他喝："慢点喝，怎么不多睡会儿啊？"感觉到他表情不对劲儿我才意识到自己是裸着的，重新蹿到床上，抓过被子把自己裹得严严实实，"这还不都怪你……"

"过来，"他看起来很没有力气，我靠过去，头枕着他的胸口，"我说怎么觉得胸闷，原来被你压的。昨天我怎么回来的？"

"你真的都不记得了啊，连我占你便宜的事也不记得了？那太好了。"

他不太相信地看了我一会儿，胳膊将我箍得更紧："我恨不得杀了他，你是我的。"

"男人的嫉妒心真是可怕。"

"好了，我起来了，一会儿还要去上班。"

我一听"上班"两个字连汗毛都竖了起来，坐起来两只手按住他肩膀："你敢去！"

绍凯看着我的反应忍不住笑了出来，很轻易地把我两只手拿开，起来穿衣服："不就喝了点儿酒么，不至于，现在酒醒了，没事了……"这样说着的他站起来的瞬间锁着眉头弯下腰去。

"怎么了？胃疼是不是？我都说了不许动不许动！快点过来！"我赶忙拉他坐下，把他捂着胃的手拿开，然后换成我的拥抱，"你今天哪里也不许去，一会儿我去和他们俩说。你给我好好待着，多睡一会儿。"

"好，我再不说好你估计要把我绑起来了吧。"绍凯拗不过我，只好重新拥着我躺下，"你昨天又哭了多久，眼睛都哭肿了，至于么？"

"至于！你再也不许这样了，你知不知道这样身体会坏的？再说大人喝酒太多，对下一代不好，知不知道？"

如我所料，听完我最后一句话绍凯惊愕地看着我，我知道他在询问，不过我摇了摇头，说："我的意思是，我们结婚吧。"

"你……说什么……"

好不容易才说出口的话居然得到这种回应，我气急败坏狠狠咬了一口他胳膊："你反悔了是不是？"

"不是不是，我怎么可能反悔！"完全顾不上胳膊上的牙印，绍凯死死地抱住我，唯恐我会把话收回去，"为了你这句话，我喝一箱都值了。"

　　我终于不是在开玩笑了。我想这世上再也没有其他人能够给我那么默契的拥抱，能够让我舒服得像是回到母体一般，温暖得密不透风。我缺少的很多东西在他这里都可以得到弥补，而那些再无法回来的，就像丢失了几块的拼图，即使再无法完整地拼成一幅图，有一个盒子能够将之装藏起来也是好的。

　　再也没有其他人，再也没有其他人，再也没有其他人。

　　所以，我们结婚吧。

　　一直等他睡着，我才慢慢爬下床去药店买了解酒药和胃药，然后回来熬粥等他醒来吃。米在水中翻滚，我抬头看着天空发呆。突然有人敲门。"谁啊？"阿毛和小哲去上班了，平时根本没有陌生人来，想到也只可能是孙亦，只不过他应该在学校才对，"你怎么……"

　　看到眼前人的一刻喉咙有被扼住的感觉，不如说更像被子弹洞穿。他的头发像是刚刚洗过不久，半潮湿的显得更软，皮肤白皙无瑕，那双眼睛大而明亮，让人转移不开视线。我的手在身侧渐渐握紧，指甲插进肉里，麻木得不知道疼。

　　他的眼神有些局促，却习惯性的维持着镇定成熟的表象，开口问我："你是上次酒吧门口那个……"

　　一语惊醒梦中人，我离开的魂魄终于像那些古老的鬼片一样瞬间回到身体中，我认出了他，我曾经抱着他哭过。可是他怎么会在这儿？"你住这里？"趁着我说不出来话他继续问，仿佛不打招呼闯进别人家的是我？那种不动声色又让我忍不住发愣。

　　"我和朋友住在这儿……怎么了？"

　　"我平时可以过来么？"

　　我没想到居然会听到这样的话，仔细地看着面前的人，好年轻的脸，比我高一点点，穿着纯白色的长裤，记忆里已经很多年没有看到有人那么随意地穿白色，又那么适合了。"梦儿——"还不等我回答，绍凯突然推门从屋子里出来，我僵硬地站在原地看见他也慢慢僵硬起来。

　　"你……怎么出来了？"

　　绍凯没有走过来，淡淡地说："你们聊吧，我回去。"

　　我的脑袋没有在这里卡壳，相反地在这样说不清道不明的尴尬处境下我想清了一件一直都没想明白的事，许久之前的那次争吵中绍凯曾说过"那个长得很清秀的男孩对你很重要吧"，按时间推算他看到的一定是这个男孩。

回过神来才发现我在这样一个小男孩儿面前居然步步倒退，他真的已经进了院子，而我还不知道他的来意。

这一切太荒诞了。

我想先赶他出去，再去跟绍凯解释，可是两步开外的陌生男孩儿正背对着我抬头看天，那个背影给了我时光倒流的错觉。当他回过头，那一幕在我的视线里变成慢镜头，我看见了回忆无法控制地盛放。"你等我一会儿。"疯跑回屋子，翻出了最早来到这儿时背的那个包，里面放着一个早已没电的CD机。我把里面的盘取出，又赶快跑出去，"你听过这张盘么？"

那男孩儿看了看那张盘，摇了摇头。

当然了，我怎么会不知道，他不是他，不会知道这样一张全部是生僻钢琴曲的盘。

"想来就来吧，不过要等一段时间，"我靠着墙壁委婉地下了逐客令，可是我不敢抬头，"你叫什么？"

"程弋哲。那我先走了。"

我再望向门口时他已经不在了，我才想起到最后我也不知道他来的目的。天空飞过一群鸽子，落下两小片绒毛，我伸出手，却只握到虚无的风。使劲儿地吸了一口气，不停地吸，以至于头脑缺氧。我开始搞不清楚他到底有没有来过。我希望这只是我的幻觉。

"来，吃东西。"端着粥到绍凯的嘴边，他怄气地把头转到一边，我换到那边，他就又转回去，"呐，你是要我喂你，还是要自己吃，你自己吃我就出去了。还有十秒机会，十，九，八，七……"刚数到"五"，他飞快地回过头把勺子里盛的粥吃掉，我忍不住笑出来："这才乖嘛。"

绍凯赌气的样子明明白白就是个孩子，我安心了，这证明他心里还是相信我的。一口一口喂完粥我才开始解释："我真不认识他，真的，唯一见过的那次是凑巧，那还不是因为你把我丢在那儿啊。"

"你说我们结婚是真的么？"

他完全没有在意我的解释，而是让我给他想要的答案。我再次点点头。

我只能点头。虽然刚刚那个人的到来带来了一些台风来临前的预感，让我心神不宁，并且眼前模糊一片，尽是幻影。

第十四章　救赎

室间隔缺损指室间隔在胚胎发育不全，是最常见的先天性心脏病。缺损大者，症状出现早且明显，以致影响发育。心悸气喘、乏力和易肺部感染。严重时可发生心力衰竭。有明显肺动脉高压时，可出现紫绀。

肺动脉高压是一种极度恶性疾病，其愈后是灾难性的。可以说，这种病就是心血管疾病中的癌症。

听着这些从没听过的理论，我的心像是空谷般寂静。房间没有开灯，窗帘是拉着的，昏暗得看不清人的表情。我努力地吞咽了一下，希望唾液可以正常循环，让我能够发出声音："曲城，在你心里我是什么？"

"我是这世上最自私的人，我明明知道不可以，可是没办法，我没办法……"他坐在床边低着头，我听到他声音里无法消散的虚弱和颤抖，片刻，他伸出手握住我的手指，乞求般的，"别离开我，求你，别离开我。"

没有人能够知道我看着他，一直就像看着一个美丽的梦境。他是透明的，轻盈的，好像随时都可以飞离我的身边，所以我才目不转睛地追随着他。但事实是，是梦早晚都会碎的吧。"只要你不离开我，"我从椅子上滑下去抱住他瘦削的肩膀，"我不会离开你，什么都不重要，只要你在……"

他的头垂在我的肩膀上，我感觉到他那颗残缺不全的心拼命地想要跳动，最后表现在他紧紧抓着我后背衣服的手上。"你为什么不怪我骗你这么久？"

"我现在全都懂了。"

你一直以来的挣扎。

"妈……"曲城突然放开了我站起身，我转过头看见他的妈妈站在黑暗的门口，表情空洞地看着相拥的我们。我看着那个年轻美丽的母亲脸上带着近乎阴森严肃的表情，不自觉地握紧了曲城的手，却听到她对我说："你出来一下，我有话对你说。"

"好，"我刚要迈腿，却发现手上的牵制仍然在，而且没有放松的意思。我用另一只手反握住他的手，"你相信我。"

走到客厅里，我站在沙发边不知道该不该坐，我在考虑如果下一秒她就下逐客令我该怎么办，可是她只是挥了挥手，说："你坐吧。"

"阿姨……"

"你们不能在一起，我现在要跟你谈的不是早恋的问题，就当我相信你们是认真的，但是你们在一起是不会有未来的。"

我坐在沙发一角，双手在前面死死交叉在一起，想要维持镇定却止不住语气中的薄弱："我都知道了。"

曲城的妈妈显然很震惊："你知道了？那你为什么还……"

"因为我从来没奢求过什么美好未来，您说我胸无大志也好鼠目寸光也好，可是我曾经是个被所有人认定没有未来的人。我想您一定还记得我第一次来您家时的样子，遇见他是我生命里最大的意外，是他救了我。所以我求您让我和他在一起，我只想和他在一起……"

"你还是不清楚他的身体，就算我让你们在一起，你能陪他多久？你是个普通的女孩儿，你要结婚，你要有正常的生活。你还是个孩子，所以才能说出这种不切实际的话。"

曲城的妈妈说的每一个字都很有力，她并没有用严厉的逼迫的语气，相反她只是摆出一个母亲最大的力不从心。于是这些字就像一颗颗钉子凿进我的心里。我还想要张嘴，不等我说话，她又补了致命的一句："他现在的身体看起来没有太大关系，其实……你会害死他的。"

"妈！别再说了！"曲城从房间里再也听不下去，跑出来护住瞬间流下眼泪的我，可是现在我看着蹲在我面前心疼地用手擦我眼泪的他，觉得那么模糊，"这和她有什么关系，您有必要这么逼她么？"

"我是为了你们好，你觉得你能给她什么？她能愿意陪你多少年？等她二十岁了，三十岁了，她该结婚了，你能么？"

对话越来越尖锐，我感觉到曲城的身体渐渐僵硬，他同样在害怕，我轻轻推开他站起来朝门口走去。

"陈梦！你去哪儿？"

我不知道，闭上眼睛就看到一道道雷电劈下来。

"好，如果你想走，现在就走，"曲城看着我的脸，慢慢松开了抓在我胳膊上的手，一步步向后退，"我知道让你留下来对你不公平……"

不等他说完，我突然扑进他的怀里。他身上仍然有让我安心的薄荷味道，衣服永远像是刚刚在阳光下晒干有着让人昏昏欲睡的柔软。我听到他胸口长长的一声叹息，慢慢收拢了我的肩膀。

"妈，就算我明天就会死，我还是要把她留在身边。"

"死"字出现在空气中的那一秒我听见三颗心同时缩紧的声音。夜晚在窗外降临，很快我们便置身于黑暗中。世界末日也不过如此。

但是世界末日那天他还能如此拥抱我，又有什么可怕呢？

曲城出生时只有五斤，瘦小脆弱，呼吸不好并且总是发烧，那时医疗技术还不是很发达，更何况生产的医院也不是什么大医院。医生当时诊断的结果是肺炎，只单纯地止住了发烧，一直到出院。

可是身体依旧是不好，明明是个男孩子却没办法和小朋友一起踢球，追跑打斗，上楼都会气喘不止。随着年纪增大容貌开始改变，可不变的是那没有血色的脸和发紫的嘴唇。七岁的那一年曲爸爸的一个当医生的朋友看见了这个孩子，犹犹豫豫地说了一句："这孩子心脏是不是不大好？"

虽然不愿意相信，可事实摆在眼前。那一年他们拉着曲城去了安城一家最好的医院，确诊结果出来时曲城的爸妈当着医生的面哭出了声音。

已经延误了最佳的治疗年纪，辗转了很多个城市的医院，看到的只是一个又一个无能为力的摇头。

曲城是一个好强的孩子，他清楚自己的身体却并不介意，他坚持着学业，虽然经常会因病休息一两个星期，但是他从来都维持着好成绩。他活到了十二岁，十四岁，十六岁，不知道是不是一直细心保养不做任何激烈运动的缘故，他奇迹般地一再越过医生估测的最长寿命。

"我们对他从来没有任何要求，我们只乞求他能好好活下去，老天不要这么残忍地把他收回去。"曲城的妈妈如此对我说。我听得出来随着曲城一天比一天长大，他们又开始燃起了希望，他们以为会这样一直好下去，没有什么突兀旁枝。直到遇到我，我让他们感觉到了危险。

遇到我之后，他们的儿子一再地举止失控，第一次带回家的女孩儿是我，第一次要求骑自行车是为了我，第一次对家长大声说话也是因为我。"其实应该想到的，到了这个年纪怎么会没有喜欢的女孩子。可是我一直以为他知道自己的身体情况就会控制自己，可是……"

"都怪我，都怪我，都怪我……对不起……"

"这也怪不得你，我们都是过来人，也知道你们这个年纪是阻拦不了的，可是他竟然愿意为了你去做那个成功率连20%都不到的手术。"

我张大了眼睛像是被石化在原地一样看着曲城仍旧平静的脸，他伸出手想要安慰似的摸我的头发，我却躲开了，他的手僵在半空寂寞地一点一点握成拳，收回身边。

"能不能让我安静一下，我好乱。"

看到没有人阻止，我站起来一口气跑到了楼外，扶着墙走了两步终于抱着膝盖蹲了下去。我狠狠咬住自己的手腕，眼泪大滴大滴掉到衣服和地上。在那样的时刻我竟然想起了在某本书上看见的关于守护天使的传说，这个世界上会有人出现在你身边守护着你，带你远离伤痛，然后当他的职责尽完他便会消失无踪。

多么浪漫的，充满美好愿望的传说。当它变成真的，你就会觉得那是无法承受的残忍。

腿蹲到麻木，我摇摇晃晃地站起来，在外人看来一定像个失魂落魄的鬼。然而正在这时我抬起头看见了两步开外的曲城正静静看着我，他的眼中有一座灯火通明的城市，能够容纳我所有的懦弱、无措、绝望、退缩。

他说，陈梦，对我来说活着已经不是愿望，我和你一样对生命完全没有希望，可是自从遇到你我开始懂得什么叫快乐，我每天早晨看见你从楼上跑下来对我笑就在心里对自己说，我要活着。你才是我的救赎，所以，你要坚强。

陈梦，我爱你，看见你我才看见希望。

我们看过太多分离的故事，无论是催泪的肥皂剧还是冗长夸张的泡菜剧，无论是在家中还是在漆黑的影院，当我们看到这样的情节我们总会不自觉地握紧身旁人的手，"不想失去你"的念头变成鱼在平静的心里吐出泡泡。

我们会因为什么而和深爱的人分离呢？抛开地震、海啸、泥石流这些不可抗拒的自然灾害，还有车祸、疾病等无法预见的意外，总结起来也只有两个字：死亡。我们最害怕最无法抗拒的就是死亡。

但是我一直都没有感觉到自己对死亡有恐惧，在我的认定里人死了就是死了，消失了，再没有感觉，别人也看不到你的存在。每每这样想，我都会觉得死是件很轻松的事。可是此时我看着坐在草坪上的曲城，正午的阳光将他的睫毛镀上一层金色，他微微眯起眼睛转头看我，我没来得及收起自己无措的表情。

只要想到他会冷冰冰地躺在那里，我就会冷得发抖，再烈的太阳也无法将我解冻。曲城看着我，默不作声地把我的手拉过去，团进他的掌心，呢喃般地说："如果让你那么紧张，不如放你走好了。总有一天我得放你走，无论什么原因，到那天你要学会忘记我，彻底忘了我。这世上还会有很多爱你的人，只要你忘了我，就能幸福……"

"你不要再说了……"

我的胆小、彷徨一定深深地伤到了他，只是他习惯性的什么也不表现出来。我们都祈祷夏天不要过去，可是我们都清楚夏天马上就走了，也许一阵风叶子就会落下来。

在曲城的高三来临前我们决定要去安城以外的地方走走，就我们两个。开始陈年因为不放心而反对，但看到我心意已决也只好答应下来。只是我能想到曲城要说服家人有多难，在我看来那简直是不可完成的任务。一直等他消息到凌晨，手机依旧毫无动静，我终于支持不住睡了过去。第二天天亮我看到他凌晨三点半发来的信息："好了，没问题了。你好好睡吧。"

我想他们一家人肯定都一夜都没睡。

其实我们去的不过是安城近旁的一个小城镇，那里有一座历史久远的庙宇。区别于那些名胜景点的香火鼎盛人满为患，那里更有寺院原有的本色。坐了四个多小时长途车，为了不晕车，我靠在曲城的肩上睡觉，半梦半醒间额头突然感到一点温热。心比我的脑袋更早反应过来那是出自什么。

——想要和他在一起。

——无论怎样，都想要和他在一起。

——已经无法想象没有他的未来。

我在心里默默下定决心，手更紧地攥着他的衣襟。

下了车我想先找个旅馆休息。可是曲城想要直接去玩儿，他的脸色很好，没有什么发病的痕迹，于是我们一起去了那家寺院。

浓浓的檀香味道让人一下子就融入了那个氛围之中，游人真的很少，买了香插进香炉里，然后走进中间大殿。从来不朝神拜佛的我，第一次乖乖跪在蒲团上，极尽诚心地叩了三个头，回过身发现曲城就站在后面静静地看着我："你怎么不拜？"

"因为你已经把我所有的愿望都许完了。"

　　我嘟着嘴站起来，想要抽一支签，却被他一把拉走："为什么不让我抽啊？"

　　"我还不了解你？如果抽出的是不好的签，你一定会念念不忘，我可不想你这两天都闷闷不乐的。"

　　临出庙宇时，我趁曲城不注意买了一个观音像的吊坠偷偷塞进了他的口袋，放进去的瞬间我又把我刚刚在佛前诚心的祈愿重新复述了一遍。其实我的那个愿望无比啰唆，磕头的间隙我就好像在跟那尊佛像谈判。

　　"一定要让他长命百岁，奇迹总是有的啊。至少也要让他活得比我长，或者把我的寿命给他一些也行，但是我们是要永远在一起的，所以一定要平均才行。拜托拜托了。"

　　找了一间小旅馆，白色的床单、枕头、被子，干净整齐。我们要的是双人间，两张床中间就隔着一个小小的床头柜。刚开始我并没有感到有什么奇怪，直到晚上躺到床上，两个人却开始莫名其妙地失眠。

　　毕竟是最敏感的年纪，又是相爱的男女。黑暗中看不清对方的表情，只能看到睁着的眼睛闪闪发亮。忘记是谁开的头，我们开始漫无边际地聊天。聊从前，聊以后，最后甚至聊起婚后要怎样装修房子，养什么花，谁做菜，谁洗碗……那个夜晚特别舒服特别漫长，我陷在自己的幻想中几乎要信以为真，直到困意慢慢涌上，催促着我闭合眼皮。

　　"困了么？"曲城发现我半天没答话，试探性地小声问，我想答话却张不开嘴，"把手给我。"

　　我闭着眼睛伸了一条胳膊出去，他握住我的手。两张床间的距离足够我俩很自然地牵起手："睡吧。"

　　那夜应验了日有所思夜有所梦的老话，我梦见我幻想中的一切都变为真实，在梦里我看见自己的笑容如同五月清晨的阳光。

　　我们在那个小城中待了三天，漫无目的地坐车去任何地方，走一条条陌生的街道。下雨时共打一把伞走在一条不太平整的青石板路上，看他湿了一边肩膀。他发现了我塞进他口袋的观音像，乖乖将它系到了脖子上，我却不放心地愣是加了个死扣。曲城看着我，满脸无可奈何的宠爱。

　　他的目光不知从何时起不再像之前一样故作淡漠，而是一天一天愈加温热，让我总是感觉自己身在温暖的花房之中。

　　可是我根本就不是生长在温室的植物，我曾经野生且剧毒。

　　三天过得太快，看出我的不舍得，曲城说："要不然再待两天吧。"我想说好，可是最后还是坚定地摇了摇头。

我知道他和家里说好了就三天，我不可以这么自私贪婪不守约定。

回去的车上我依旧靠着曲城的肩膀睡，他也有一些累了，轻轻贴着我的发顶闭起眼睛。为了防止司机急刹车，他两条胳膊环过我，以一种保护的姿势。

刚到安城长途车站就看到曲城的妈妈等在那里，下车的瞬间我慌乱地松开了曲城的手。"都平安回来就好，回家吃饭吧，你爸在家做好饭了。"我刚刚注意到那个"都"字，曲城的妈妈转过头对我说："你也一起过来吧。"

"不，不用了……"

"走吧，做了挺多的菜，吃完再回家。"

我已经不知道该做出什么表情了，是惊讶还是惊喜，曲城拉了拉我，用眼神告诉我："走吧。"

这是我第二次在曲城家吃饭，尴尬却更胜于前一次。桌子上过多的盘子让我不得不相信邀请我过来是一早就决定好的。我紧张到麻木地吃着碗里的饭，听着曲城爸爸问他"好不好玩"这些家常话，然后又突然转向我："你现在是上职专？"

"啊……嗯，是，"话题转得太快，导致我思维卡了一下，"不过还是打算考大学试试看。"

"嗯，大学还是要上的，只要努力怎么都不晚。"

"行了行了，快点吃饭吧，俩孩子都饿了。"曲城的妈妈温柔地打断了爸爸说教性强的话，顺便给我碗里夹了点菜，我诚惶诚恐地连"谢谢"都破碎在喉咙里。

为什么这场景看起来很和谐，就好像我已经被彻底接纳。我只能在心里祈求这是真的，不只是昙花一现的美好。

"来，你跟我进来一下，"刚吃过饭曲城妈妈突然把我叫进她的房间，打开灯，门却被带上，"你别紧张，我知道上次我对你态度不太好，不过我想你能够理解一个妈妈的心情。"

"我知道……"

"其实我跟他爸爸一直都看得出来你是个好孩子。来，阿姨见你好几次了也没送过你什么东西，"说着她居然从抽屉里拿出一只小小的翠绿镯子，似乎只有很瘦的人才戴得进去，"这是当年我妈妈给我的，当时我和你现在差不多瘦，所以你戴肯定合适。"

冰凉的玉贴到我手腕之后我才猛地惊醒，急忙想把它摘下来："不行！我不能要！"

曲城的妈妈按住我的手："你拿着，并不是多贵重的东西，是阿姨的心意。"

"不行，我真的不……"

"你们在干什么？"

一个声音突然从门口传来，正在推脱那只镯子的我们一齐停住，转头看站在门口的曲城。"没干什么，我们说点儿事，出去吧。"曲城的妈妈把那只镯子推进我的手里，然后对我使了个眼色，让我和她一起回到客厅。

心里仍然很不安，可是我不敢让曲城看出来，只好迅速地将那只镯子放进口袋。

待了一会儿，和曲爸爸曲妈妈告别，曲城送我到楼下，我想说再见，他却没有放开我的手："刚才我妈对你说什么了？"

看来他还是误会了，确实刚才他看到的角度，我和他的妈妈真的很像在争执。

"没什么，"我也不想瞒他，把那个镯子拿出来，"你妈非要塞给我这个，我不能要，你替我还给她吧，跟她说谢谢。"

曲城看着我手里的那个颜色均匀的细小玉镯，眼睛里开始有光亮："你说……这是我妈给你的？"

"嗯，是啊。"

"笨啊你，"我不明所以地看着他露出有些孩子气的开心笑容，最后他居然两只手捧起我的脸，"他们接受你了，明不明白？"

我僵硬地被他抱着，好一会儿才明白过来："你是说……"

"你要一直和我在一起了，后悔已经来不及了。"

第十五章　纪念

当第一场狂风刮起，我知道冬天又要来了。冬天是我在离城的开始，每到冬天我就止不住在心里默念"又一年"。

绍凯回来时我正在院子里喂小喵喝牛奶，没发觉他站在我后面。"哪儿来的？"突然的声音吓得我跳起来，"哪儿来的猫？"

"捡的……"

在院子里生炉子时听到了微弱的喵喵声，刚开始以为是幻觉，但是声音却持续不断。最后我走出去找了一圈，发现一只可能刚刚会走路的花白小猫蜷缩在垃圾堆边上。为了抓住它费了好大工夫，我前一步它就退一步，直到我把它逼到墙角，它还用小爪子攻击我，所幸没什么杀伤力。被抱在怀里的猫咪慢慢就安静了下来，竟然一副很享受的样子，它可怜巴巴的模样让我实在不忍心再把它扔出去。

不过我不大清楚绍凯喜不喜欢猫，所以心里有点忐忑："我给它洗完澡了，很干净，而且它很听话……"

"你喜欢就留下吧。"

"真的？"我开心地蹲下去看浑然不理睬面前两个人，只专心舔盘子里牛奶的小喵，"小喵，爸爸同意你留下啦。"

绍凯蹲到我旁边歪头看了看我，又看了看猫："别说，你俩长得挺像的。哎，你刚让它叫我什么？"

"爸爸呀，我是妈妈，你当然要当爸爸。"

脸颊被亲了一下："就为了这称呼它也得留下。"

小喵像是上天送给我们的礼物，自从它来了之后家里充满了欢乐。阿毛和小哲两个人天天没正经地追着它跑，抓到就按在地上没完没了地鼓捣它。可怜的猫咪被他俩搞得都没了脾气，总是四脚朝天懒洋洋地任由他们抓痒。只有绍凯总是不表现出有多喜欢它，可是每天早上我还没起床，猫咪就吃完了东西却都是他的功劳。

大概是因为有了每天的固定食物，小喵原本稀疏的绒毛开始有光泽，竟然变得越来越漂亮。饿的时候歪着头用那双大眼睛望着人不停叫，一直叫到你心软为止。

"你不要太宠它，没事就喂吃的，会变肥猫的。"

躺在床上绍凯又一次提醒我，我笑着搂他的脖子，学小喵用鼻子蹭他的脸："其实你喂得比我还多，还说我。"

"我哪有……"

"你就嘴硬吧。"我枕着他的手臂刚刚有点儿要睡着，突然感觉到他轻轻把我放到枕头上，然后起身开门出去，一会儿又走进来。我张开眼睛看他背对着我蹲在地上，小喵轻轻地叫了一声，他就威胁小喵："嘘，再叫就把你扔出去。"这么说着的他却在猫窝里多塞了好几块碎布，喝水的碟子和装沙子的盒子都拿了进来。

开始和我约法三章，猫只能睡在院子里的是他，结果怕猫会冷的还是他，我掀开一点点窗帘，发现外面确实又刮风了。

自从那次不管不顾地喝完酒，绍凯彻底落下了胃疼的毛病。他不让我知道，只要我在就装得好好的，趁我不注意再偷偷吃药。如果不是发现抽屉里满盒的胃药已经快没了，我可能一直被蒙在鼓里。

"不要喝凉水，"我坐起来拿下他手中的杯子，爬下床开门要出去，"外面炉子上还有点水，大概是温的。"

绍凯把我拉到他腿上坐下，双手搂住我的腰："别出去，省得着凉。怎么又醒了？"

"你动来动去我怎么能不醒，你还要装到什么时候，"我靠在他的怀里，"都怪我……"

"嘘，不许说这种话。"

天没亮我就小心翼翼爬了起来，出去买了饼和火腿，煮了稀饭，我发誓一定要好好学做饭，把他的胃治好。小喵也早早就醒了，跟着我跑到了院子里，追着地上一个塑料袋玩得欢腾，我切了一小块儿火腿在它的碟子里。

在超市里买了一本家常菜的菜谱，然后回家照着做。其实我一直都觉得菜谱是个很不靠谱的东西，那些"盐 X 克，味精 X 克"太理论化了，最后还是要靠悟性来做。所幸的是一切还算顺利，没做出味道奇怪的东西。"今天是什么日子？"晚饭时小哲边吃边小心翼翼地问。

"不是什么日子啊，给你们改善伙食，有意见？"

"没有！"三个人一齐摇头，"绝对没有！"

"真的……好吃吗？"虽然自己尝过，可我还是不确定，因为怕被他们笑才犹豫了好半天不敢问。我推了推绍凯的胳膊，"说啊。"

"还行。"

"什么叫还行，好或者不好。"

绍凯被我幼稚的举动搞得头疼，把我身子扳直，把筷子放到我手里："好好好，行了吧，快吃吧你。"

吃饭总是很快，慢的是做饭和后续，为了公平裁决谁去洗碗，我们四个人决定两两猜拳，然后两个输的人再猜。"来来来，陈梦，我和你玩，省得他让着你。"小哲把绍凯推到一边去，我无可奈何，只好跟他玩，结果肯定是输，天知道我最怕这种凭借运气的东西，从来都不会赢。

最后，输的人就是我。"你们就会欺负我！"没有人管我的抗议，连绍凯都不管，我用水泼他们，他们就躲回屋子里。我气鼓鼓地洗着碗筷，泄愤似的把水弄得到处都是。

即使眼前只剩下一片黑暗，我依然不由自主地笑起来。

离过年还剩三个月时我就开始计划怎么弄出个值得纪念的新年。身处异乡的我们，无家可归的我们，伤痕累累的我们，在一起相依为命度过了青春中最重要的这些年，真的应该好好地纪念。我一边努力地想着办法，一边又注意着绍凯的一举一动，因为我的生日要到了，不知道他又要给我什么惊喜。

"今天晚上我不能回来了，两点来货要清点入库，你自己记得把门锁好。"

"两点以后也可以回来睡啊……"我不想晚上一个人，尤其是冬天，天黑得那么早。

"都那么晚了，回来又会吵醒你，再说晚上回来又要打车，我明天一早就回来。"绍凯用食指点点我的嘴唇，"又撅嘴。"

虽然还是不情不愿，但是也不能再任性下去。自从两个人说定要结婚之后，我越发肆无忌惮地依赖起他来，像孩子一样依赖怀抱，依赖亲吻，依赖爱，越发变得像是个小女人，柔软无刺。

其实我爱这样的自己。

他们三个走后我一个人无心做菜，煮了袋方便面也只吃了两口，所幸还有小喵陪着我。因为天冷，这个小东西白天就窝在炉子边，晚上就不经允许地跳上床挤进人的被子里，随你怎么翻身，它都四脚朝天地睡得安稳。不过抱着软软的它也可以起到保暖作用。

"小喵啊，你为什么这么小就流浪在外面呢，妈妈呢？"

它当然不可能回答，非但不回答干脆理都不理我，我自嘲地笑了笑，看看桌子上的表，耗了半天时间，才刚刚八点。只有一个人的时候才会发觉过了这么久那种叫做寂寞的毒素依旧凝滞在我的血液里，丝毫没有淡化，我蜷缩在床上看着四周的白墙，越看越害怕。"小喵，爸爸不在家，只有你陪我了，不许不理我。"

我学会了做很多菜，我学会了怎样洗衣服才最干净，我学会了收纳做扫除，我学会了关心别人。我有设想过，等到我们结完婚，我们就去租一间小房子，干净就好。我也去找一个正式的工作做，然后尽快把上次住院的钱还给孙亦。

如果日子可以这样，永远这样，该会是莫大的幸福吧。曲城，我可以当做是你在祝福我么？

想起这个名字，胸口突然尖锐地疼起来，像是不知从哪儿伸出来的钢管干脆地戳穿心脏，我只能僵硬着不动，等待疼痛过去。经常会这个样子，胸口的位置尖锐地疼，并且随着伸展越来越厉害，我有偷偷去问过中医，胸肋痛，并不是什么大问题，所以我没有对绍凯说。突然外面有敲门声，我把小喵放下，走到院子里，没有马上开门："谁啊？"

外面的人还是一直敲门，并没有回答。老式的木门里面就是一个大的铁质门闩，推一推可以露出缝隙，我从缝隙看见外面漆黑一片，一个熟悉的人影在一片漆黑里闪着微弱的光。

是他么……我的手僵在木门翻起的漆皮上久久无法回弯，直到敲门声停止，我才拉开了门。我知道曲城再也不会出现在我的门口了，现在在面前转身要走又回过头来的，只是一个小小的孩子，他叫……程弋哲。

"这么晚你怎么来了？"

"没事做，想来找你们玩，就你自己在啊，"程弋哲看了看我，很无奈地耸耸肩，"那我改天再来吧。"

我拦住要走的他："哎，你住哪儿？"

"就住这附近，我有听过你们在酒吧唱歌，然后有一次看见你们一起回这里。"

"是看见……"我笑笑，"还是跟踪？"

他突然很灿烂地笑了，露出上排整齐的牙齿。曲城，这世上居然会有一个与你这样相像又让人能够区分的他存在。"你可以过来玩，明天他们都在。不过我们这儿好像也没什么好玩的。"我注意到他的眼睛一直注视着我身后敞着门的琴房，心里马上就明白了，"喜欢就进来吧，你自己去玩玩。"

看得出他是很喜欢那些乐器的，不过仍然有些拘谨，也许是介意只有我一个女生在："我明天早上再过来吧。"

我点点头，又想到什么，朝他的背影喊了一句："下午再过来，不要太早。"

我再次把门插好，还没转过身，院子里唯一的一盏灯突然灭了，几乎同时，屋子里的白炽灯也灭了，我像是一下被扔进了一片废墟里。本就偏僻的地方，连灯的温暖都消失，就只剩下死寂，耳边还有像鬼哭一样的风声。没有穿外套，现在冷得发抖，走到屋门口，从门上的小窗看不见里面的任何东西，打开门的瞬间猫叫声让我心跳加速，我蹲在门口小声喊："小喵……"喊了两声也不见它出来。

夜晚的微光在房间的墙壁上晃出诡异的形状，我想起抽屉里是有手电筒的，赶紧跪在地上翻起抽屉来，可是明明以前总能见到的东西现在怎么找都找不到，我直接把三个抽屉都拉出来倒扣在地上，一张照片突然蹦了出来。

我颤抖地拿起那张已经有些折痕的照片，里面的人让我紧紧揪住了自己胸口的衣服。从床下突然闪出来的一双绿色反光的眼睛将我心里的恐惧直接点燃。

那张照片，那张照片我明明早就烧掉了啊。

我要去找绍凯，我一个人好害怕。疯狂地想要跑出这片漆黑的地方，至少到有灯的地方去，脚下却被一块石头绊了个正着，整个人趴在地上的同时，我听见脚踝骨头发出了响声。

右脚痛得完全不能发力，我挣扎着用手肘和膝盖把身子撑起来，用左脚勉强站起，又立刻痛得坐了下去。周围一个路人也没有，也许该庆幸没有，这时候如果来个坏人，我大概只能束手就擒，可是我要一个人这样等到天亮么？

没有穿厚衣服，没有办法走路，也没办法让别人知道我在这里，我为什么总是喜欢把自己陷入这样的境地。好冷……我抱着肩，把头埋在臂弯里，脚踝已经肿了起来，疼到麻木却又无法忽视里面尖锐的跳动。我不知道自己坐了多久，眼泪让脸变得紧绷又被风吹得生疼，困意开始从头浇下来，可是身处的环境又让我没办法睡。

又撑了一会儿，我真的要撑不住了，脚踝已经肿到吓人的程度，我干脆侧躺在了路上，不知道这个样子被人看到会不会直接报警。昏沉沉的脑袋里突然又浮现出那张照片，我记得清清楚楚我把它烧掉了，那一定又是我的幻觉。照片里的人笑容好晴朗，像是夏天的风一样，这辈子再也见不到了，再也见不到……

可能是因为耳朵贴着地的原因，我总是可以听见细微的动静，有脚步声慢慢由远到近了，我连汗毛孔都竖起来。可是那个脚步声越近听起来就越熟悉，包括那个逐渐靠近的身影，他站在我几步远的地方问我："是谁？"

我像回光返照一样努力想爬起来："绍凯……是我……"

"梦儿！"听到我的声音之后他两步跑过来蹲到我面前，把他的外套脱下来裹在我身上，熟悉的温度让我又忍不住哭起来，本来已经减弱的疼痛骤然增强，"怎么了？嗯？别哭，说话。"

"痛……"

"来，我们去医院，"看到我肿得快成球状的脚踝，绍凯慌张地把我抱起来往大路上跑，"没事，不哭，乖，忍忍。"

我边哭边拉他的衣服："我……出来没锁门……小喵……"

绍凯突然发起脾气来："你就别管它了，天底下没有比你更不让人省心的动物了！"

"对不起……突然没电了，我害怕……对不起……"不知道是因为委屈还是因为什么，我更加没办法控制自己的眼泪，全部蹭到他的衣服上，出租车司机边开车边忍不住回头看我："痛成这样可能是脱臼了吧。"

到了医院还要挂急诊，我终于承认我真的很不让人省心，绍凯把我抱到病床上，医生刚一摸我就疼得叫起来。"你轻点行不行？"眼看绍凯就要对医生发脾气，我只好忍着不叫，可是医生还是说："脱臼了。"

"来，咬我，别咬到你自己。"知道复位会很疼，绍凯从旁边紧紧把我箍在怀里，把手给我咬，我使劲儿摇头。

"就一下，肯定会疼，但接上就会慢慢好转，忍着点儿。大半夜的，怎么弄的？"医生跟我说话，想尽量转移我的注意力，可我神经绷得就快要断了。没看清他做了什么，我只听见骨头又一声响。

"啊……"我疼得就快昏过去了，这一下过后立刻全身无力。绍凯去问了医生情况，然后把我像粽子一样裹好抱起来，我听见他对我说"回家了"，然后终于放心地闭上眼睛。

晃晃悠悠睡不安稳，意识一直在最浅层浮着。周围的任何动静，包括脚的痛都有感觉，但我睁不开眼睛。直到我听见家门推开的声音，恍惚中感觉自己被放在床上，绍凯帮我脱下他的外套，盖好被子，又在我两只脚中间垫上了柔软的东西，他却好像要走。我眼睛张不开，手却紧张地抓住了他的手腕，他摸摸我的头：“我去看看怎么会没电，马上就回来。”

听见这句话，我才敢放手，没过多一会儿就感觉到他的手臂将我拥进怀里，一整个晚上的混乱总算全都安抚了下来。

一夜被痛醒了很多次，但是每次都模模糊糊地感觉腿被动了动得到点缓解，然后又睡过去。最后一次醒来天已经微微亮了，我抬眼看见绍凯连衣服都没脱，只是很随意地倚在床边，一条胳膊环过我的身子，另一只手还握着我的手。他的下巴抵着我的头顶，就这样睡着，我才意识到这一宿他都是这样守着我的。

我舒了一口气。照片？那张照片！我又一次使劲儿往床下探头，却看见被我扣一地的东西都不见了。绍凯显然没发现我紧张什么，抓抓我头发：“手电不就在抽屉里，你那时慌慌张张找得到什么啊。”

看来果然是我的幻觉，不知道该高兴还是该失落，只能闭上眼睛掩盖所有情绪：“你怎么会回来？”

“说了你也不信，晚上刚闭完店我突然心慌得难受，坐也坐不住，想了想就让他俩在那儿盯着，我回来看一眼，他俩还笑我想老婆想疯了，结果你看你……”

难道这就是故事中才会出现的恋人间的心电感应么？我不相信却又不得不信。

绍凯出去买早点后，我下床单腿蹦到桌子旁，坐到地上，又一次翻起抽屉。他只会把东西一股脑儿地塞进去，弄得里面乱七八糟，我一件一件拿出来再放回去，极力说服自己只是在整理。直到再次合上抽屉，我终于敢确定那里面都是些杂物，并没有任何照片。我清楚地记得，那天我用打火机点燃照片的一角然后扔到地上，看着火焰以极快的速度吞噬掉他微笑的脸。从鲜亮沦为尘灰，也不过几秒钟。

就像一个生命的消失那样快。我的眼泪落进仍未完全熄灭的黑色残骸中，激起几颗火星，又无声无息地泯灭。

　　它在那时就已经不存在了，可是经过了昨晚我才发现它还完整地珍藏在我心里，只要我想见，随时都能真实地浮现在我眼前。

　　突然脑子里出现了一张脸，那个孩子，程弋哲。我无法否认他的容貌气质和当年的曲城至少有一半的相似，我也不知道昨晚的失控是否与他的出现有关。隐约记起自己有让他下午过来，也许我应该提前和绍凯说一声，省得……身边的门被推开，我抬起头看着被我吓了一跳的绍凯，意识到自己这样肯定又惹他生气了，赶忙装出一脸的委屈："痛……"

　　绍凯压根儿不想再理我，绕过地上的我坐到床边："我看你是不痛，自己起来。"

　　没办法，我只能费劲儿地撑地起来，一条腿蹦到他旁边坐下，刚张嘴他就把买回来的云吞端到我嘴边："少说话，自己吃还是我喂？"

　　"我都没刷牙没洗脸吃什么吃……再说我想去厕所……"

　　那条受伤的腿如果只是悬空，会有一点点隐痛，但是只要一沾地疼痛就开始有了实感，不过没有了黑暗的挟持，身体里倔犟的一面又占据了主导地位。其实每一个冬天对我来说都是难挨的，因为在我的眼中，季节只分为夏和冬，夏天是甜蜜的，那么夏天过后的所有日子就都是漫长的严冬。我曾经无数次地以为我熬不到下一个夏季，但是现在我却开始期盼冬天结束后，会有春暖花开的那一天。

　　从厕所出去看见绍凯强装无所谓又难掩窘相的在等我，突然只想走上去拥抱他。

　　程弋哲来的时候我在屋子里睡觉，所以根本不知道，等我揉着眼睛走出去，他已经坐在琴房里玩了。男孩子果真还是和男孩子比较合得来，再加上那仨人根本就是人来疯。"怎么睡这么一会儿就出来了？"看见我一瘸一拐地走出屋子，绍凯过来搀我到小凳子上坐好。

　　"睡这么多，晚上还睡不睡了。"

　　"哎，你腿怎么了？"程弋哲好奇地看着我，"昨天晚上不还好好的。"

　　"是你走……"我的话因为四周陡然变静夭折在一半，僵硬地看了看左右，发现除了面前不知道怎么回事的程弋哲，其他三个人都用一种捉摸不透的表情看着我。糟了，我在心里狠狠骂自己，居然又忘记说。那么现在该怎么解释这句"昨天晚上不还好好的"，尤其是那个"晚"字。

　　"那个……"我推了推绍凯的手，"我刚才忘记和你说，他昨天晚上来过，你们都不在，我就让他今天白天再过来了。"

"几点？"

"什么？"我没听懂但是我看懂了他的表情，"你不相信我？这么一点儿事你都不相信我？"

看到情势不对，阿毛赶紧打圆场："行了，怎么说吵就吵。梦姐，凯哥不是那意思。"

我突然觉得很累，明明刚刚睡醒，却好像走了很远的路，只想躺下闭上眼睛。站起来走到门边回过头，对程弋哲说："你跟我来。"

他刚要站起来，绍凯突然开口："你不是要学吉他么？我教你。"

对峙。又是对峙。他明知道我最讨厌这样的拉扯，却还故意这样做。我累得连气都提不起来，下台阶时忘记了脚上的伤重重地踩了地，脚腕的承重让我痛得小声叫了出来。"喂，你没事吧？"程弋哲跑到我旁边，不加掩饰地问。我回头看见绍凯很平静地抱着琴，完全没有看我，小哲和阿毛在一旁推他，他也置之不理。

"没事儿，你去玩儿吧。"

狼来了的故事果然是真的，我已经得不到他的怜悯了吧。咬着下唇扶着墙一点一点向大门口走，一直没见到的小喵不知从哪里跑出来在我脚边打起了滚，我弯腰把它抱起来："小喵，妈妈带你出去玩。"

这样的脚根本走不了多久，我要走到一个不算太近又不是很远的地方，等绍凯来找我。他一定会来找我，他会突然想起我没有穿外套出门，然后把我抱进怀里。我这样告诉自己，就不再生气也不再害怕了，小喵被我抱着居然能睡着，丝毫不管我走得多辛苦。

走出这片乱七八糟的平房区，面前是一排排老的居民楼，红得发黑的砖坐结构，却偏偏还煞有其事地在外面围了一圈铁栅栏，带锁链的大门在白天打开着。我坐在门口倚着栏杆，用头发尾端逗猫的鼻子，它很不耐烦地拼命摇头。

一直到手脚都冻得没了知觉，远处走来的人却是程弋哲。"你怎么在这儿？"他看见我吓了一跳，"脚上有伤居然还能走这么远。"

"你怎么来这儿？"

"我家就住这，"他干脆一扭身坐到了我旁边，蹦蹦跳跳身手灵活，我微微笑着摇了摇头。

"你笑什么？"

"没事，我在想我怎么躲不开你。"

程弋哲一副委屈的表情，反问我："我怎么了？其实我觉得你还是回去比较好，好像是你太……了点。"

"无理取闹。"我说出了他没说的话，"跟你没关系，有些事你不知道。"

"他没生气，说你是小孩儿脾气，一会儿就会回去了。天黑了，你不回去要住哪儿啊。"

我怎么沦落到要被个小孩子说教，而且他说教的语气那么理所应当，让我的头又开始混乱："别这么对我说话。"

"那我先……"回家两个字还没说出口，他用手指杵了杵我的肩膀，"哎，你等的人来了。"

我抬起头，果然看见绍凯朝这边走过来，在离我二十米左右的时候他看到了我，慢慢停下了脚步。"去啊，"程弋哲不能理解我们为什么都不动，只是这样对视着，"快点儿过去。"

大概有一分钟那么久的漫长对视，我能感觉到的只是我的心越来越软，眼眶越来越热，就在我挣扎着想要站起来时，我听到了他喊一个名字："小喵，过来。"

早就百无聊赖在四周跑了好几圈的小喵听到他在叫自己，立刻跑了过去，绍凯蹲下把它抱到怀里，然后他抬头深深看了一眼站在原地、完全傻掉的我，转身走了。我清楚地听见他说："小喵，跟爸爸回家。"

程弋哲也被这样的场面弄得不知所措，我想对他笑笑说没事，张开嘴却泪如泉涌。他站在那儿，什么都没说。

——为什么你不朝我走过来了。

——为什么你不对我说我们回家了。

——为什么这次我等了这么久你都不回来了。

我还以为绍凯会再折返回来，像往常的每一次一样，可是一直到路灯亮起，他都没有回来。在灯的昏黄光晕里我看见冬天的第一场雪落下来，从一开始的细小冰星到鹅毛般的雪片，将我的头发慢慢埋成雪白。

感觉自己就要冻僵时，身上突然多出一件衣服，我满怀希望地抬起头看见的是刚刚跑回家给我拿衣服的程弋哲。我没有说"谢谢"两个字，在这样的时候，我甚至不敢去看他的脸。

这是我来离城的几年里见过最大的雪，硕大的雪片以惊人的速度从看不见的天空深处砸下来，凶狠得仿佛要把这个世界彻底埋葬。我抱着膝盖坐在路边，恍恍惚惚地想起了那年生日雪地里摇曳的烛火，还有那个一辈子也无法忘记的温柔声音在我耳边说以后还会给我过很多生日。现在想来，他才是最大的骗子。

"去我家吃饭吧，走。"程弋哲好心地想拉我去他家，我却摇头，"那你要去哪儿，一直坐在这里会冻死的。"

"死了不正好。"我笑笑，突然意识到这样说可能会吓到他，转头果然对上他有些凝滞的眼神，"我说着玩的。你回去吧，高三要好好复习功课，我有地方去。"

"那我送你过去，你脚……"

"没事，我行的。你这衣服我先借来穿穿，回头还你。"我边说边强忍着疼站起来，脸上装出十分轻松的样子，"快回去吧。"

程弋哲是个聪明的孩子，虽然仍是满脸怀疑，但最后还是什么也没说转身离去。他走后我扶着墙一步一步朝"城池"走去。

脱臼复位后按理说应该减少运动量，可是刚刚说过不许我下床的他居然把我丢在了外面，我越想越气，用力凿了一下身旁的墙壁。"委屈啦？"戏谑的声音突然耳边响起，我惊诧地回过头去，大雪遮盖了我的视线，身后的路空无一人。

自从那次闹事之后我们再没有回过"城池"，可是在这个地方，除了绍凯身边，我能栖身的或许只有这一家酒吧了。推门进去，里面依然是熟悉的光线，我走到环形吧台的一个位置上坐下，对调酒师说："给我调杯你调过的最烈的酒。"

他看到我很惊讶也很高兴的样子，忙凑过来："你好久没过来了呀，不是说病了么？那酒你喝不了的，一碰就醉。"

"切！我酒量没那么差，我今天是客人，"我对他的小看嗤之以鼻，然后问，"你听谁说我病了？"

他张了张嘴还没说出声来，舞台上的一个声音将我吸引了过去。那是个唱起歌来清淡，略显沙哑的声线，就是这个声音曾在我耳边说着那些玩笑的，心疼的，让人脸红的话。我看着舞台上弹着吉他唱歌的绍凯，默默红了眼睛。

我生气他骗我，我生气自己竟然完全不知道他什么时候又回来唱歌，我生气我一个人在外面他居然能够像没事发生一样微笑，我生气他微笑的对象是对面坐在我曾经位置的一个女孩子。就是那个曾经日日站在台下用认真眼神看着台上绍凯的年轻女孩儿，灯光下，她的脸显得很精巧，扭捏地握着话筒用有些娃娃音的声音唱歌，却也不算难听。

"呐，你的酒。"酒保把酒放在了我的面前，我看都没看杯子里是什么，一仰头全部喝了下去，他吓了一跳，"喂，不是这么喝的。"

"那怎么喝，就这么点儿东西，我要三打啤酒，"我把口袋里所有的钱都掏出来拍在桌子上，"够不够？就这么多。"

"谁在这儿耍无赖呢？"老板从我背后走过来坐到我旁边，他对酒保挥挥手，让他去管别的客人，"酒要是喝给别人看可是最容易醉的。"

我不想说话，只是没什么意义地胡乱摇了摇头。刚喝进肚子的酒很辣，快速地在胃里烧起来，一股热气撞上脑袋。抬起头就看见绍凯伸手去摸那女孩儿的头发："我要喝！你不给我，我去别家！"

大概是怕我真去别家更危险，老板给了我一打啤酒，说："喝吧，喝完也就差不多了。不想问是怎么回事么？"

"不想……"我趴在吧台上，一边喝酒一边一动不动地看着舞台上的两个人。第三首歌了，他们要表现恩爱到什么时候呢？我想笑却被吸进气管的酒呛得剧烈咳嗽起来，死死捂住嘴也平息不了，连带平息不了的还有眼泪。转身推门跑出去，却因为脚疼和头晕跌坐在地上。

路过这里或者想要进去的人都嫌恶地绕开像疯子般一边哭一边吐的我，我干脆就不再遮掩什么，歇斯底里地哭出声音。我居然会有如此真切的难过，它超出了我的预想太多，轻易就击垮了我。哭和酒的效力很快让我的眼睛睁不开了，晕沉沉地向后倒去，却没有触碰到雪的冰凉感。潮湿的头发和衣服让我发抖着向身旁温暖的怀抱里靠了靠，彻底失去了意识。

梦中看见的仍然是一片雪白的天地，我站在一棵满枝沉甸甸积雪的树下，看着绍凯牵着别的女孩儿的手走过我身边。我伸手去抓他的手，却发现根本没办法碰触到。我冲过去想要抱他，却摔倒在雪地上。他们一步步远离我的世界，雪将他们的背影都遮起来。"不要……不要……"我拼命地想要爬过去，身体却怎样都动不了。腰间好像环着什么东西的感觉越来越真实，擦着我耳朵的温热像许多小虫子钻进我的心里。

"别怕别怕，没事了。"

猛地张开眼睛，发现自己正躺在家里的床上，身上衣服已经被换了。"醒了？"绍凯从后面抱着我，脸贴着我的耳朵，看到我醒才把我的身子转过来躺平。我看着他和以往一样的眼神，把头转到了一边。

"酒品这么差还喝，又哭又闹又打人，"绍凯一点也不介意我的冷漠，用手拨弄着我的刘海儿，又用脸贴了贴我的额头，"怎么有点热呢，难受么？"

一点点暖流刚从心底升起我就想起了他昨晚也是拿这只手摸别人头发的，心里腾起一股怒气，促使我张开嘴狠狠咬住了他的胳膊，一直到脸两颊用力过猛没了力气才松开。可是他一点痛的表情都没有，只有我的眼泪像自来水一样往下流。"不哭了，"牙印深得吓人，他却还拿那只手抹我眼泪，"这下对称了，挺好。"说着他伸出另一条胳膊给我看，那上面竟然也有一个如出一辙的牙印。

"昨天晚上你闹得太厉害，我都怕别人报警，给你咬，你就安静了。"

我把视线从那牙印上转开，小声嘟囔："还不知道是谁咬的呢……"

"呵，"没想到他居然笑了，而且是笑出了声，"早知道你吃醋是这样，我绝对不气你，真的。"

"你，你说你故意的？"我终于转回身，任由他把温度计塞进我衣服里，"我不相信。"

"好，信不信随你，你还带着伤我不该把你扔在外面，"他看了看我的脚踝，"还是肿，我给你揉揉。"

我干脆打开他的手，坐起来："我还没原谅你，别嬉皮笑脸的！"

"那……"我还没反应过来他笑里面使坏的成分，他突然一条腿跨过我身体，以一种很……的姿势扑倒了我，"这样行了么？"

"更不行！"

"我告诉你，你别逼我，我不想欺负病号。"他把我抱紧，然后把试完的体温计扔到了一边，连看都没看，就势就想亲我。

"你先放开啦。"我使劲儿推开他坐起来，头一晃动就痛得像要裂开。

绍凯看了看体温计，然后下床把桌上一杯牛奶拿过来放在我手里："度数是有点高，来，先把奶喝了，正好不那么烫了。"

他把我的手打开，覆在杯子上，看着我喝下去。他这样的细心让我想起了曲城，即使他俩是完全不同的人。把杯子放到桌上，我扑过去抱住他，脸埋在他胸口瓮声瓮气地问："为什么回去唱歌要瞒着我，为什么她会和你在一起……"

"对不起，让你委屈了，"他从上到下捋着我的长头发，"我也不知道自己怎么了，我看见你看那小子，我就控制不住想打他。"

"不许！人家没招你没惹你，我又没有恋童癖……"

"可是你看见他就两眼发亮，你自己没感觉么？"

我的头脑彻底清醒了过来，看着绍凯胳膊上的牙印，已经肿起来，用指尖轻轻摸摸："痛么？"

"不知道用不用打狂犬疫苗。"

我恶狠狠瞪他一眼，反唇相讥："你打不打都一样，反正一直都有嘛。"

绍凯听完我这话突然靠过来学狗的样子用鼻子蹭着我的脸闻来闻去。

"喂，痒……"

他完全不顾我反抗，咬了我的耳垂一口："咬死你……"

打打闹闹再一次冲淡了原本应该认真面对的话题，我又一次逃过一劫。我能够想到我看到程弋哲时无法自控的眼神变化，可是我不能说出来那是为什么。我一直固执地认为只要说出来现在的一切都会消失，我连生气的资格都将不复存在。

"无论怎样你都不会不要我，对吧？"

绍凯恶搞似的揉我的脸："是是是，只有你不要我的份儿，行了吧！"

因为睡了太久，醒来以后开始精力充沛，到很晚也睡不着。可是绍凯倒是困得要命，躺在床上任我怎么闹也不起来："喂，你睡时我一直没睡，你让我睡会儿。你自己去和猫玩会儿，乖。"

"它也睡了……好了好了，你睡吧，"我从他身边爬起来，又躺回去按了按他鼻子，看他无可奈何地皱眉头，"有没有电池？"

"电池……抽屉好像有，你自己翻翻。"

越过他下了床，轻声从抽屉里翻出了两节电池，然后又一次拿出那个被放在最隐蔽地方的 CD 机，把电池放进去，插上耳机。这么多年居然还可以听，我微微笑笑，嘴角却是苦涩的弧度。这是曲城留给我最后的东西，里面的每一个音符我都清楚记得，再一次听起来还是能够牵起心中的暗潮涌动。我又爬上床，躺在已经睡着的绍凯旁边，耳机里清脆又悠长的钢琴声让我的心像是浸在水里，摇摇晃晃。我摘下一只耳机想要塞到绍凯耳朵里，手却还是停在了半路。

我能乞求他听得懂么，我真的希望他听见么。

说是不困，躺一会儿居然又迷糊起来，耳机里的音乐像是从很远的地方传来，我意识里想摘耳机却不知道是不是真摘掉了。再醒来已是天亮，旁边已经没了人，被子严严实实裹在我的身上，而那个 CD 机竟然也好好地放在枕边。

是他帮我摘下来的么……我把胳膊从被子里伸出来想去拿，门突然开了，绍凯走进来的前一秒我下意识地想把 CD 机藏进被子里。"别藏，我又不是没见过。"他坐到床边拍拍我的头，"是你的？怎么总放着，给你多买点儿盘回来听。"

"绍凯，谢谢你……"

"傻丫头，说什么呢。你自己别出去，我会早点回来，知道么？"

我很听话地点头。

所有人都离开后，我起床把程弋哲的外套洗干净晾了起来。是绍凯给我脱下的衣服，他却没有问这件衣服的来历，我想就算不问他心里也明白。给小喵弄好了吃的，却不知道自己该吃什么，喝完酒后的胃空得难受，可是看什么都没有食欲，我终于了解绍凯上次是多么难过。

其实仔细想来绍凯之所以瞒着我去酒吧，肯定是不愿意我再去，怕我再受到莫名的骚扰。可是那个女孩子却让我感到惊慌，如果一个女孩儿一直坚持着认真着，任何一个男人都会心动吧。这是无可厚非的事。

有多无可厚非，就有多大的挫败感。

百无聊赖中想到已经很久没有给陈年写信，是因为放了心，也是因为不知道该说些什么。我摊着纸，犹豫了好久，写出的还是些无关痛痒的话，只有最后我才想出一句重点："爸，我打算结婚了，也许过不了多久我和他就会回去。"

我知道绍凯的心，他一直执拗地想要突破我心里的阻碍，又不想伤到我，他真正希望的是我们回到安城，重新开始真真正正的生活。其实我又何尝不想，可是安城的一切对我来说都是拂不去的梦魇，越想忘越清晰。我真的很想回去，又真的没有勇气。

曲城，你也在等我回去么？你可以原谅我和别人在一起么？

敲门声打断了我的思绪，我才发现自己竟然坐在院子的台阶上发了近一个小时的呆。敲门声没有停止的意思，我走过去打开，发现又是程弋哲："你不是应该上课的么？"

"上午的课很无聊，逃了，"他说得好像理所应当一样，叛逆的语气和他那张干净的脸完全不搭，"你果然还是回来了啊。"

他是因为担心我么……我被自己的想法吓了一跳，赶紧摇了摇头把那些怪心思甩掉："不许逃课！快回去上课！你衣服我洗完了，等干了给你送去。"

"逃一节两节又影响不了什么，你敢说你以前没逃过？"

"我以前……"差点被他把话套出来，我赶紧打住，"你管我！我比你大很多哎！进来吧。"

多了一个人就突然多了点儿让人舒服的气氛，我看他自己去拿绍凯的吉他，赶紧喊停："别动！要他知道就惨了。"

谁知道程弋哲这小子真有点儿初生牛犊不怕虎的精神，根本不管我的警告，转头问我："你会弹么？"

"我？不会，"我走过去看见他瘦而长的手指，"其实你的手适合去学钢琴。"

"小时候家里逼我学过，但是不喜欢，最后就不了了之了。哎，对了，你上次给我看的那张盘是钢琴曲吧。"

居然有人记忆力这么好，连小小的细节都记得清楚，我坐到他旁边点点头："是。"

"你喜欢钢琴？"

"不是我，是……"我低头看着自己的脚尖，喉咙里的话却出不去，"一个朋友……"

程弋哲看了看我，我注意到他的嘴唇动了动，好像有什么要说的，却最终没有说出口。他这样的表情，让我的心像被针扎一样狠狠疼了一下。

他下午就回去上课了，中午的时候我给他做了饭，他也吃得毫不客气。反倒是我，只有发愣的份儿。他走出门后转过头对我说"再见"，我努力朝他笑："好好上课，一定要考上大学。"

"我学校离这儿很近，你可以随时来找我。"

这孩子到底在想什么，我究竟有什么理由去找他呢。对了，那件还没干的衣服或许是理由吧。程弋哲总给我一种压迫感，每次和他在一起时间长了，神经就会变紧绷，甚至呼吸困难。

"不是叫你别乱动么？"差不多傍晚的时候绍凯他们就回来了，看到我满院子半蹦半走的，不由得皱眉头，"这么不听话。"

"我没事了。"我有些不好意思地对阿毛和小哲说，"昨天……对不起啊。"

"你跟他们对不起什么啊，过来。"绍凯安慰似的把我的手牵起来拉进屋里，让我坐到床边，然后他毫无预兆地单腿跪了下去。我惊得一下子蹦起来，赶紧拉他："你……你起来啊！你干什么？"

"你坐好了，"很不温柔地把我按下去，绍凯从口袋里掏出一个红色盒子，我突然明白过来他在做什么，可是却彻底不知道该作什么反应了。直到他将一个银圈套在了我的无名指上，有点结巴地说："我……也不会说什么好听的话，也没有什么钱，可是我想把你绑起来，除了我身边哪儿也不许去，行不？"

"笨蛋……"我想表现得跩一点，可是却矫情地哭出来，"有你这么求婚的吗……"

绍凯从地上起来，像发现新大陆似的捧起我的脸看："真的会哭呢，我一直以为那些电视都是瞎编的。"

"你！"我扬手要打他，手却被他抓住，"这样就想绑住我，想得美！"

"等我以后多赚钱给你换好的，好不好？"

"你说的，不许耍赖！那接下来的环节是……"我仰起头吻住他的唇，绍凯显然没想到我会这么做，有些激动的大力把我搂进怀里。我抱着他，感觉着手指上多出来的指环，直到要缺氧昏过去也不想停止。

"喂，你傻笑一晚上了，没事吧？"侧身躺在绍凯怀里，不停地拨弄手指上的戒指，他无可奈何地看着我，不时低头咬一下我嘴唇，"别看了，再看天亮了。"

"绍凯，我们结婚的话，应该是要回去吧。"

"我知道你不想……"

"没关系，"我鼓起勇气，抬起头看着他在黑暗里发亮的眼睛，"我们回去，只要你陪着我。"

"你明知道无论去哪儿我都会陪着你的，所以如果害怕就别勉强了，懂么？"

我微微地点点头，不再说话。过了一会儿，绍凯大概以为我睡着了，轻轻帮我换了个更舒服的姿势。

事实上我用了许久才真正睡着，不知道是因为兴奋还是因为绍凯最后的话，并且睡着之后立刻陷入了梦里。在最不该的时候再一次看见曲城的脸，他仍是那么年轻。在梦里，他站在盛夏的阳光里一动不动地看着我，我看见眼泪从他眼睛里落下来，心痛到不能自己。可是梦里我并没有实体，我没办法伸手去抱他，只能眼睁睁看着他的眼睛越来越绝望，最后慢慢闭起来，倒在了冰冷的地上。

"啊——"用尽了全力，我终于哭喊出来逃离了梦境，坐起身发现自己还在离城。严冬里我的衣服居然被汗浸湿，我抱着膝盖瑟瑟发抖地哭起来。绍凯被我的喊叫惊醒，迷迷糊糊地起来，把我抱进怀里："又做噩梦了吧，没事，没事，就是做梦，不怕……"

可是过了好久他发现我没办法像以往一样很快稳定下来，强迫地抬起我的头，摸到我满脸冰凉的眼泪："怎么了？做梦怎么会哭成这样？"

"他不原谅我……我害死了他，是我害死了他……他不原谅我……绍凯，怎么办……"

在深夜里我颤抖的哭声凄哀得很吓人，好像飞舞的阴魂一样，连我自己听了都害怕。只有绍凯不怕，他只是稍稍顿了一下，然后把我搂进怀里，贴着他脖子上跳动的脉搏，轻轻拍着我的背。

"没事的，没有人会怪你，没有人会怪你……"

当天空不动声色地变成灰白，绍凯已经反反复复安慰了我一夜，可是他不知道我之所以没办法闭上眼睛是因为只要陷入黑暗我就会看见曲城冰冷而苍白的脸，那是导致我整个人生天塌地陷的场景，我不敢再去看。"把眼睛闭上，睡会儿，"绍凯用手遮住我的眼睛，"我今天哪儿也不去，陪着你，别怕。"

"你去上班吧……我没事。"

"那你答应我，好好等我回来，"他还是不放心，直到看见我点头，才把我的头放到枕头上，"不许再乱想了。"

我侧躺在床上看着他换好衣服，准备出去刷牙洗脸，又想叫住他，"绍凯……"

刚刚拉开缝的门又关起来，他走回床边俯身刚要开口，我抬起手轻轻贴在他的脸上，他无奈地笑笑把手覆在我的手背上，小声问："怎么了？"

"如果有一天我突然死了，你会难过么？"手背上的手突然用力，我感觉到他心里的惊恐，可是我真的很想知道，"你用多久才能忘掉我，用多久才会再爱上别的人，你告诉我……"

"不许再说这种话，"绍凯好像很费力才从嗓子里挤出这几个字，每一个字都带着干涩，"再敢说这种话我就生气了。"

我从绍凯的瞳孔里看见自己从梦醒之后露出第一个比哭还难看的笑容，就像个绝症患者看着镜子里自己正在消逝的生命露出的苦笑一样。我想把手从他的脸上拿下来，催他快点儿走，却被他抱进怀里："我不出去，我在这儿看着你，好不好？不许说傻话，再敢说那个死字，我先死给你看。"

"我不会做傻事的，我就在这儿等你回来，"我拍拍他的背，"相信我。"

也许我的话真的吓到了他，一直到出门他都一副不放心的样子，在窗口偷偷地看，我假装不知道地闭起了眼睛。过了一会儿，感觉到他又走进来把小喵放到了我旁边，然后摸了摸我的头。大门关闭的声音消失后，我张开眼睛看着床上好像又长大了一点儿的猫，它正用带刺的小舌头舔我手指上面的戒指。

我曾经幻想过自己的无名指有一天会被戴上一枚指环，它像是一个红外感应源，让我与另外一个人紧密相连。可是在当时我的幻想里，戒指感应源的那一边却是另外一个人。

用力捶了两下突突跳个不停的太阳穴，我决定起床出去透气，不能再允许自己沉溺下去。

　　程弋哲的学校就在两条街外，坐车只要三个站，我拿着他那件衣服步行过去。明明知道见到程弋哲的脸很可能会更慌乱，却很想见，压抑不住地想要见到。

　　从上午等到学校中午放学，我所幸自己带了 CD 机出来，虽然仍只有那一张盘。越来越多穿着同样制服的学生从大门涌出来奔向各个卖饭的摊子，我等了很久才看见程弋哲。制服穿在他身上明显显得大很多，他正在和旁边的同学兴高采烈地聊着什么，看见我时有些生硬地停下了脚步。我对他笑笑，他转身对同行的朋友说了两句什么就朝我跑了过来："你今天怎么想到过来？"

　　"给你送衣服。"我向他身后看去，发现那两个同学还在朝我们这边指指点点，"哎，我都能想到一会儿你回去他们会问你什么。"

　　"问什么，我说你是我姐。"

　　"晚上几点放学？"

　　"六点半，"程弋哲低头看了一眼表，然后看我，"别告诉我你要等到我放学。"

　　我没有理由要等到他放学，如果绍凯回去看不见我一定会担心，我摇摇头对他说："我走了。"

　　说完，我就要转身，没想到他突然对我说了一句"等会儿"，然后飞快跑进学校，留我在原地回不过神。大概过了十分钟，他背着书包跑了出来，边左顾右盼边拉着我跑得离学校远了点。"喂，你不像话，又逃课！"我真后悔来找他了，想到曲城是从来不会逃课的，"你功课不好么？"

　　"还可以，就现在的排名来看，考我妈希望我上的大学没问题，"他把双肩包甩到前面坐到路边，"你别操心啦。"

　　"你这样家里人不管么？"

　　他聪明地反问："你这样家里人不管么？"

　　很想说"我没家"，但是看着程弋哲的眼睛，我说不出口，只能自作自受地被自己问的问题卡住。片刻的安宁后，他拿过我垂着的一只耳机塞进耳朵，我也配合地将那只耳机换了一边。

　　两个人同塞一副耳机的日子……久违了。

　　这条街很安静，墙上凌乱地留着爬山虎枯萎的藤，学校上课铃飘过来，然后被风吹散在半空。冬日的午后，只有零星的人会从我俩面前走过，并不足以让我们抬头去看。所以我们也同样没有看到在视线所及的道路尽头一动不动站了许久的绍凯。他早上走了一半，又折返，在半路买好早点，然后看到等着程弋哲放学的我。

我等着别人。他等着我。捉迷藏一样的游戏，耗损了太多时间。

"哎，我一直想问个问题。"终于，程弋哲摘掉了耳机，认真看着我，我甚至注意到他因为慎重而微微咬嘴唇的小动作。

"问。"

"我……是不是长得像你认识的谁？"

像一道炸雷硬生生劈开山谷，然后所有碎裂的声音都被笼在其中，变成更加骇人的寂静。一直欲盖弥彰的黑布被揭开，仍然存在的千疮百孔被风穿过，死一般冰凉彻痛。我想我的表情已经对他作出了回答，虽然很想否认却根本没有语言："为什么会这样以为……"

"因为你第一次见到我就一副被吓到的表情，然后还奇奇怪怪地拿盘给我。之后你每次看见我都很怪，一会儿正常一会儿又发愣。而且你好像并不是喜欢用 CD 机，你只是爱听这张盘，但你又完全不懂钢琴，这张盘应该不是你的吧。"

居然全中。我抱紧自己的肩膀发疯一样地笑："呵，你是看侦探小说看多了么？就因为这些？那你是觉得我移情作用么？"

程弋哲没有在意我的话，转身从包里掏出一包纸巾，抽出一张递给我："你哭了。"

"你不是他……我知道……"我推开他递来的纸巾，看着自己面前的柏油路上出现大滴大滴的水点，"我竟然会拿你和他比较，是不是很白痴？"

"不介意的话就说说吧。"

真的可以对他说么？对一个刚认识不久的人说出一直以来潜伏在心底的毒素，说出我和绍凯之间越不过的障碍，说出那段我花了这么多年去忘却还记忆犹新并且越来越清晰的回忆？是不是真的说出口就可以释然了？

我死死闭着眼睛，把脸埋在手掌里，血红色里想起了陈年每每回忆起妈妈时，也是用同样的神情，当他将脸抬起来时，就是要开口了。

第十六章　预感

　　我和曲城的地下恋情在那个玉镯的牵引下终于堂而皇之地曝光，但是曲城的高三也到了。这一年，我也要开始突击春季高考的课程。

　　其实知道了他的病后，一切都没有不同，曲城除了脸色苍白，稍显瘦弱，和其他人并没有什么明显区别。他也可以陪我逛街，也可以为我去买饮料，他甚至仍然可以每天骑车来接我。但是我根本不可能再允许他这么做了。

　　我不准他再做一点点危险的事，因为我们还有一辈子。那个时候我在心里已经默默作了决定，即使曲城永远都无法像正常人一样，我们永远都无法像正常的情侣一样，无所谓，只要他还是他，那么全世界反对也无所谓。

　　非君不嫁的心，在年轻的生命里，倔强地闪着珍惜的光。连星辰都难以比拟。

　　陈年看见我手腕上出现的玉镯时反应有一点儿激动，他大概能够看出来这玉的成色并不像外面那些地摊货，而我的珍惜程度又代表这肯定不是我随随便便买来玩的。

　　"哪儿来的镯子？"

　　说实话，这个礼物也让我心里一直七上八下。虽然曲城说这是他妈妈接受我的表现，但是我总觉得这样贵重的东西我有些承受不起。镯子非常合适地卡在腕骨的位置，不会因为走路而脱落，又不十分紧，可是它导致我取东西甚至吃饭时都小心翼翼，尽力避免磕碰。"……别人送的，"我也知道这样很没说服力，"我推不掉。"

　　"这么贵的东西谁送的？梦梦，你说实话，否则马上给人家送回去。"

陈年一副非要问出名堂的语气让我知道我是想躲也躲不过了，干脆心一横："曲城妈妈。"

我准备好接受一场思想教育，或者是大发雷霆，可是我等了十几秒却只等来一声叹息："梦梦，你知道你收下这个东西意味着什么么？"

"我知道。"

"但是万一——……"

"没有万一，"我打断了他的话，从沙发上站起来，"我自己能决定自己的事。"

陈年看着我，在这样的对视中我不期然看到他眼角又加深的鱼尾纹。最后仍然是他退出了对峙。他在临进房间时说了一句话，然后门就慢慢合上了。

他说："我真的希望你能幸福。"

不知为什么，腿竟然开始发软，像是一级战备了很久突然知道敌人撤退，所有的力气也跟随着一起撤离身体。向后跌坐在沙发上，脑袋放空了几秒，我拿起书本用力看起来。我真的需要做一些事，以此赶走心中始终存在的，那种叫害怕的感觉。

"其实你如果忙的话不用每天来找我，发个信息告诉我一声就行。"中午的时候曲城还是来找我吃饭，可是他能出来的时间越来越短，我担心这样急着吃饭会对胃不好。

"到下学期才开始忙，现在还好，"话虽这么说他却还在看表，"学校突然定的制度，中午有锁门时间，没办法。"

"你不要跑来跑去啦，我说了，你不要来。"

"那我看情况定好了。"他看着我微笑，伸手摸摸我的头，"你有什么不会的可以来问我，虽然有的课本不一样，但是应该还可以。"

我做了个敬礼的手势："是，我的家教老师。"

吃完饭，他送我到学校门口："那我走喽，晚上放学你别等我，会比你晚好多，到家给我信息。"

"嗯，知道，啰唆，快走吧。"曲城刚刚转过身走了两步，我又叫住他，"哎，等等——"

他不明所以的表情还没来得及收起，我跑过去跳起来轻啄了一下他的脸颊，然后在他还没来得及脸红时，飞快跑回学校里。躲在大门后面，我偷偷地看着曲城站在原地低下头甜蜜地笑了，他脸上的笑容和我的如出一辙。

"哎，"不知哪个不识趣的人这时候拍我肩膀，我回过头看见两个结伴的女生看着我笑嘻嘻的，其中一个就是当时在宿舍和我吵架的那个，"你们俩几年了？"

"你问这个干什么？"

"我不是想和你吵架，"那女生显然被我语气中的敌意吓了一跳，"我就是好奇你怎么找到这种青涩小男生的。"

嘴上说不想吵架，每句话却都带着刺，我笑着对她哼了一声："这是本事，你也可以去找啊。"

她身旁陪伴的女生已经骂骂咧咧起来，我从心里一直鄙视女生说那些脏话，虽然曾经我也说过。她脸色发白，咬着牙一字一句对我说："我告诉你，上次我还以为你有什么帮手，原来……呵，我男朋友要是来了，估计你就没那么张狂了。"

我不耐烦地撞过她肩膀，走了两步回过身，只对她说了两个字："随便。"

这件事我没有对曲城说，这是我自己遗留下来的必须解决的事，我想要和之前那个自己彻底说再见。叛逆，堕落，自暴自弃，想要通通挥别，然后脱胎换骨变成全新的能够配得起他的，活在阳光下的女孩儿。

至于这个解决方法，我早已做好了全部的心理准备。所以当那个前面头发遮住眼，腰上挂着狗链子的男生搂着他女朋友肩膀站在我面前时，我平静得让他都略感惊讶。

真丑。我在街上看过许多男生搂着女生的肩膀走路，可是大都是不协调或是干脆痞得不行。但是曲城偶尔揽我肩膀时就那么舒服，干净得让我连不好意思的情绪都提不起来。我朝面前膀大腰圆的男生挑了挑下巴："说吧，想干什么？"

"就你一个？"宿舍楼后的空地，上课时间没有人来，男生好像也很不屑对付个女生，"我不想对个女的动手，你认认真真给我老婆鞠躬道个歉，我就放你走。"

"道歉？凭什么？"

那个已经做好架子等我乖乖道歉的女生立刻不依不饶地拽了一下男朋友的胳膊，男生很没面子骂了一句，把手里的烟狠狠甩到地上。正在这时，手机突然响了，我若无其事地点开新信息，还没看清曲城说什么，一个巴掌就甩到了我脸上。我咬着牙抬起头发现打我的最后还是那个女生，我抬起胳膊想还给她，手突然被男生按住，第二个力气更大的巴掌又打在了我的另一边脸上。

事到如今我也不再想反抗了，反正很快她的手也会痛。让我没想到的是按着我的男生的手竟然渐渐有松开的趋势，我趁机挣脱了他，用尽全力还了那个女生一嘴巴，不知道是因为惊讶还是因为没挨过打，她干脆直接摔在了地上，捂着脸眼泪立刻就流了出来。

这么爱哭哪里是打架的材料，我不怕死地蹲到地上，脸上已经疼到麻木，我却还是对她挤出笑容："你还想打就打啊，打完我们两清。我提醒你一句，你今天做的，以后还会有别人加倍还到你身上，只不过不会是我，因为我觉得不值得。"

说完话，我看她还没有爬起来的动静，站起来朝大门走去，经过她男朋友身边时，我抬头对他笑。他连看我都不敢。

走出大门，脸依然滚烫地痛，我掏出手机想给曲城发信息，告诉他不去找他了，然后才看见那条刚刚没看清的信息。我突然发疯一样朝他的学校跑去。

短信只有五个字，却让我预感到寒冷："陈梦，我想你。"

跑到他的学校，找到他所在的班级，顶着所有人打量的目光，我印证了我的预感是对的。曲城已经被家里人接走，此刻应该在医院，可是问起在哪家医院老师也表示不知道。班上有些人似乎认识我是谁，指着我不断窃窃私语，我透过门上的镜子看见自己脸肿了。

"你在哪儿？我都知道了，不要瞒我。"

一路上顶着陌生人审视的目光回到家，陈年还没下班，我从冰箱拿出一瓶冰镇饮料贴在脸上，然后把自己反锁进房间。短信发出没一会儿，曲城的电话就打进来："喂？陈梦，我没事，别着急。"

是他的声音，虽然有些低，但是依旧算是平静，听不到什么喘息的杂音，我的心终于放下一半："你……真没事？"

"嗯，没事，"他小心翼翼安慰我，"我要休息几天，你能每天帮我去学校借下笔记么？"

"行，那你告诉我你在哪家医院，我好给你送去。"

曲城在那边轻轻笑了一声，无可奈何地说："我真不想告诉你，怕你赖在这儿不肯走。你答应我每天只放学来一下，行么？"

这个时候我当然什么都答应他，只是撂下电话我才意识到自己这张脸估计要好几天才能彻底好，这种样子根本没办法过去。"曲城……我这两天有点儿事，能不能过两天再过去？"突然改变主意怎么可能瞒得过他，这次他再回过来的电话里语调有一些提高了："说，你怎么了？"

"我没事……"

"陈梦，我们都保证过不再说谎对不对？告诉我。"

"我……我和人打架了，我没有去招惹别人，真的，你相信我，"我只是害怕他会误解我，"是她……"

"你没去招惹别人，那就是你受伤了，是不是？"我的沉默已经给了他回答，曲城停了一下对我说，"你现在过来，让我看看你。"

得到允许的我什么也顾不上立刻跳下床，清脆的破碎声让我停住了脚步，追寻声音低下头，地上的东西让我控制不住啊出了声。那是曲城送给我的小瓶子，里面装的是海棠花，我一直挂在脖子上，系的是死扣，没想到它竟然毫无征兆地从塞子处脱落，绳子还留在我身上，地上却只剩碎裂的晶莹。

我蹲下想把那片花瓣拾起来，上面压着的锋利玻璃粒直接扎进了我的指肚里，我把它拔出来，一滴血珠也随之涌出来。

我到医院病房时曲城的父母都在，我莽莽撞撞闯进病房，然后就僵在门口："阿姨，叔叔……"

"来，进来，"曲妈妈看到我的紧张，过来拉着我的手到病床边。我从来都不习惯跟长辈亲密，手指直直伸着无法弯曲，"刚才就知道你要过来。你脸怎么了？"

我慌张地用手捂住脸，却撞进曲城眼睛里："没……没事。"

"爸，妈，我饿了，能不能去给我买点吃的？"谁都能听出来这是支他们出去的借口，可是他们还是出去了，曲城伸手把我捂在脸上的手拿开，忍不住皱了皱眉头："怎么这么严重？"

"有很严重么？没事啦，"病房里又不是只有我们两个人，还有其他病人和病人家属，总是朝我俩这边瞥，我有些不自在只好转移话题，"你怎么了？"

"有点儿发烧，然后有点儿呼吸困难，问题不大。别担心我，去找大夫要个冰袋，我给你敷敷。"

我去找医生要了冰袋，曲城丝毫不顾别人眼光小心翼翼地用手拿着贴在我的脸颊上，很刺激的凉渗进有损伤的皮肤组织，我忍着疼对他微笑，把手覆在他的手背上。

"陈梦，除夕那天我们出来放烟花好不好？"

曲城突然的提议让我愣了一下，印象里我从来都没有放过花炮类的东西，也是因为对喷溅和巨响有恐惧。"嗯，好。"看到他床头桌上有一袋子苹果，也有一把水果刀放在那儿，我开始给他削苹果，我技术不大好，他看得一脸想笑又不敢笑的表情。总算把苹果削好了，递给他，他却握住我的手看着我手指上的伤口："怎么弄的？"

　　我这才想起来刚才临出门时的事，"对了，你给我做的那个瓶子摔了，你下次要再给我做一个。"

　　正在我俩一人一口地吃一个苹果时，曲妈妈提着饭走了进来，曲城拿着苹果的手还举在我嘴边，我脸一下子红了。"快吃饭了，还吃苹果，来，先吃饭。"就好像什么也没看到一样，曲城妈妈把饭和菜放在小桌上，打开来，转头对我说："我和他爸爸要回去拿点儿东西，你在这儿陪他吃饭吧，待到我们回来再走。"

　　我立刻诚惶诚恐地点头答应。

　　曲城看起来真的没有什么事了，可以自己坐起来，自己吃饭，完全不用人照顾的样子，只是他手上还新鲜的针孔和头顶的氧气机让我呼吸始终难以通畅："看吧，我说他们接受你了，你还不相信。"一到晚上病房就开始变得安静，病人的身体都不好，吃过饭就慢慢睡着了，家属有的走了，有的也打起瞌睡。似乎怕我闷，曲城从枕头底下拿出一个 CD 机，让我坐到他床边，把一个耳机塞到我耳朵里。

　　那是我第一次正式的听到完全是钢琴曲的盘，也是第一次听到李斯特、理查德克莱德曼等钢琴家的名字。其实我根本听不大懂，只是觉得那些音符钻进我的心里，让四周的空气都变得宁静。因为耳机线长度有限，后来我干脆就半躺下去，倚靠在他的肩窝上。"陈梦，"昏昏沉沉间我听见曲城叫我，"脸还痛么？"

　　我摇头。感觉他的手轻轻摸我的脸颊。

　　那一刻我感觉像是有风从我身下轻拂而过，整个人浮在半空之中，底下都是柔软的云朵。我和曲城更像是已经共同生活了一段时间的小夫妻，有信任，有默契，有疼惜，有那么多微小到心疼的小幸福。

　　曲城在医院只住了三天，我每天放学都跑去他学校外面等，等到他们放学去找他的同班同学借笔记，然后再送到医院。有时候时间有些晚，曲城妈妈会留饭给我。一来二去他学校的人，包括老师都知道了我俩的关系，医院同病房的病人也曾打趣地说："将来喝你们的喜酒啊"，曲城有时会笑着说："一定"，然后笑我一脸"小媳妇"的表情。

　　我有时会忍不住对他扬一扬手，可是哪里舍得真的打。

　　离寒假还剩两个月时我开始参加春考的突击班，几乎不再到那所职专去，已经没有正式的课，象征性的开始分配实习。只不过这样一来我和曲城距离就变得遥远，不能再每天中午一起吃饭，也不能想跑去找他就跑去找他。

这样的日子虽说只是暂时的，我却在每一个上课走神时有些心慌意乱。

怕什么。不清楚。

我所知道的是，我还有半年多的时间，我必须用最快的速度弥补上之前落下的巨大差距，能不能做到也只能做了才知道。我所知道的是这是我们之后还能不能一起前行的关键路口，我必须执著，为了他，也为了自己。我所知道的是，我爱他，所以什么都值得，比起遇见他之前的那些空洞，半年的孤单根本无关痛痒。当然这些话我没有跟曲城说过，我知道，他都懂，所以他只会在电话里对我说——"加油。"

假如生活有了重心，时间便会加快速度，寒假很快到来，但是在过年前我依旧有两个星期的课要上。当我从补课地方的大门走出，看到等在那儿不知道多久的曲城时，我惊讶得说不出话来。

要知道，他家离我上课的地方非常远，又没有直通的公交车，所以我根本没告诉他我具体在哪里："你怎么找到这儿来？"

"你不告诉我，我只能去问你爸，"习惯性牵过我的手，十指扣住，"他说你最近很拼命，所以我过来检查下你有没有好好吃饭什么的，现在都八点了。"

不提还好，提了胃一下子就空了，我摇摇他的胳膊："你陪我去吃啦。"

曲城早就想到我会这样，无奈地叹口气："走吧。"

和他牵手走在街上，突然有种时光倒流的错觉，我用力回想这是我们一起走过的第几个冬天，却想不起来。好像自从遇到曲城，安城的冬天就变得很暖，在我的印象里和他在一起的日子似乎都是艳阳高照，天边的云很薄很轻。

因为家里只有陈年和我两个人，每年过年都像平常的日子一样，根本感觉不出什么特别。虽然他会买吊签挂灯笼，也会打扫房间，包饺子，可是一张大桌子只有两个人安静地面对面吃饭，电视里的春节晚会越热闹房间就越空旷。其实，我一直很害怕过年。可是这个除夕不一样，因为我有期盼。我坐在沙发上根本看不进去电视，只是不停地抬头去看表。因为曲城说，让我十一点多时出去，我们约好一起放烟火。

"你有事？"不一会儿陈年就发现了我的心不在焉，"今天除夕，要是和朋友约好出去玩就去玩玩，但是注意安全。"

我低下头自嘲地笑了笑，陈年应该知道我哪里有朋友，像我这么失败的人真是太少了。正想着，一声巨响让我"啊"地捂住了耳朵，陈年也向声音的出处望了过去。阳台外的天空上一团蓝色的光正慢慢降落，近得好像伸手就能接住。

意识到了什么，我朝阳台跑过去，外面有些黑，又是这么高的楼层，可是我还是能看到楼下的那个人。就在这时，又是一簇耀眼的花火将他美好的脸庞照亮。我回身看了看时间，刚刚过十点。

顾不得陈年的注视，我连拖鞋都来不及换就跑下去，在距离他十米的位置停下。当天空再次被点亮，我冲进他朝我伸出的手臂里。

"知道你等得难受，其实我也等不及了，所以早点儿过来，"烟花的巨响让耳边的声音变得飘忽，"以后过年，都要开开心心的，知道么？"

明明点着头，眼泪却像下落的花火般散满他的肩头。

年轻是一种本钱，说白了也是一种幸福。在年轻的时候无论心里再绝望，还是会对未来抱有微弱的希望。无论前一秒如何抱怨过现实生活的冷酷无情，只要一点点回暖就又开始相信未来有美好。

相信未来有美好。这七个字，在我十八岁的那一年，充斥了我整个生命。

曲城正式陷入了高三最后的炼狱期，他学的是文科，需要背的东西多到完全可以埋掉一个人。于是，他没有太多的时间来找我了，但是会每天都发信息或是打电话给我，说一些简简单单的话。我们都知道，这是最后的时刻，所以我们理所应当连加油都不用再多说。

我上的补习班，讲课速度超快，也会发一些习题试卷，但是比起正规学校，要轻松很多。每天回到家我都例行公事般地给曲城发一条信息："我到家了"或者"你不要熬太晚"，那个时间段他应该还在学校上课，他放学的时间越来越晚，有时他会回，有时不会，反正我也不介意。

人生或许总是免不了一些轮回的，就比如说深夜还在做习题的我觉得时间倒流回了初三的那年，场景一样，动作一样，原因也一样。只不过这一次我比那时更不能输，我真的觉得输了这次就等于输了全部。

比起他为我所做的，我做的这些又算得了什么呢？更何况我何尝不知道他所说的每个期许，都不是逼迫的意思，而是希望我可以变得更好。

忙碌对我来说始终是一件好事，大概是因为我一直是个太空虚的人，一旦闲下来身体里的黑洞就会拼命叫嚣，好像不弄个你死我活不肯罢休似的。所以假如有事情能够完全转移我的注意力，我的心态就会变得平稳，随之的所有，包括人与人之间的关系都会趋于正常。在补习班里认识了几个女生，因为都是读职专，境况相似，于是开始有交谈，慢慢地便可以在中午的时候，下课的时候一起出去买饭吃，顺便开点儿小玩笑。

这样的关系，很像朋友。

还有，我和陈年的关系也逐渐变得缓和，虽然沉默依然贯穿我们大部分的相处时间，但是至少我可以长时间和他坐在同一个沙发上了。这样的我们，更接近世人对于父女关系的普遍标准。甚至在交谈的时候，我也开始学着怎么压低语调，显得不再尖利，不再满身是刺。

"梦梦，你在看书么？"

陈年来敲门的时候，我看了一眼表，八点多，一般这种时间他都在自己的屋里备课或者看作业。

"嗯，有事么？"

"你出来下，我给你点儿东西。"我把门打开，看见陈年手里拿着一叠书本卷子，"我托人给你找来了一些别人用过的书，上面有人家画的重点范围。还有历年的卷子，你自己做做看。"

我点了点头："谢谢爸。"

说出这句话我并没有觉得有什么特别，倒是陈年，竟一下呆住了。我看着他，突然有一点儿心酸，这些年有我这样的一个女儿，满是疲惫的同时，他大概也一样感觉不到家庭的温暖。我回身把那叠资料放回桌上，然后走出门："爸，我们聊聊吧。"

我和陈年坐在客厅沙发上，开始没有开灯，可是这样的氛围显得太过寂静，让人无法开口。待了一会儿，我站起来把所有灯都打开。陈年手里捧着茶水，缓缓开口，他的声音透过杯沿上方的水蒸气，显得有些不真实："你想说什么？"

"其实……你早就知道曲城的病了吧。"

"你知道了？"我说这话时语气是平静的，没想到陈年反而比较激动，我才想起我确实没有提过我知道了曲城的病的事，"对，我第一次看那孩子就觉得脸色不对，我问过他，他没瞒我。当时我就知道他是个好孩子。"

"为什么没告诉我？"

陈年沉默了半晌，摇摇头，说："我都不知道该怎样接受这件事。"

"你怕我无法接受，或者说受刺激。可你看我现在，不是很好么？我真的不介意。"

"算了……梦梦，我知道我再说任何劝阻的话都无济于事，我做了一辈子老师，说了一辈子大道理，然后发现在你这里全部都变得没意义。我说你们还年轻现在什么都决定不了，你肯定会觉得我虚伪，你肯定会觉得你们两个人的力量足够战胜一切。我们每一个人在生命旅途里都要扮演很多的角色，我演得最失败的一个就是父亲。在某种程度上来说，我甚至还没有那个孩子做得好，所以我没资格去要求你什么，我也知道我没办法阻止你。我只能说，相信爱，心里有爱永远都不是错的，但是你的心里也随时要有失去爱的准备。你已经是一个大人了，你要学会支撑起你的世界，慢慢还要学会支撑起别人的。"

这是我记忆里陈年对我说的最长的一段话，也是最没有中心思想的一段。我只能听出他的力不从心，以及他对我与曲城的未来深深地担忧。只不过那担忧无法阻止我前进的脚步，我的人生从来都是这样，需要借助一个愿望来发光，需要借助一个点来证明——我活着。

当天气逐渐转热，我生命里最关键的日子到了，春考在四月份，比真正的高考早两个月，也没有那么多人会关心。甚至，我相信许多人根本就不知道还有这样一种考试。我依旧是自己一个人去考场，在考场门口接到曲城的信息。他说："把这两天熬过去，快点来找我，想你。"他不说"好好考""加油"那些让人紧张的话，而是换一种方式逗我开心。所以我比任何人都轻松地开始了考试。

这两天过得非常快，快到我考完最后一门出来还恍惚地以为第二天还要考，幸亏手机上的日期清清楚楚地告诉我，结束了。我不敢说我考得有多好，我只知道我发挥出了我全部的水平，除非……除非噩梦重演。我看了看表，时间还早，直接去了曲城的学校。

事先没有告诉他，我要给他惊喜，他下晚自习要八点多，我买了KFC跑到他的班上。走到门口时，正好下课，一个之前见过我的人很熟络地和我打了招呼，我不好意思地笑笑，走到门边向里面探头。不等我叫，他就看见了我。

"这么等不及啊，刚考完就跑来。"他笑着走到门口，不顾别人的眼光伸手把我散落到前面的头发挽到耳朵后面。

"我是为了给你送吃的好不好，喏，"我把手里的袋子递给他，"趁热吃。"

曲城没有接那个袋子，而是直接牵起我的手往楼下走："这个课间时间长，咱俩下去一起吃。"

坐在操场边上，我抱着可乐听他讲没见面的这一段时间他都在干什么。他一句也不问我考试的事情，一副胸有成竹的样子，我用手肘碰碰他，"我以后常来找你吧，反正我也没事了。"

"不要。"没想到他这么干脆地拒绝，我不甘心地把可乐放到地上，用又凉又湿的手扳正他的脸，问："为什么?"

"你来了我怎么学习啊？"他拉下我的两只手，握着没放开，"一个星期来一次。"

我撅了撅嘴："好吧。"

"拉钩。"他伸出小拇指自说自话地钩住我的小指，"到时候可不要每天都赖在这儿。"

考试分数在一天早上送到了我家，我拿着身份证穿着睡衣去取了那个折成信封状的东西。拿过手机给曲城发信息："成绩来了，我不敢看。"发出以后，我嘲笑自己实在傻得可以。

没想到曲城很快回复："拿过来再看，我也要第一个看。"

看完这句话，我吓得一哆嗦，迅速就揭开了那个分数。我可不敢直接拿去给他看，万一……我害怕看见他失望的表情。可是真实是，那个分数很喜人，每一科都达到了我的最高限度，我可以稳稳地上一个很好的大专，如果愿意花一些钱，或许还可以去上一些学校的三本。这几乎是春考最好的结果了。

我深呼吸了几次，合上分数单，装成自己还没看过，飞快地跑去曲城的学校。

"不错，"曲城翻开我的分数，"我上网查过，这个分已经超出分数线很多了。"

"是么？我不知道。"

他突然就笑了起来，一边笑一边轻轻拍了一下我的额头，无可奈何地说："你就装吧，你肯定是看完了来领表扬的。"

既然被看穿，我干脆就耍起赖来，摇着他的胳膊闹："到底给不给表扬啊？"

"给。"曲城的身子突然倾过来，轻轻亲了一下我的脸颊，他的吻总是那么温柔，若有若无却带着许久才能消散的温度。

我看了看左右，没有人注意我们这边，作为回礼，我也极快地亲了一下他的脸："你好好努力，我走喽。"我跑远一些回过头看见他微笑地目送着我，光笼在他的眼睛里，让我第一次觉得自己也闪闪发亮。

陈年回到家看见我的分数后许久都没有说话，过了一会儿他回身对妈妈的遗像说："你看，梦梦多有出息啊。"

那一刻，原本高高兴兴的我，突然有那么一点儿想哭。我吸了吸鼻子，躲进了屋子里。

曲城放温书假之后，我去过他家一次，恰巧他爸妈都不在家，我也乐得轻松。虽说表面看上去他爸妈好像都接受了我，可不知为什么我还是感觉不对劲儿，在他们面前总是手足无措。曲城总是笑我瞎紧张。

他的功课一直很好，在我看来就是直接去考也没有问题，不过他还是很专心地看书，除了时不时转过头来看我在干什么。其实我不过是在看他而已。

火热的六月，连续高温，室外温度竟然达到四十摄氏度。高考总是很兴师动众的一件事，限行，静音，出租车迎来了好生意，当然更多的是私家车一排排停在考场门口。因为知道曲城妈妈会送他去考场，所以我就没有去，而是待在家中不停地看表。

这两个月我过得最为平静，我报了安城最有名的一所专科，学里面最好的专业。接下来，我只是等待着他履行完我们约定的另一半，那样我的心就会彻底安宁下去。好不容易盼到他考完一门，我赶紧编辑好信息想给他发过去。发出前一秒却又犹豫着删掉了。

电视上说不可以问"考得怎么样"这些话。我忍了又忍，还是把手机放到一边，静等着他给我消息。

没想到一直到所有科目都考完，曲城才给我打电话，那个时候我等得都快吐血了。每天都不停看手机，晚上也调成震动放在手边。听出我的口气不大高兴，曲城在电话那边笑起来："我考试这几天根本没开机，我就知道你一定会胡思乱想半天最后还是不来吵我。"

"你就是吃准了我！那……你考得怎么样？"

"还好啦，没什么大意外，"曲城假装在那边沉吟了一下，"我在考虑要不要明天约你出来，天太热，要不还是……"

"你敢说'算了'！"

"哎哎，敢威胁我了哦。好吧，明天我去你家找你好了。"

我看了看外面的天，太阳白花花的，确实热得人难受："还是我去找你吧。"

"你乖乖等着吧。"

永远都拗不过他，明明他也没用什么强势的语调，可是最后都是我在妥协。想到这儿我莫名其妙地跑到卫生间照镜子。那面镜子摔碎以后，陈年又给我买了一面新的，比之前那个要大很多，挂钩也换了更结实的。镜子里的我一头漆黑的长发，整齐的刘海儿，不施粉黛的脸，看起来和马路上那些穿着及膝裙的乖乖女没有两样。从前那个暴戾的我哪里去了，那个自暴自弃觉得全世界都与己为敌的我哪里去了。和曲城在一起的时间，他用他自己的独门秘方治愈了我的顽疾。现在它已经结了痂，虽然还在，却不再疼了。

满怀着希冀躺下，第二天清晨睁开眼睛却发现外面下起了暴雨，雷声滚滚有些可怕。掏出手机看下时间，才六点过，给曲城发了条信息："下雨了，好大，你还是别过来了。"

大概是因为时间太早，没有收到回复，我翻了个身继续睡了过去。

再醒来时已经九点，我没有睡懒觉的习惯，感觉差不多就起来。等我收拾完床走出去赫然发现曲城和陈年在聊天，湿淋淋的伞打开着放在门口的垫子上，他看见我笑了一下，我赶紧抓了抓乱七八糟的头发躲进了卫生间。早应该料到会这样，我的话根本决定不了他的思想嘛，我对着镜子一边梳头发一边小小地懊恼着。

"下这么大雨你还来干什么？"

洗漱完毕，我才走出去坐到沙发上，身上还是穿着睡衣。陈年去厨房，好像要沏茶的样子。

"下雨凉快呀，总比大太阳好。"

"可是下雨出门很不方便哎，"外面一会儿一声巨响，"而且……"

"原来你怕打雷啊。"

"才没有！"

"好，没有，那我们走吧。"

没办法，我只好站起来回房间换衣服。等我换好衣服出来，曲城已经把伞收起来站到门口，我看向陈年，他没有表现出什么异议，我甚至感觉曲城刚刚都跟他说完了。

夏天难得的凉快确实就是雨天，只不过走路相当地困难，满地都是积水，还要躲避飞驰的汽车，否则就会溅一身泥。所幸的是出门走几步就是车站，曲城拉我上车，雨天公交车根本没有座位，他让我扶着座位把手，然后用手臂将我围在他身前的区域，这样无论怎样摇晃，人怎样多，也不会碰到我挤到我。

每次过马路都会条件反射地牵我的手，每次走在马路上都会让我走在靠便道的一边，每次坐公交车如果只有单人的位置都会让我坐。这样的贴心，如同冬天围在嘴边的绒线围巾，每次呼吸都会让脸颊暖融融的。站在速度比较慢的公车里，我经常会因为缺氧而不停地打哈欠，可是只要有他在我身后，我就会把注意力全部放在他身上。因为我知道只要我向后靠一靠，就可以靠在他的怀抱里面。

要去的是在城那边的科技广场，里面全部都是电脑和电脑耗材，曲城考上大学后要买笔记本电脑，所以拉我来陪他看看。车开到一半时有了座位，只不过不是并排的两个，而是前后。曲城让我先坐下，然后跟我旁边的阿姨说："阿姨，能和您换个座位么？"

四十来岁的中年人一眼就能看出我们是怎么回事，很痛快地就答应了。

"我都没有去过城那边，据说房价地价都很贵，而且很多产业园区。"其实坐在一起也没什么不一样，只是两只靠得近的手就很自觉地牵到了一起，"你去过没？"

"去过一次，还是小时候。我爸单位组织技术参观，他带我去。那时那边还很荒凉，都是工厂，现在那边很繁华的。"

"你爸妈是做什么的？"我去过他家很多次，也不知道他爸妈是做什么工作，"我每次去你妈妈都在家。"

曲城把视线从窗户上的水滴收回来，转头来看我："从检查出我这个病，我妈就没再工作，家里明明有二胎指标，她也没有再生。我妈牺牲很大的。我爸是个国有单位的技术员，现在其实也不是太景气了。"

分明是我挑起的问题，可是等他说完我却没有话可接了，只能点点头，然后低下。不过曲城好像早就料到一样，松开一直拉着的手，揽了揽我的肩："不说这些了。你头发比我们刚在一起时长多了。"

"当然，它会长的嘛。"

"千万别剪掉，我喜欢你这么长的头发。我还想看看到底能留多长呢。"

"你喜欢我就偏不留，哪天你惹我不高兴我就去剪掉，"我对他一副宣告所有权的语气，一边假装不屑一边又有点儿小欢喜，"反正剪比留快多了。"

"你就不怕你这次剪了，我就看不到它再长长了啊？"

车窗外一道惨白的闪电让车内的许多人都吓得小小地"啊"了一声。可是我却觉得那道闪电劈到了我心的正中央，硬生生碎裂一般的疼，然后就是什么东西滚落的声响。曲城看见我的表情以后才反应过来自己说了什么，伸手掐我有些僵硬的脸："笨蛋，我开玩笑的。"

"不许开这种玩笑，"我咬着嘴唇固执地看着他，"再开这种玩笑我……"

他低下头在我唇上啄了一下，揽我入怀，小声保证："再也不说了，是我的错。"我透过他的肩膀，看见后面坐着的刚才那个阿姨很尴尬地把头转向了窗外。我想此刻她心里的台词一定是"现在这帮孩子哦……"

想到这儿，我就偷偷笑了。

我对电脑一窍不通，虽然曾经混迹于网吧，不过是很没脑子地打那些大型游戏，使用固定的几个键，操纵虚拟小人打打杀杀。曲城和店员讨论的那些配置名词听得我云里雾里，所幸的是他也不问我，顶多偶尔让我帮他看看样子好不好看。不一会儿转到中午，就近找了个地方吃饭，一边吃他一边问我："想买哪个我已经心里有数了，下午你想去干什么？"

我想了想，脑袋里一个早就有的想法蹿了出来，我小心翼翼地开口："我说了你别笑我。"

"说。"

"我想拉你去照大头贴。"

"……"显然没有想到我会说这个，曲城竟然一时语塞，随后用筷子敲了一下我头，"为什么？"

"因为我从来都没照过，再说了我们都没有拍过照片。"

大概是觉得我的理由还站得住脚，曲城点点头，我还以为他要同意，没想到他只是说："拍照可以，不过我才不要去拍那个东西。等我报完志愿，把学校的事都弄好了，哪天天气好咱们出去拍。好不好？"

"好吧。"我也没再强求，其实我的目的无非是想要得到一张他的照片，很想，非常想，可究竟为什么，我也不知道。

每个人在每个阶段都会去设想以后的生活，小时候说要当科学家，再长大一点想当画家作家，学习工作忙时想假期，假期时又想之后的工作。在那个高考之后的夏天，我第一次对自己以后的生活做了完整的规划，我要好好读书，读书的间隙继续和曲城在一起，找安稳的工作，然后……然后，我要嫁给他。

对，要嫁给他，因为有这点在支撑，所以一切才显得有意义。

让我没想到的是高考填报志愿，等分数，以及等录取通知是一个那么烦琐又漫长的过程。曲城不说，我也不敢打扰他，直到在电视上听到了准确的分数线，我才敢打电话给他。他丝毫没提成绩的事，而是说："明天我们出去拍照。"

虽然有点儿突然，但是想到能有他的照片，我就兴高采烈地答应下来。

一整天去了很多地方，他精神好得一点儿也不像心脏有问题，带着我几乎把安城转了一圈。市区，街边，最后到了那个有着我们很多记忆的公园。可以逃票的漏洞已经修好，我们只好买票进去，然后寻找记忆中的一些地点。

我惊异地发现，他都记得，每一个我们停过的地方他都记得："你记忆力是不是太好了些？"

"哪里有多好，"曲城手里拿着相机，里面的胶卷已经用了大半，"喏，站到那里去。"

我转过头看见一棵树，随即就想起那天让人脸红的亲吻，为了不让他看出我想到什么，我出其不意地把相机抢到手，然后一扬下巴对他说："你去。"

曲城敲了一下我的头，还是走到我对面让我拍。

绝好的角度和光线，最后按动快门的一瞬间他整个人散发出的光亮几乎要耀盲我的眼睛。

看我把相机放下，曲城走过来接过相机，顺便拉住一个路过的人："帮我们拍张照片好么？"

"哎，你……"我还没反应过来就被他拉到了身边，他的手臂环过我的肩膀，那么亲昵。

"乖，看镜头。"

我微微倾斜着头靠在他肩膀上，他搂着我的肩静静微笑着，我想到冲洗出来的照片里我们会是怎样幸福的姿态，就不自觉露出了笑容。

一直到傍晚，我们才坐在河边的木椅上休息，曲城朝我晃晃相机："这下满意了吧。洗完我全都扣下，不给你。"

"你敢！"我麻利地回嘴，突然想起另一件事该问问，"哎，你报哪里了？"

他答得轻描淡写："还不知道会不会被录取，等通知下来再告诉你啦。"

我撇撇嘴，也不再问什么。反正也习惯了他这个样子，什么事情都到了有结果才告诉别人，不让别人跟着操心。反正我不就喜欢他这个样子么。

在公园门口的车站我们分开，我坚持不让他送我回家，于是他的车先来，他也不肯走。"我等你走了再走，"从背后突然围拢上来的手臂又让我心跳加速，我们在一起这么久了，我已经不会再像从前那样紧张，但还是会忍不住脸红，"到家记得发信息告诉我。"

我点点头："你到家也要告诉我。"

车站的人不多，我们在一边浅浅拥抱着，旁若无人。直到我的车来，他才放开我，催促我上车。"我走咯！"车子慢慢停下，我走到车门前回头，"照片洗出来一定要告诉我。"

"知道了。"他笑着冲我挥挥手。

洗个照片能有多久啊，至多一个星期就好了，可是我等了半个月他都没有给我消息。直到有一天陈年吃饭时随口说了句："现在一本已经录取完了吧。"我才释然。想是他这一段没有时间，我也不去烦他，只是发了条信息问录取通知下来没，奇怪的是没有得到回复。也许还没有吧，我也没再多想。对于他，我永远保持一种信任的态度。不想去猜测任何转折。

所以，当我发觉所有考生都已经录完，但是前一天的电话里他依然躲避学校的事不提，我才会感到害怕。那种慌不择路的恐惧，退离我身体许久后，更汹涌地卷土重来。

"我们明天下午公园见，你应该有事情需要跟我说吧。"

信息发出两个小时后，才收到回复。一个字，"好"。

不可能睡着的夜里，我回想我和曲城在一起的这段时间，除去他的病，所有的事都清清楚楚明明白白，他从来不会支支吾吾地转移话题，从来都不会躲避我的视线。正因为这样我才更加惊慌。好不容易熬过一夜，早上我就醒来去了公园，我坐在那天我们坐的长椅上茫然无措地等他来。

忘记了有没有吃早饭，从凌晨到早上出门的记忆中有一块莫名其妙的空白，怎么想也想不起。我知道，这是我精神紧绷的讯号。中午饭也没有起身去吃，胃开始疼挛。刚过一点钟，曲城的电话打过来，声音有些急切地问："你在哪儿？"

"我在里面，河边。"

我撂下电话，看向门口的方向，不到两分钟他就朝我跑过来。我冲他招了招手，然后便把视线收回河面。"你来多久了？"太阳很大，把我的头发照到发烫，他一摸就知道我在这里很久了："吃饭没？"

"我不饿。"

"来，我先带你去吃饭。"他企图把我拉起来，我却不配合地坐着不动，实在没办法，他坐到我旁边双手扳正我的肩膀，"不要一有事情就拿自己身体发泄，好不好？"

"那就是真的有事了，对吧？"

曲城似乎没有料到我会这么反问，脸色明显沉了一下，才勉强点点头。

我不知怎么回事竟然笑了出来，顺从地站起来："好，去吃。"

在公园里面的一家小面馆，没有一桌像我们这样气氛诡异，一眼就能看出是认识的两个人却谁也不开口。我已经预料到会是很严重，超出我承受范围的事。而事实上，当下的情景已经刺激到我了。我要了一碗很辣的面，但不知为什么吃起来很没有味道，淡得我想向里面加东西。于是我抓起了旁边的醋瓶拼命往里倒，觉得还不够，又拿起装盐的罐子，舀了一勺。

曲城很是时候地抓住了我要胡作非为的手："别这样……"

我看着他，慢慢把勺子里的盐倒回罐中，他的手依然握在我的手腕上，没有松开。

"我吃完了，我们走吧。"

　　曲城看了一眼我只吃了一半不到的面，然后注视着我的眼睛。我清楚地在他眼里看到了两个字——不舍。我主动拉了他的手，一起走到外面。

　　"你不想说我不会逼你的，"一起牵着手走了走，我终于抬起头看他的脸，"什么也别说了。"

　　曲城双手覆在我的脸颊上，我知道他在下决心："陈梦，你相信我么？"

　　我只是直直地看着他，没有说话。

　　"你相不相信我？"

　　与我的沉默不同，曲城急切地想要一个答案，我甚至能感觉到他手在颤抖。许久，我点了点头。看到我点头，他好像才松下一口气，顺势将我带进了怀里。

　　"只要你相信我，就没有什么不可以解决，懂么？"曲城抱着我，嘴轻轻贴在我的额头上，"我最怕你不相信我。"

　　"我相信你，可是我不相信自己。"

　　"陈梦……"

　　我挣脱他的怀抱，定定看着他，又重复了一遍："我不相信我自己，你知道的。所以你如果确定你要说的那件事我不能接受，那就别说，求你……"

　　"我报了外地的学校。但那是我爸妈的意思，他们给我报的志愿，我没有办法。陈梦，其实也没什么的，只要放假我就会回来……"

　　突然间我就什么都听不到了。明明太阳那么大，我却感觉冷。我能看见的只是他在张嘴，他在着急地想要我知道什么，可是我知道的只是他违背了我们的约定。他把我一个人丢下了。

　　"是名牌大学吧？"

　　他默认。

　　"那很好啊，谁都希望可以上最好的学校。呵，你应该早点告诉我啊。"我拉住他的手，"我去给你买礼物，给你庆祝，好不好？"

　　"你别这样……陈梦，你冷静点。"曲城紧紧拥住我，不让我动，就好像我现在是个精神病患者，需要安定一样。天知道我也希望此时能有一阵麻醉，至少让我不那么煎熬。

　　狠狠推开他，转身朝门口走，他两步拦到我面前。"让开。我配不上你，至少有走的权利吧。"

　　"陈梦，你听我说，"曲城伸手想拉我的胳膊，"我瞒你是因为我知道你一直都在为我努力……"

　　"滚，我不想听解释！"我干脆地甩开他的手，背后传来他的喊声，他从来没那么用力地叫过我的名字。只是当我终于忍不住回过头，看见的是他捂着胸口蹲下去。

"你没事吧？"我竟然忘记了他的病！脚步在原地定了定，三步并作两步飞奔了回去蹲到他面前："你没事吧……"

曲城缓缓把头抬起来，玩笑似的说："我不这样你能回来么？"

"你！你到现在还骗我？你竟然用这个骗我！你明知道我一直都在为你努力，你明知道我多害怕，你还骗我！"我站起来，抹了一把脸上的泪水，面对着他倒退了几步，然后没有回头地跑出了公园，随手打了一辆车。

"小姐，去哪儿？"

泪水把眼睛都糊住，我甚至看不清司机的脸："先往前开。"

不知不觉竟然已经快要四点，路上的人正在多起来，菜市场已经有人买菜了。我低着头拼命想要止住眼泪，心却比之前更慌。曲城没有追上来，他还留在公园里。因为不是周末，本就冷清的公园更是没有几个人，万一……万一他……

心里像是分裂出两个人，一个冷冷地说："他只是骗我，他就是骗我回去的"，一边却又担心地说："万一他真有事该怎么办"。终于，其中一半占了上风，我拍了拍司机的座椅背："师傅，麻烦您开回刚才的地方。"

没想到司机冲着后视镜对我说："不行啊，这条路禁止掉头。"

"那……那您看哪儿合适，靠边停吧。"

下了车，我把钱递给司机，顾不上找钱就拼命往回跑。我以为没有开出来多远，没想到在我挣扎的时候，车子居然已经开出了几条街，我一边跑一边打曲城的电话，响了半天终于被接通，我刚说了："喂"，那边却挂断了。我听着那边冰冷的嘟声，心一下提到了嗓子眼。好不容易到了可以打车的地方，我以最快的速度冲回了刚刚我们在的位置，我看到的是将我整个人生推向黑暗的一幕。

曲城，他静静地躺在地上，手里还握着手机。

"曲城，你怎么了？你醒醒，你醒醒啊，"我跪在他面前，害怕地摸他的脸，"你别吓我，你别吓我了……"

"我求求你，别这么吓我……"

"我求求你了，别吓我了行不行，你不能有事……"

"我求你！"

我把他抱到怀里，我觉得他躺在那里好冷，用他的手机打了120，说了好久才说清具体位置。然后我看见他的最近的已接电话，就是我刚刚那通。

　　为什么刚刚他不和我说话，为什么他要挂掉电话，为什么他不让我知道……这期间有几个人靠过来，却不敢靠近，最多只是安慰了我一句。120来了之后，公园的管理员和医生一起把曲城抬上了担架。

　　第一次坐救护车，看着医生护士飞快地实施简单抢救，心电图上的显示却极其微弱："小姐，你先别哭，你清楚具体情况么？他叫什么？"

　　"曲城。他有先天性心脏病……我们刚才有吵架……大夫，求求你救救他，"我死死拉住她的手，"求你……"

　　"好好好，我们肯定尽力。你赶紧通知他家人来。"

　　曲城进抢救室不久，他的爸妈就赶到了医院。他的妈妈红着一双眼睛看着我，像是要把我生吞活剥一样。我能够理解她的心情，因为我也恨不得杀了自己。她还没来得及走到我面前：抢救室的门突然开了，一个护士走出来问："谁是曲城的家属？"

　　"我是！我们都是！我儿子怎么样了？"我站在一边看着他爸妈扑过去，在听见护士让她们签病危通知时不敢置信地拼命摇头，"不可能……"

　　"突发的衰竭，耽误了最好的抢救时间，我们会尽力，但需要家属在病危通知书上签字。"

　　当护士拿到签字走回抢救室，曲城的妈妈走到我面前，猛地一巴掌抽过来，我狠狠撞在墙上。比疼痛来得更快的是清脆的碎裂声，我手上一直好好的镯子断成两半，然后摔得粉碎。

　　这突如其来的一幕让刚刚还陷在盛怒里的曲城妈妈也愣了一愣，我背擦着墙壁一点点滑下去跪在地上，额头贴向冰凉的地面。

　　医生护士走出来的一瞬间我突然想起了沈超，我第一次知道他也可以那么狠，他让我连见他最后一面的资格都没有。

　　不知道自己是怎么走出医院的，我手里拿着曲城的包，像个孤魂野鬼一样在街上飘着。天已经黑了，我不停地走，不停地走，遇见弯就转。我不知道自己要走去哪儿，只知道我不能停下来。夜越来越深，我的手机开始不停震动，本想不接，但它硬是不停，最后我泄愤似的卸下了电池。

　　自己也不知道走了多久，脚痛唤回了我的一点儿意识，我慢慢环顾了一下四周，发现是个从没到过的地方，路灯稀少，没有店铺，偶尔有车子从大道上飞快开过。我刚在路上站住脚，两个男人从我身边跑过，硬生生扯走了我手上的包。

　　我看着他们的背影，心里在喧嚣的喊，"那是曲城的包那是他的包，还给我！"可是脑袋却空空的，手脚都无法动，僵硬得像个死人。那两个小贼原以为会有人追他们，跑了几步回过头发现我还在原地，竟然胆大起来，他们向周围看了看没有人，径直朝我走过来。

奇怪的是那个时候我只能看见他们俩脸上堆着笑，嘴不停地动，却听不到他们究竟在说什么。他们一边动手扯我的衣服一边要把我推到后面一条小胡同里，发现我不配合后，一个冰凉的东西碰到了我的腰。我转过头，对着那个东西笑了。

那是我一整晚第一个笑容。

可是就在一刹那，刚刚还在我面前笑得很得意的一个男人突然摔出了好远，紧接着我被一股力量拉到了后面。我看到一个从天而降的红发少年，背着吉他，一个人打他们两个。我知道他是在救我，我想提醒他，当心他们有刀，可是我开不了口。正在这时远处传来了警车的声音，路过的警车大概注意到了这里有殴斗，马上开了过来，看见警察，那两个人突然都躺在地上呻吟着打滚，还把那把弹簧刀扔进了旁边漆黑的胡同里。

"这儿没你的事，走！"救我的红发少年像他们扔刀一样狠推了我一把，把我也推进了那条胡同里，我盲目地往前走了几步，发现胡同通向对面的大路。然后我终于反应过来——怎么会没我的事！

等我折返回去，只看见警车远去的蓝灯，我打了一辆车跟上，司机很害怕不敢跟警车太近，但我还是知道了是哪个公安局。

那天我没有回家，准确的是从曲城离开后我就没回过几次家，我害怕面对陈年那种担心的表情。我把曲城包里洗好想给我看的照片全都烧掉，只留下我替他拍的那一张，却也在最后扔进了火里。可是我还是留下了他的CD机，我最后还是贪婪地想要留下他的一点儿东西在身边。

十五天后，我站在公安局门前等那个叫绍凯的少年出来。事实上，当时的我不过是不明白，不明白他为什么要救我。

他没有听到，在他出现的前一秒我终于张开口说话了。

我对那两个对我动手动脚的男人说："杀了我。"

第十七章　抉择

　　如果不是真的试图描述，我也不敢相信自己竟然会记得那么清楚，每一个瞬间甚至每一秒的绝望。我也不敢相信时至今日回想起曲城躺在那里的样子，依旧觉得只有死才能解脱那种痛。是的，我到现在，那么多年过去，依旧无法面对曲城离开我的事实。我无法面对他已经不在这个世界上的这个事实。

　　在我讲述的过程中，程弋哲不止一次对我说："不要说了。"可是我停不下来，潜意识里我迫切地想要把这些深埋在心底的事挖出来晾一晾，它们压在心里散发着陈旧的气息，我快要喘不过气了。可是当我终于回到现实，我看到的是在我身边的绍凯。

　　"我不是告诉你不要说嘛……"程弋哲小声地嘟囔了一句。

　　总有那么一天，我知道的，一定有那么一天绍凯会知道一切，但是我总天真地认为一定会是我亲口，平静地告诉他。这一刻我终于了解，那样的想法根本不切实际。我把头转回来低下，不敢去看绍凯的眼睛，过了几秒钟他走到我面前蹲下，伸手抱我进怀里。

　　他给了一个我从未想过的可能，那就是他竟然会在知道一切后，还愿意抱我。我把脸深深埋在他的胸口，感受着熟悉的温度，整个人却抖成一团："绍凯，对不起……"

　　"回家吧。"

　　我点头。被他抱着我才有力气慢慢站起来，我知道他在看程弋哲，可我不敢看："我们回家，好不好？"

"好。"绍凯紧紧揽着我，慢慢走回家。

回到家，他就像什么事都没发生似的让我回屋里躺会儿，然后他重新加热已经凉了的早点，热好端到屋里来："就知道叫你睡觉你肯定不睡，你看看你的黑眼圈。先吃饭，吃完再睡。"

"绍凯……"

"快吃，"他把碗举到我嘴边堵住了我的话，"有话吃完再说。"

我把碗接过来，喝了一口豆浆，眼泪就落到里面。一直看着我吃完喝完，绍凯把碗收拾出去，他拍拍我的头："乖，睡会儿。"

我伸手拉住他："别躲我。"

"我没躲你，别瞎想，我收拾好就进来。"

我把外套脱掉躺到床上，睁着眼睛等着绍凯进来。可是过了快一个小时他才进屋来，看着我的眼睛深深叹了一口气。"你啊，让我拿你怎么办，"绍凯倚到床边，"你想让我说什么？"

"你不生气么？"

"生气？生谁的气？你的，还是他的？"他用拇指轻轻划我的脸，"傻丫头。"

"我不是故意要瞒你，有好多次我都想说了，可是……我……"

"嘘，我问你问题，你老实答。"

我扬起头看他："嗯。"

"那个人……"绍凯将我拉进他的怀里，让我整个人蜷缩在他身上，"有这样抱过你么？"

我摇头。

他又低下头深深吻住了我，一直到我面红耳赤才放开："那他有这样亲过你么？"

"当然没有……"我红着脸瞪他一眼。

"那……"意识到他接下来要说什么，我提前捂住了他的嘴，"前面那些都没有，后面怎么可能有！"

绍凯看我紧张的样子，笑个不停，重重亲了我一下，才说："笨蛋，你以为我要说什么啊？我想说，那……就没事了。"

我看着他的脸，什么都不想再说，靠在他的胸口闭上眼睛。即使在这个时候，他仍然想办法逗我开心，这个男人再次在我的生命里充当了救世主的角色。堵在心中的东西全部清理了出去，感觉全身像散了架，刚刚闭上眼，睡意就涌上来淹没了我。我不知道绍凯出去找了程弋哲。当我醒来，错觉般以为一切都还一样，因为我还躺在绍凯的怀里，他还是像宠孩子一样宠着我。

可是，一定会有什么变了，我知道。否则我一直刻意隐瞒，恨不得把那段往事埋于地下又是为什么。

离城的冬天本来就特别长，春节从中间将冬季分成了两半。我趁绍凯不在的时候偷偷计划着过年的布置与活动，在过年临近的时候买了一些吊签、年画和小的爆竹放在不容易被发现的地方。我还企图给小喵做一件衣服，可是我从来都没有做过，就连缝扣子都缝不好。结果我总是鬼鬼祟祟的行径还是引起了绍凯的注意，吃饭的时候他突然抓住我的手，手指上面还有线的勒痕。他微微皱了下眉头，说："你最近都在干什么？"

我把手收回来镇定地吃饭："没什么啊。"

"哎，陈梦，你最近是有点不对。往常一到冬天你是最晚一个起床的，现在每天你起得最早，"小哲非常有内容地瞄了我一眼，"不是从现在开始就要学做贤妻良母了吧。"

"哼，吃饭还堵不住你嘴啊。再说当心以后不管你饭吃。"

"你看，你现在说话的这个口气真是……"

我抄起身边一根生炉子用的铁钩子就想丢过去，绍凯赶忙一边拦住我："哎哎哎，这玩意不能随便扔，闹出人命咱不好收拾。还得埋，怪麻烦的。"

小哲咬牙切齿地指着绍凯："靠，我算认识你了。"

我笑得快不行了。

"梦姐，你什么时候生个孩子出来，给我们玩玩。"

"我孩子才不给你们玩，又不是玩具。"等我说完话才发现刚还斗嘴的两个人又在交头接耳说着什么，每次他俩一这样，我的脑袋里就出现一个词"狼狈为奸"。我揪住绍凯耳朵，把他拉过来："你们研究什么呢？"

"孩子啊。"

我脑袋突然卡了一下，竟然没听出有问题："什么？"

"他说有个小孩玩玩挺好，"绍凯边说边慢慢退得离我远一点，"我说好吧，那我抓紧努力……啊！"

不等他说完我狠狠踢了他一脚。

我最喜欢的就是这样打打闹闹的氛围。我对于沉默，对于面对面却无法交流有着严重的阴影。我想起我和陈年的那些年，坐在一张桌子前吃饭，安静得连筷子碰到碗碟的声音都显得刺耳。

吃过饭以后没多久，小哲冲我们打了个招呼就要出去："我出去一会儿，给我留门啊。"我都还来不及问他去哪儿，他就跑没影了。

"你知道他去哪儿么？"我问阿毛。

他冲我耸耸肩，说："陪女朋友去了吧。"

"啊？真的假的？"我一下来了兴致，回头看绍凯，他知道我想问什么一样，把头转一边不想理我，"哎，作为这个家唯一的女主人，我有必要清楚你们几个在干什么。"

"行，那走。"他进屋把我外套拿过来披到我身上，拉我往门口走，顺便给阿毛甩下一句，"你好好看家。"

"哎，他很可怜哎，"我知道我笑得有点儿幸灾乐祸，"干什么去？"

"我也想知道那小子最近在干什么，总不见人，咱跟着他。"

因为在这边无论要坐车还是要打车都要走出去一段距离，绍凯拉着我的手往前跑，快到车站时终于看见了前面走着的小哲的身影。只是他没有停下，而是继续往前走，我俩在后面隔着不是太近的距离慢慢跟着。差不多走了五分钟的时候，小哲停在了坐在路边的一个女孩子面前，他俯下身把那个女孩拉起来。

"这回看见啦，放心啦？"

我瞄了旁边绍凯一眼："你是故意的！"

因为分明就是……分明就是那时候在酒吧总是出现的那个女孩嘛。

"咳，我故意什么啊。"

绍凯把我拉到一边，免得被发现："他说他觉得那女孩挺可爱的，我说那你自己去追。我怎么想到他下手那么快。"

"哎，听你这话你还觉得有点可惜是吧？"我恨恨瞪他一眼，"要不要抢回来啊？"

"有这打算……"

我又想踢他，他料到我想干什么先一步躲开，然后撒腿就跑。"你有本事别跑！"我才不想这么轻易放过他，至少我以前也是女生跑步第一，没想到的是他突然停住转身，然后把我紧紧箍在怀里。

"你……"

"我说在我眼里谁也没我老婆可爱。"

结果因为这件事，我就忘了吃饭时说的事。睡觉时他贴着我耳朵说："我是不是该努力一下了。"我还傻傻的没反应过来，他就开始行动了。

累得精疲力竭趴在他的胸口喘气，听见他身体里那颗心那么有力地跳着，一声一声震动我的耳膜。他的心跳声让我觉得无比安全。"梦儿，你和我在一起几年了？"

脑袋已经有点儿不清楚了，大概地想了想："四年多了吧……"

"一转眼都这么长了啊。"

"嗯……"

"过年我陪你回家吧。"

我本来已经要睡着了，可他这句话又让我不得不使劲儿张开眼睛："过完年再说吧，我想在这儿过年。"

"梦儿，"他侧过身拥住我，让我看着他的眼睛，"你说实话，是不是还害怕回去？"

这是在那天之后他第一次主动提起我的过去，即使用的是那么安稳的语气却仍然止不住我的心惶惶下沉。曲城在阳光下仍显冰冷的脸在我眼前闪过，我用力往绍凯的怀里扎了扎，慢慢点了两下头。

"为什么？你是不是怕回去了，就满脑子都是他，想不起我了？"

真的是这样么？或许我就是这样一个贪心的人，明明现在在我身边给我温度，给我安全感，陪伴我这么久，把我从灰暗里拯救出来的是绍凯，可曲城的影子却仍然在我心里徘徊不去。在梦里仿佛惩罚一般，我不断梦见绍凯离我而去，他那么坚决地抛下我不再回头。

"绍凯，"我抬起手臂环紧他的脖子，"我爱你，真的，我不骗你……"

扑在耳边暖暖的呼吸，和落在头发上细碎的吻，告诉我他听到了。"好了，我知道了，"把我的胳膊收起来放进被子里，"乖，睡了。"

每周都会有两个晚上他们在"城池"演出，有时怕他们夜里会饿，我会做点简单的东西送过去。

我走到后台时正好看见他们在喝啤酒，我一把把绍凯手里那瓶抢过来："不许喝了。"

他摆出张无比头痛的脸："哎，我刚喝两口你就来了。"

"骗谁呢你，别告诉我地上那些都是他们喝的，没你的份。"我拉了把椅子坐下，把手里提的袋子放到一边，"里面有吃的，也有水。少喝点儿酒，就算是免费的吧，可是喝多了胃又该痛了。"

"行了行了，我知道了。"他用手揉我的脸想要我停止啰唆，"你怎么穿这么少就出来？"

"路那么近，而且今天不是太冷，我就懒得再进屋拿外套，直接就出来了。"

"你啊，你没看见外面起风了，一会儿穿我衣服回去。"

我还没来得及说话，门口就叫他上台了，他拍了拍我的头："等我会儿。"

在后台听不太清楚上面唱什么，我只能听见他的声音，他的声音不管唱什么类型的歌都那么好听。当我把脸从门口方向转回来，我才看见那个女孩儿也在，目光相对的一瞬间难免有些尴尬。

"你叫什么？"犹豫了一下还是我主动开口问。

"谭盈盈，"她声音小小的，很可爱，"我……"

我笑笑："不用说，我都知道。你现在有多大？"

"十九。"

"十九，呵，我来这儿的时候也刚好十九。你家在这儿？这么晚还不回家没事么？"

她显然没有想到我会这样平和地和她说话，慢慢就开始自然起来了："我爸妈一个月有半个月都在外面出差，我回去也是一个人啊。再说我高考落榜，他们要我复读一年，正好我也不用去住学校了。我家就在前面不远，外面有铁门的那个。"

我愣了一下，如果没猜错的话，她应该和程弋哲在一幢楼里。想起程弋哲，那天之后我就再没见过他，我想他大概也觉得不该再搅入我们这些人的事了吧。毕竟，他还是个孩子。"盈盈，我可以这么叫你吧，"看到她点头后，"有空的话过来玩吧，他们白天不在的时候我一个人很闷的。"

她开心地笑了："小哲说，你是个好人。"

"他也是好人，"我也笑，"他会好好对你的。"

我俩正说着话，他们三个下到后台来，绍凯把贝司放到一边伸手过来揽我："天不早了，回去吧。太晚我又该不放心了。"

我点点头，站起来，朝那个女孩子挥挥手，转头对小哲说："不管多晚，你要负责把人家送回去。"

他不知道是真不耐烦还是不好意思，只想快点儿打发我走："阿凯，你快送她回去吧。"

绍凯把我送到门口，我拉着他的手停下："你别听他的，不用送我回去，一会儿你们不是还有几场了么？"

"那你自己当心点，挑有灯的地方走，"他把他的外套裹在我身上，把帽子也给我戴起来，"把门关好了再睡，记住了。"

"嗯，知道了。我穿你的，你穿什么？"

"我没事。"

我踮起脚尖亲他一下，然后转身朝家的方向走。走出很长一段距离之后，我回过头，看见他才转身推门进去。男生的外套要比女生的重很多，他身上的这件外套还是来这里之后我买给他的，很暖和，我穿起来走路像被充满气的人形玩偶。这种厚重的，像他怀抱一样的气息包裹着我，让我在人迹稀少的夜路上突然有落泪的冲动。我想起曲城的拥抱，在学校，在车站，在那个充满幸福回忆和痛苦结局的公园，他伸出手臂轻轻环过我，我能够清晰地闻到他身上那种类似刚刚被雨水洗过的青草地的干净味道。他是那么安静的存在，连拥抱都只是温和地围拢，只要贴近他，我就会变得小心翼翼，生怕打破了一切。

我是多么希望他还能够出现在我面前，就算是幻觉也好，就算是魂魄也好，因为只有他真实地站在我面前，让我看着他，或许我才能知道我对他的想念究竟是怎样的成分。这样想着的我，在看见远远路灯下走来的那个身影时，无法控制地僵在了原地。

我知道那个人是谁。

我知道那个人是谁。

我明明知道那个人是谁。

可是我还是捂着嘴，蹲下去哭了。直到他的影子一点一点覆盖在我的身上。

"你怎么每次看见我都哭呢？你又把我当成那个人了吧。"他蹲下来心知肚明地看着我，"刚才我去你们那儿了。"

"你为什么还要来……你为什么还要出现？"我抬起头对他吼，"你是不是觉得我很可笑？还是你觉得这件事很有意思？"

"不是……"

"对不起，太晚了，我要回家了。"我站起来，绕过他，只想凭还在的理智快些回家，却在他说完一句话后猛地停住。

他说："绍凯，是叫这个名字吧。他来找过我，他说希望我能多来找你。"

我丝毫想不出来这会是什么时候的事，宁愿相信这只是这个小孩的恶作剧，可是我知道不是。"他还说什么？"依旧背对着他，没有转头。真的起风了，我用力抱紧了自己，"他是不是还说希望你能帮他把我处理掉？"

"哎，这个他可没说，不过难道你不觉得你该作个选择么？"

当我缓缓转过头，看到的是这样的画面：路灯的光从他头顶洒下来，在他脚下圈出一片橘色的天地，将他围在一种不真实的，颗粒状的薄膜之中。

一种可怕的虚幻的感动重重地冲击着我的泪腺。

"夏天我就毕业了，如果我考得好的话，我爸爸就给我钱让我去毕业旅行。我正好不知道要找谁一起，你要不要趁这个机会一个人考虑一下？"

我不知道自己回到家是几点，把已经睡得迷迷糊糊的小喵抱起来躺在床上，把脸埋在它软软的毛里面。

脑袋里不停闪动的都是同一个画面，画面的配音只有一个字：好。

我对程弋哲说："好。"

就算我再心血来潮，依旧知道说出这个字意味着什么。枕头上有属于绍凯的味道，我闭上眼睛，咬着嘴唇不想哭出声，强忍到整个身体都抽搐起来。

农历腊月二十八那天离城又下起了大雪，眼前的世界很快变成了刺眼的白。因为年三十他们要放假，所以前几天更加忙到不行。我在窗户上小心翼翼地贴上那些很精细的剪纸，在大门外黏上大大的福字，做这些事时我第一次觉得自己很像陈年。我甚至第一次可以感受到他缄默背后的内容。

我还是不可避免地遗传了他的许多，只是在离开他这么久之后才慢慢显露出来。我是那么喜欢这些传统的，年轻人十分不屑的东西，那么依赖这些细微却经久不衰的东西。从某些程度上来讲，我对于过去的留恋，更像是一种病。

把一切都布置好以后突然有了一种暖洋洋的感觉，我把雪地上蹦来蹦去的小喵提进屋子里，给它系上我用旧布和扣子做的领结："好了，小喵，新年快乐。"

因为不习惯，它僵硬着脖子一脸无辜地看着我："喵？"

我笑着回应它："喵。"

下午的时候院子里的雪已经可以没到脚踝，我用一下午时间堆了个到我脖子那么高的大雪人。头发被雪花打湿，结了薄薄的冰，手在极度寒冷过后反而发热起来，合着放在嘴边哈了两口白气。

我喜欢现在的生活，即使说给别人听，任谁都会露出不可思议甚至怜悯的表情，但那是他们所求过多。正是这样宁静的，有那么点儿与世隔绝却自得其乐的日子让我找回了原以为再也不会重拾的那些快乐。

可是既然如此我怎么会答应程弋哲陪他去旅行，我怎么会答应和他一起离开绍凯身边，或许只是因为他的那句"你应该作个选择"。可问题是我还有什么选择，曲城明明已经不在了。

在我刚刚到这里不久，还没有像现在一样依赖绍凯的时候，我曾想过或许有那么一天我会离开他，不管什么理由，总之我没有想到我们会在一起那么久。那个时候我考虑的只是我要用怎样的借口，毕竟对于他，我也有感激。然而现在想到要离开绍凯，我心里竟然会有要命的不舍，以至于我每每看着他的脸总有想抱着他大哭一场的冲动。

我是爱他的，我知道。可是从曲城在我眼前消失的那刻起我就不再觉得我会再爱上什么人了，我有什么资格再去爱谁。我把自己彻底交给命运，我以为我只会在差不多的时候随便遇见个男人，彼此不甚了解却也能和平相处。到那个时候，结婚或是分开，我同样交给命运裁决。可是没想到它把绍凯交给了我，它硬是塞给我一份那么沉重的爱。

正因为无法抗拒，所以才会有那么多的不舍。同样地，也才会觉得不能再这样将就下去。

我不想再因为自己的优柔，自己的摇摆不定而伤害到他，我最最不忍心伤害的就是他。

我想起我每次枕着他的胳膊睡觉，第二天早上起来他都会麻得动都动不了。我说对不起，他就用有薄薄胡楂的脸蹭我的脸，叫我小白痴。我想起他无数次在冬天最寒冷的日子里脱下自己的外套凶巴巴地裹在我身上，完全不顾我反抗非要把我包成木乃伊的样子，他总是觉得我会冷，即使我本身已经穿得很厚。我想起我在他身边第一次到生理期时痛得脸色惨白，他无措却又强装镇定的大男孩似的笨拙的温柔。我想起我生日时他为我唱的歌，唱完就自己过来要奖励，也不管我愿不愿意。我想起他每次做了错事都会先贱巴巴地过来哄我，结果反而引起我的怀疑。我想起他为我喝的酒，为我受的伤，为我流的眼泪，即使他倔犟地不让我看到。我想起过往的一幕幕，温柔的，混乱的，开心的，难过的，全部都有他的存在。

那么久，那么久，需要以"年"来做单位的漫长光阴，我们一直在一起。那些有他的画面在此刻全部变成细而柔软的沙，摸上去有淡淡的暖。风扬起来吹进眼里融进心里，却还是会难受得泪流不止。

我揉了揉火烧火燎的眼睛，拍拍身上的雪，用力深呼吸了几次，给了天空一个笑脸。该做饭了，他们快回来了。

"我没进错门吧。"我正估摸着时间差不多时门口就出现脚步声，他们三个站在院子中间异口同声都是这句话。

"没走错啊，"我把猫食也准备好之后转过头，"快把东西放下，洗手准备吃饭。"

"阿凯，你这媳妇儿也太能折腾了。"小哲同情地拍了拍绍凯的肩膀，我狠瞪他一眼，跑到雪人边上："你们看可不可爱？"

"好像缺点儿东西……"绍凯慢慢走过来蹲在雪人面前，突然抓起一把雪抹在我脸上，"这样差不多了。"

好像受了启发，那两个崽子也开始用雪团砸我，我一个人怎么打得过他们三个，不一会儿就被砸得狼狈不堪。灵机一动，我想到了一个反败为胜绝对可以成功的办法，毫无征兆的我就蹲下去把头埋在了手臂里。

和我的想象一样，刚才还欢腾的三个人一下子就没了声音。沉默了一会儿之后，绍凯走过来蹲到我面前摸我的头，想试图把我脸抬起来："哎，跟你闹着玩儿呢。要不然我不动你砸我行不？"

"这是你说的……"我慢慢抬起头，飞快地抓了一把雪扔在了他脸上，然后飞快跑走，冲他吐舌头，"笨蛋，你上当了！"

"死丫头，这是你逼我的，"绍凯蹲在原地抹了一把脸，眯着眼睛看了一眼跑到他对面很远的我，转头对后面笑瘫了的两个人说，"给我把她埋起来，千万别留情。"

"我错了，我错了行不行……"

因为饭前的剧烈运动，真到吃饭的时候全部饿得要死，什么都来不及说，只顾吃。吃完饭小哲依旧是往外跑，阿毛开始收拾东西准备回家陪他爸爸过年。我曾经问过他，为什么不找个机会搬回去，而只是很偶尔地才回去看一眼呢？他说，因为这个样子，每次回去都很和谐，可以坐在一起说一些话，不会有太多时间去翻出过去的事。

但是他也说，假如有一天他的爸爸开口要他回去，他应该不会拒绝。毕竟，那是自己的爸爸。

他这样说让我很放心，一直以来我始终拿他们当自己的家人看，我希望他们每个人都能把伤痛治愈。从前的我们都以为自己是世界上最不幸的人，都以为那些伤那些残缺已经深入骨髓，直至死亡那天。但是如今，我们都可以平静地生活，面对故人，成长真是一件无法用言语来形容的过程，释怀是它的最后一门课程。

但也许最没有资格说释怀两个字的，就是我。

我和绍凯回到自己的屋子以后他赶紧拿干毛巾帮我擦头发，边擦边笑："你啊，活该。"

"你还说！"

"谁叫你那么坏。快擦干，别感冒了。"

我摸摸湿了那么久都没干的头发："算了，还是洗洗吧。"

等我把盆和暖瓶拿进屋子，绍凯突然站起来把我拉到床边，说："躺下，我帮你。"

洗那么长的头发其实真的是件很费时费力的事，需要换很多遍水才能冲干净，而且站久了腰很累。既然有人愿意帮忙，我当然乐得轻松，躺到床上，把头发整个从床边甩下去。"那么长，跟件衣服一样，"他肯定没有干过这件事，笨笨的很不熟练，可是他的手很厚，感觉很舒服，"留了多少年了？"

"从初中开始就没剪过了吧，"我仰起一点儿头，看他半垂着眼帘认真的样子，"中间好像有一次剪过一截，因为之前染过，把头发弄得很坏。"

"染的什么颜色的？"

"紫的吧……很浅的那种。"时间一眨眼过去了那么久，我想起那时候的自己竟然开始模糊，需要用力的去将头脑中的记忆凝聚起来。

"不好看。这样好看。"

我轻轻笑起来，抬手去抓他的头发："你也染回黑色好不好，长时间染头发对身体不好。"

"行，我是自己懒得去，哪天你陪我去。"

哪天你陪我去。多普通的一句话。我却突然觉得眼眶发热，为了不让他看出来，我用手背遮住了眼睛。"怎么了？"他紧张地问，"是泡沫进去了么？"

"没有。我困了。"

倚在他怀里闭着眼睛感觉他给我擦头发时温柔的手，不一会儿就真的困了。存留在脑袋里最后的记忆好像是绍凯在我耳边小声说，让我等头发干了再睡，可是我还是等不及了。

恍惚间好像做了个梦，梦见一个盛夏的午后我要和曲城一起去往哪里，我们都提着行李，但奇怪的是背景竟是这所院子。在梦里我看见自己一步一回头，可是却不知道我回头是在看什么。梦断了我就醒过来，看着绍凯的脸我突然明白了那个梦的含义，那个人不是曲城，而是程弋哲。

我又开始后悔，为什么会答应他那么莫名其妙的邀请。

摸摸头发，早已经没有潮湿的感觉，很滑很顺，心里猜到他一定是等到我的头发完全干了才睡下。我想这是个难得的好机会，终于可以在他怀里哭个痛快，其他的事哭过之后再去想好了。

不敢出声音，用被子遮住半张脸，感受着他温热均匀的呼吸，默默地把一直堵在胸口的眼泪流干净。

　　第二天睡醒时他已经走了，我往他躺的位置挪了挪额头突然感到被什么冰了一下，抬眼发现枕头上放着一个玉的吊坠。我不记得绍凯身上有这个东西，而且它看起来很新，完全没有人体温温暖过的感觉。像是预料到什么，我坐起身果不其然看见桌子上留的纸条。

　　"丫头，是不是以为我把你生日忘了？我托孙亦他爸爸从外地捎回来的，所以晚了些日子。虽然我是不大信这种东西，但是你还是戴着，省得总让我担心。"

　　我确实以为他忘记了，但是我也并没有想什么，生日对于我一直都是再普通不过的一个日期，我没有放过多的期待在上面。手上的这个吊坠是个眉目慈祥的佛，用细细的红绳拴着。我把它系在脖子上，打好了死结。

　　我该怎么让绍凯知道，这情景和当初是那么像。

　　我该怎么忘记，直到曲城离去的那天他仍然戴着我亲手系在他脖子上的吊坠。它什么都无法保佑。

　　可是当绍凯回来时，我仍然对他微笑，不让他知道，那块玉贴着我的皮肤竟然始终无法变暖。反而像一块冰塞进我心里预留的洞，刺啦刺啦往外冒着白雾。

　　每次换季都如同新生，天地掀开幕布，一层灰幕揭去，一层崭新上来。只是这个冬天我第一次觉得那么短，我毫无作用地乞求着时间不要再往前走，可是二月过去，三月过去，春暖花开就又来了。

　　那么……离六月的高考，还有多久呢？

　　所幸的是大概开始忙于学业，程弋哲极少极少过来，来了也是待一下就走。他不开口提上次的提议，就像是那晚根本没有遇到我，可就当我掩耳盗铃地以为他已经忘记时，他却提起放假后的计划。

　　他剪了和之前曲城很像的发型，他显得比初见时成熟一点儿了，每次他来，我都躲得远远地不敢上前，直到绍凯拉我的手将我拉到身边。

　　我知道，无论我和谁说，这样的事都不会被人理解。我的生活里存在着一个幽灵，我每天都躲避着他，又依赖着他，渐渐地我将他当成了真实的一部分。我看着程弋哲，偏执地觉得这一定是命运的决定，无神论的我却总是在遇见无法解决的事情时将之归结于虚无的命运。

　　这种心理状态非常接近于那些已经对生活丧失掉热情与指望的中老年女人。

　　事实上在我们仍这样平静地过下去的大前提下，我偷偷地想了许多种可能，一种是程弋哲考得并不好或是临时改变了主意，第二种是我最终还是离不开绍凯，第三种……我该怎么放开他的手。只是假如现实一直都能够按我们的预想进行，那么现在我应该还和曲城在一起吧。我还可以看见他吧。

或许从出生的那一刻开始，生命里大前提的一再颠覆就变成了我的宿命。

"今天怎么这么晚？"

比平时晚了接近两个小时，天都黑下去他们才回来，我把做好半天的饭又重新热了一下，并没在意没人回答我。这个家从一开始便是因为理解而组建起来，我们平日里其实并不说太多的话，可是却平静没有尴尬。可是吃饭的时候我还是感觉到不对，他们三个的眼神分明是在交流着什么事，我用手肘碰碰身边的绍凯："哎，你们怎么回来这么晚？"

"先吃饭，一会儿再和你说。"

"不行，现在……"非常不是时候的敲门声打断了我的话，我站起来去开门，门刚一打开程弋哲就跑进来，经过我身边时对我说了声"嗨"。

春末夏初的时候，院子里的树又坚强地活了过来，密密地遮在头顶上面。我看着他穿过院子，蹦到桌子旁坐下，越发觉得他和真实格格不入。

"你吃么？"

"嗯。"

"哎，你家没饭吃啊，到这儿蹭饭来，"绍凯把我要给他的碗拿开，故意不给他，"回家吃去。"

我无可奈何地把碗重新拿回来，帮他盛好饭："行啦，你就让他吃呗。"直到程弋哲对我说谢谢，我才意识到自己做了什么，我竟然莫名其妙地细致到帮他把饭盛好。我记得唯一的一次我帮人盛饭是帮曲城，就是那次陈年让他到家里来吃饭，我故意将一切做得夸张而到位，挑衅般的。

等我回过神来，发现每个人都在吃饭，仿佛没有人在意我的做法。

事实上程弋哲每次来并不是找我，他是找绍凯学琴，一整个晚上他也不会和我说上几句话。就在我觉得没我什么事，我可以回房间时绍凯猛地拉了我一把，让我几乎是跌到他身边的椅子上，我刚想开口埋怨，却看见他异常沉默的侧脸。好像伸手拉我留下的不是他，好像他根本不需要我留在他身边。

我不明白自己怎么会突然有这种想法，其实绍凯弹琴的时候本身就很少有表情，可是为什么我觉得他今天的脸太过紧绷了。我开始反省，是不是我没有注意到什么："绍凯，你还没告诉我，今天为什么回来这么晚？"

"你等会儿。"他拨弦的手停下来，对我做了个等一下的手势，但眼睛却没有看我。他把琴递给程弋哲，"这根抹一下，然后挑，底下那根随便拨一下就好……"

好久都没有这样的感觉了，刻意被忽略。应该说是从来没有。就算我们吵得最凶的那几次，也都是两个人激烈地闹一场然后就和好，而且大多数时候还都是我错在先。可这次，我根本就不知道自己哪里惹他不高兴了，明明他早上出门时还好好的。我郁闷地撅着嘴将下巴支在自己的胳膊上，不再说话。

大概是看出来我不高兴了，过了几分钟阿毛坐过来在我耳边说了一句话，和他有些兴奋的表情完全相反的是我不可思议地睁大了眼睛，探过身去一把扯开了绍凯的上衣。我果真看到了阿毛嘴里所说的刺青，在他胸口处有我半个手掌大小的一个……一个字。血珠还在往外渗，看起来那么恐怖。

"你有病啊？"

我突然提高的音调尖锐地划过空气，伴随着程弋哲不知道是不是被我吓到将琴弦弄出巨大的噪音，所有人的表情都就此凝固起来。也许是我变了，从前的我应该不很反感这件事才对，我不是也扎了很多个耳洞么，我不是也曾想尽办法用身体上的痛来提醒自己一些事么。可是为什么到如今，我看见他这样第一个反应竟然会是，他为什么要做这么伤害自己的事。

让我感觉奇怪的是，似乎除了程弋哲，没有人认同我的想法。他喃喃地说了句："弄这个很痛吧。"

我把椅子往边上一踢，冷冷地看着仍然不动声色的绍凯："痛也活该。"

"陈梦！"首先对我不满的不是绍凯，而是小哲，他站起来一把拉过我，想要把我拽到外面，"你跟我出来……"

"你……"我不服气地想要挣脱掉他，却看到绍凯从我背后飞快地擦过，只留下屋门被猛力拍击后留下的回响。站在我对面的小哲几乎是甩开掐在我手腕上的手，冷冷地看着我。我看了看他，又看了看我和绍凯那间屋子的门，恨恨地走回刚才的椅子前坐下，把脸埋在膝盖里。

"喂，你没事吧，"程弋哲蹲到我的对面，小声地问，"我都没明白怎么了……"

我抬起头刚想对他说我也不明白，小哲突然先一步对他说："你先走。"

我突然气不打一处来："你有气跟我来啊，你跟他犯什么病！"

"走！"他没理会我的挑衅，只是脸绷得更紧了，阿毛把程弋哲的包扔给他，"你最好先走，我们家里有事要说。"

程弋哲没有说话，只是用嘴形对我说了句再见，然后提起包出了院子。

我的视线还没从他的背影上收回来，就听到小哲问："陈梦，你说实话，你和刚才那小子以前认识么？"

"不认识。"我看着自己的鞋尖，左脚右脚不停地踩来踩去，"你的意思是什么？"

"我没别的意思，我就想问问，我都不太明白他是怎么出现的。要是你们之前认识，或者是他是你家什么人，我还能接受。"小哲坐在我对面，"你是怎么想的，帮着他说话，不管阿凯感受？"

"我就是在乎他感受才生气啊，他想起什么来了去弄那个。"

"梦姐，你看清文的那个字是什么了么？"阿毛突然插进话来，看到我点头后也不可思议地问，"那你怎么还能……"

"我觉得我们一起这么久了，早就不是……不用玩浪漫了吧，再说今天又不是什么特别的日子。"我转过头看着自从绍凯进去就再没有发出任何响动的屋子，"我不是……不感动啊……"

那个刺在胸口上的"梦"字，刚才的那一秒狠狠戳进我的眼睛，也让我的眼眶猛烈地烧了一下。假如他文的不是这个字，或许我也不会反应那么激烈。

"陈梦，我以为你只是暂时忘了，原来你真的从来都不知道，"小哲叹了一口气，有些不愿意直视我，"今天是绍凯生日。"

我冲回房间时绍凯坐在床边上低着头，不知道在想什么。我站在门口，看了他一会儿，他也没有抬起头。"绍凯……"我努力张了张口，鼻子却急速地涌起堵住的感觉。我蹲到他跟前，把脸贴在他放在腿上的手上："对不起……对不起……"

任谁也不会相信，我们两个人在一起这么多年，我会真的不知道他的生日。问题是确实是在刚刚小哲说出那句五雷轰顶的话之后，我才意识到，我居然完全没有想过绍凯生日这件事。我没有想过，没有问过，这一切是不能往"他也从没提过呀"那边一推就能了却责任的。但是，我突然想到，我也没有给曲城过过生日。

想到这点的瞬间，我的眼泪终于落下来，大大的一滴打在绍凯的手背上。他抖了一下，把手抽回去。"绍凯，你说话啊！"我站起来倾过身抱住他，脸贴着他的脸，闻着他皮肤上淡淡的血腥气，"我错了我错了，我该死……我真该死……"

"没事，"他抬起手拍拍我的背，却不动声色地把我从他身上拉开，"你没错。"

我站在原地看着他，什么安慰的话也说不出来，只是眼泪不断地往下滚。这个屋子本来很小，床离对面的墙壁也就有一步左右的距离，而此刻惨白色的节能灯泡从头顶投下有些刺眼的光，让我第一次觉得我们两个距离这么远。最后是他衣服上的血迹打破了僵局，因为他穿的是白色，胸口处斑斑点点的红色就显得很明显，我跑过去拉开他的衣服，看见伤口还在出血，赶紧出去打了温水进来。

"痛不痛……"毛巾浸在温水里提出来拧干，一点一点蘸去针眼渗出来的血珠，"其实我是觉得痛……"

他的胸口微微起伏着，依旧没有说话，但我知道他在看着我。过了一会儿他抬起手轻轻摸我的脸颊。这种感觉是窝心的那种疼，我站起来坐在他的腿上重新抱紧他。所幸的是，这次他终于没有再推开我。"傻瓜，没你想的那么痛。"他的手放在我后脑上，声音好像从喉咙里发出来，不是太清晰。

"我以后会记得的，一定记得，你原谅我这次好不好？好不好？"

"好，原谅你。把眼泪擦擦，洗洗准备睡吧，一会儿你就困了。"

本以为这件事就这样告一段落，虽然我也知道这样大的错就这样简单过去实在太过便宜我，但是我也想不到他会用什么办法惩罚我。直到我铺完床，他躺下背对着我，不理睬我，我才不得不面对他还在生气的这个事实。

"哎，你累了么？"我支起身子探过头去看他闭着眼睛，"扭过来好不好？"

"别闹，我很困，睡了。"

"你明天休息对吧，"我把下巴支在他的肩上，"你带我出去玩儿好不好？"

他没有睁开眼睛，只是含糊地哼了一声，算是答应了。

无可奈何之下，我只能帮他把被子盖好，然后从背后抱着他，脸贴在他宽阔的脊背上。只有这样我才能感觉到自己在他强烈的荷尔蒙气息的包裹下，是安全的。可是却根本睡不着，明明很困倦了，却小心翼翼地感应着他，他也肯定没有睡着，身子一直很僵，动也不动。不知道过了几十分钟，还是一个小时，就在我快要忍不住的时候他终于轻轻地动了动，好像先转过头看了我一眼，然后慢慢抬起我的胳膊放进被子，转过身在被子下面紧紧拥住我。

我听到他强而有力却异常慌乱的心跳，连自己的心也受影响地跳个飞快，好像里面藏着什么东西急切地想要钻出来。终于受不了这种无形的压迫感，我有些突然的睁开了眼睛，没想到就这样直直地看进绍凯睁着的眼睛里。

这个眼神那么熟悉，和曲城在那个公园留给我的最后一个眼神一模一样：痛苦，不舍，迷茫，掺杂着恐惧，甚至放弃。可是这种神情怎么会出现在绍凯的脸上。

"你在想什么？"

"没想什么，怎么还没睡着，"他腾出手把被子向我的颈窝掖了掖，实际上被子已经盖得很好，没有动的必要，"睡吧。"

"你到底在想什么？你告诉我啊……"

"行了，快睡吧。"

"绍凯……"

"你还睡不睡了？"终于忍受不了我的一再逼问，他翻身坐起来，我看着黑暗中他的背影，也跟随着坐起来，犹豫了一下没有去开灯。"我知道你生气，"轻轻摇了摇他的手臂，"你要怎么样才能不生气啊，要不你骂我吧。"

"呵，"他扭过头看了一眼我，冷笑了一声甩开了我的手，"我有什么资格生气？我这样的人，没学历没手艺，什么本事都没有，每天都混日子，没准儿哪天就把自己混进去。你跟着我连最低保障都没有，你看看满大街的人哪个不比我好，我有什么资格让你干什么啊，你不在乎我也是应该的……"

他的话还没说完，我就伸手捂住了他的嘴。我从来都不知道原来在他的心里有这样的想法，并且这种想法一直都存在着。我爬到他的正面，扳正他的头，强迫他看着我。可是想要说的话被哽咽打散，没办法完整地表达给他听："我从来都没这么想过……我不许你这么说你自己……谁说我不在乎你啊，谁说我不在乎啊……"

"又哭，你除了哭还会干什么啊！你要是跟我在一起这么难受，你走啊，你爱跟谁走跟谁走！"

"我不走我不走……"这些年里就算是吵架他都没有用这么冷的表情和语气说过这种话，他说他不要我了，他要我跟别人走……我突然感觉自己像是被妈妈扔在路边的小孩儿。看他仍是不为所动，我拼命扎进他的怀里，抱紧他："我不走，你说过不会赶我走的……"

他没有伸手回抱我，但是也没有推开我。我听到头顶上他更加冰冷的声音说："你不是都打算和别人走了么？跟我这儿演戏有意思么？"

他的话像是一根冰锥狠狠地扎进我的身体，那一瞬间我甚至感觉自己的心脏停跳了一下，看见绍凯心灰意冷的表情。他……知道了我答应程弋哲的事，所以他终于将对我的爱、信任所有所有都抛掉了。可是我该怎么解释呢，我完全没有话解释。"绍凯……绍凯……"我从他怀中出来，抱着膝盖坐在他对面，只能在喉咙里一遍一遍叫着他的名字，他却看都不看我，"他跟我说要不要……"

"我知道，你又不喜欢他，不过是他长得和你这辈子最爱的那个人很像。"他故意在"最"上面加重了语气，我却听到了尾音的颤抖，"我们在一起这么多年比不上他那一张脸，你还让我说什么！"

"说白了你还是不能接受曲城的存在！可难道你就敢说你从前没有过女朋友？"

其实这句话说出口我就后悔了，我承认我是慌不择路，口不择言，居然在这种时候说这种火上浇油的话。可让我没想到的是绍凯听完轻蔑地笑了："是，我有，我还和她上过床，怎样？"

毫无征兆地听见自己尖锐地抽了一下气，随后便好像开始耳鸣，耳边全部是自己急促的呼吸声，像是被谁录了音再播放，嗞嗞啦啦。彼此沉默了一会儿，绍凯的表情缓慢地变柔和，他的眼神中再次比我先一步有了后悔。他伸出手，想要摸我的脸。

"别碰我……"我挥开他企图拉我到身边的手，却被他轻易地拽住压到身下。他用双腿双手控制住我的身体，然后狠狠吻住我的嘴。

"放开……你放开！"不管我怎么捶打，怎么挣扎都无法摆脱他的钳制，嘴里突然有了浓烈的血腥味，"放开，疼……"

这一次他几乎是扯开我的衣服，像是故意要在我的身上留下深深的痕迹。我知道，他失控了。他因为我，失控了。

慢慢放弃挣扎，我闭上眼睛，任凭眼泪从眼角不断流下去。原本疯狂游移在我全身的手却突然停下，当我犹豫地睁开眼睛，看见绍凯用一种熟悉的目光看着我。

那是我每一次生病，受伤，哭泣时，他看我的眼神。每一次他这样看我，我都忍不住要更加耍赖。

他双手捧起我的脸，轻轻吻我眼角的泪，最后将头埋在我的肩窝："对不起，对不起……我不想这么对你，可是……"他声音哑得近乎哽咽，"我快被你逼疯了，我他妈快被你逼疯了，你知道吗？"

这是一种怎样的感觉呢？像是一把最最锋利的匕首干脆利落地插进心里，然后再握住刀柄一厘米一厘米向外拔，刚开始没有来得及流出的血，这时候才加倍汹涌地翻滚出来。我把他的头抬起来，却无法直视他发红的眼睛，拱起腰紧紧扣住他的肩膀，颤抖着吻住他的嘴唇。

再醒来时天已经蒙蒙亮了，张开眼睛就看到身边一条胳膊揽过我的绍凯，被汗洇湿又干掉的头发凌乱地散在额头上，睡得那么沉。

我想我能够理解他的痛，倔犟如他，口是心非如他，也是要鼓起极大的勇气才会承认对一个人的爱。可是他爱的人心里到现在居然都还有一个无法忘却的人，到现在都还无法确定爱他，到现在都还在自我折磨。除了放手，他还能做什么，尤其是在知道我有走的意图之后。其实他在找借口，动用一切理由一切方法让自己下决心松开我的手。因为他知道如果他离开我，我会难过。他却不愿意去想，如果有一天我走了，他要怎样过。

欠起身极轻极轻吻了下他的眼睛，趁所有人都还睡着，下床洗了澡，换好衣服，然后坐在床边呆呆看着他。结果看得太入神，连他醒来都迟迟没有发现。"哎，哎，"他叫了我两声，最后无可奈何扯了下我的发尾，"想什么呢，怎么这么早就起来了？"

"啊……你什么时候醒的？"

"怎么不多睡会儿？"他也不理会我没意义的问题，坐起来摸摸我的脸，好像有话要说却最终只是轻轻笑了一下。

我装作没有看到他的欲言又止，站起来使劲儿拽他胳膊："起来啦，你答应今天要陪我出去玩的。"

"行行行，去，给我做吃的去，我饿了。"

我不甘愿地朝他吐了下舌头，笑着开门出去。只是门关上的那一刻，笑容就从我的脸上溜走了，我靠着墙摸着自己手背上那块疤痕，持续着身体和脸部肌肉的僵硬。我很想知道，如果这个时候我推门进去，绍凯的脸上会是什么表情。

阿毛今天并不休息，小哲也一大早跑出去约会了。吃完了早饭我拿红霉素药膏帮绍凯擦文身的地方，然后小心翼翼地用纱布敷好。"这个还要擦多久的药呢……"我还想唠叨他，抬起头却和他俯下来的脸碰到，不长不短的亲吻过后我白他一眼："你干什么？"

"没事啊，"他拉我起来坐在他身边，"我发现你刚才那个角度特别好看。"

我得便宜卖乖，扬头问他："那你觉得我哪个角度不好看？"

他假装左右端详了一下，又挑起我下巴了想："暂时还没发现。"

我终于忍不住笑出来，伸手环着他的脖子问："你要带我去哪儿玩？"

"那要看你想去哪儿，你想去哪儿我带你去哪儿呗。"

"啊……"让我想，我还真的想不出来。我对离城并不熟悉，它有多少值得参观的，值得游览的，甚至它有什么有名的地名有名的人，我都不知道。想了半天，我终于犹豫着说出一个我唯一知道的应该有而且可以玩的地方："要不然我们去……游乐园？"

话说出三秒，在绍凯回答之前，我突然想起了游乐园对于我的意义。可这一次，我真的是说出口之后，才想起。

"咱还能再幼稚点儿么？你也真想得出来。"

是啊，我确实幼稚，我能想到的居然还是十几岁的时候去过的地方。见我不说话，绍凯叹了一口气搂过我的肩："去，去，行了吧。走。"

绍凯比我高很多，我需要仰着头和他说话，被他牵着手走在街上我总会恍恍惚惚觉得自己是他的孩子。我想或许我对绍凯的感情，已经进入到了亲情的阶段了吧。他把我的手放进口袋里，搭车的时候先推我上去，随时随地都让我在他的视线范围内，担心我走丢。离城最大的游乐场离我们住的地方很远，几乎是城市的南北角。如果不是有绍凯在，估计我自己折腾一天也到不了。男生在地理方面好像是比女生强一点点，别人一说，他就能清楚坐什么车，走哪条线路可以到。在人不多的车上，他揽着我的肩膀，突然低下头问我："我记得你晕车，是吧？"

"以前会晕，现在很久不坐车没准儿不晕了啊，"我靠着他，看着窗外的日光，"你是不是怕我一会儿吐你身上啊？"

"我怕你难受。"

事实上我还是有些晕的，只是每一次刚开始难受就下车了，所以都没让他看出来。中途倒了三趟车，终于站在了游乐场大门口。绍凯去买票，我买了两瓶水站在原地等他。离城的游乐园好像比我记忆中安城的那座颜色暗淡一些，但我也清楚，记忆是会造假的，我现在头脑中安城的游乐场光鲜得太不真实了。"行了，走。"绍凯拿着票走回我身边，拍醒了正在发愣的我，我忙挽着他的手一起走进去。

我终于承认游乐场这个地方，不同的人去就会有不同的感受，如果说我和曲城一起的那次主要是观赏，是安静穿越一幅画的感觉，那么我和绍凯的这次……则是彻彻底底地了解游乐场的设施都是干什么的。进去的两个小时，我除了排队，几乎全都在天上，然后伴随着尖叫和胃里的翻江倒海。可为什么他能跟没事儿一样，我很不理解。

终于在连续坐了两次"空中飞舞"——那种让人感觉自己是被塞进洗衣机，而且还是滚筒的变态机器之后，我终于受不了跑到远离人群的树边吐得稀里哗啦。绍凯在后面一边拍着我的背一边坏笑着说："我还想拉你去坐第三次，看你能不能吓哭呢。"

我把最后一点儿矿泉水都用来漱口，然后喷在他身上："我看你是存心想弄死我，你这时候怎么不想着我晕车啊。"

"你在这儿老实待着，我去那边给你买瓶饮料过来。"

抬起头看了一眼，远处有一个凉水亭，排队的人很多，几乎要赶上各个机械前的队伍。绍凯过去之后，我挪到旁边的长椅上坐下，眩晕的感觉逐渐消失，然后酸楚的感觉渐渐涌上来。我和绍凯在一起，无论何时何地都能够保持无忧无虑的状态，而且这状态还不只限于表面，就像刚刚我们在天上短暂尝试飞行的时候我肆无忌惮的尖叫与他握紧我手的力量，都那么真实而简单。谁都不会想到在昨夜我们经历了怎样的挣扎，那是种会让人觉得再也看不见黎明的黑暗，但一转眼我们又活在阳光下面。

我知道我又想多了，必须尽快将这种情绪从心里清理出去，因为今天才刚刚开始。站起来深呼吸了一下，绍凯已经去了很久，我决定过去找他。可是当我走到凉水亭的队伍旁边，却怎样都看不到绍凯的身影。我来来回回跑了好几遍，心里已经确定绍凯不在里面，可是又不甘心去思考他不在该怎么办。我回过头，感觉游人似乎一下子多了起来，他们在我视网膜上面瞬间聚拢又离散，慌慌张张，像是镜头反复变焦。巨大的游乐器械立在人群中，它们没有感情，它们不快乐。

一时间丢失的胶片又重新找回，脑袋里放映的画面是那一年去乡下看妈妈，我一个人走失在陌生的田间道旁。画面是黑白的，我也是黑白的。之后影像断掉，滋滋啦啦一阵雪花，最后坚持闪现出来的一幕是我拿着破旧的听筒在给谁打电话。回忆终止的时候，我眼前突然一片漆黑，我停下脚步急促喘了几口气才恢复正常。我像只无头苍蝇一样胡乱地跑，在人群中间无目的地穿来穿去，直到被人一把拽到一边。抬起头就看见绍凯还没卸掉慌张的脸，他压着火气对我说："从老远就看见你在这儿瞎跑，不是说让你等我么？"

"我等了，可是你半天都没回来，我就去找你……可是找不到……"

"这里人那么多，很容易走散，你知不知道，"他无可奈何地拿手里的饮料瓶冰我的脸，"你找不到我就不会站在原地等我吗？我肯定会找到你的啊。"

"绍凯，我们玩个游戏好不好？"

他好像一时间跟不上我的思维速度："玩什么？"

"我们背对着对方向前无目的地走一百步，想怎么走就怎么走，想转弯也行，或者想去玩儿哪个游戏也行。一百步之后我们开始找对方，看谁先找到谁。"

"不行，"他皱皱眉头，"万一就是找不到怎么办？"

"你不是说你一定会找到我的么？"

我的倔犟总是让他一点儿办法都没有，他摇了摇头，叹口气问："一定要玩儿？"

我点头。

"那好，玩吧。"

我们两个同时背过身去，然后我开始朝前走，我没有看路，只是专心地数着自己的脚步，终于数到一百时，我回过头早已看不见绍凯的身影。其实游乐场的路大部分都是通着的，我觉得这并不难，只是我想要确定一些事而已。但是似乎真的有人天生不会寻找，比如面对着一个打开的抽屉，东西明明就在里面，翻了半天就是翻不着；比如一条经常走的马路，每次去都还是需要和别人一起；再比如，在并不很大的空间里面找一个人。我总是期待会在下一个转角看见他的背影，可每一次都是落空，最后我还是选择找一张椅子坐下来，开始等待他实现他的承诺。

让我惊讶的是，我只闭起眼睛数了十下，绍凯就出现了。

他坐到我旁边，胳膊搭在我身后的椅背上，手按着我的头："玩够了？"

"你……你从哪里出来的？"我没有看见他是怎样出现的，在我的感觉里他就像从天而降到我身边的一样，事实也确实如此，不是么？

"笨蛋，我一直跟着你呢，要不然你找到天黑也找不到。"

"我怎么没发现你在后面？"

他忍无可忍地假装抬手要打我，最后落下的只是手指在额头上轻轻弹了一下："你啊，你回头看过么？像你这样只看一半路找人，哪辈子找得到。"

——你回头看过么？

我也开始问自己，我真的回头看过么？

"哎，我又哪句话说错了啊，"发现我又突然掉了泪的绍凯，将我的脸拉过去拍了拍，"好好的，怎么了？"

我干脆伸长胳膊抱住他，窝进他的怀里，这是我最喜欢的姿势，暖暖的，好像可以窝一辈子不出来。"这边人少，抱一会儿……"我贴着他的胸口听见他轻轻地笑，将手臂又收紧了一些，"我问你，绍凯，如果，我说是如果，我一个人在一个不认识的地方迷路了，给你打电话，你会来找我么？"

"废话，能不找么？非急死我不可。"

"可是要是那个地方很远呢？坐车需要好几个小时。"

"好几个小时就好几个小时呗。"

"那……"我顿了顿，将最后一种假设说出来，"我并不是一个人去的，我是和……假如说是和我爸爸去的，只不过我们走散了，你心里知道也许一会儿爸爸就会找到我了，你还会来找我么？"

"万一你爸找不到你呢？与其在这儿干等着，还不如去一趟，就算你已经和你爸爸会合了，那至少我也安心了。再说了，这种情况下，如果你第一个电话是打给我，那我肯定死也要过去啊。"

我把脸埋在他的怀里，没有再出声音，只感觉眼角痒痒的。过了一会儿，我坐直身子，抹了抹脸，对着天上指："我要去坐那个！"

坐在摩天轮里面我犹豫了很久，还是什么都没有对绍凯说。我没有说的是，就在刚刚，他短暂消失的时候，他以最快的速度出现在我眼前的时候，我第一次在心里质疑了我与曲城间的感情。虽然我千般万般不愿承认，我也努力地想抛掉那种荒谬的感觉，可是它还是那么稳稳当当地在我的头脑中安营扎寨了。

如果此刻我回头去看，我和曲城的那短短的青春时光，算是爱么？算么？我曾经站在陈年面前，站在曲妈妈面前那么肯定说我们相爱，而此刻，为什么竟会尝试去否认呢？

转眼间，已经快要升到最高点，我伸手将绍凯拉到和我一边坐。"其实我之前和曲城也一起到过游乐园，我们也一起坐过这个，"我拉着他的手，"现在才告诉你，你不会生气吧。"

"我生气！"他看着我，坏坏地说，"我干脆从这儿跳下去得了。"

"那这样就不生气了吧。"我趁他还没反应，仰起头吻住他。

曲城，我在这一刻突然明白，就算你看得到，就算你看得到现在在相似的高度，相似的空间，相似的情景里和别人忘情接吻的我，也不会立刻生气地出现在我面前了。

我究竟，还执著什么呢？

第十八章　礼物

　　这一年的高考是在大雨中度过的，街上的每个人都在说，这是多少年来离城最大最久的雨。许多的家长都在抱怨路不好走，出租车不好打，雨声太大影响孩子听力等等。

　　高考前三天的时候我见过程弋哲，他已经放了温书假，只等着考试。他问我："你到底要不要和我一起去呢？"一副胜券在握的样子。

　　我说："如果你真考上了，我就和你去。"

　　结果在高考结束的那天，他就到我们的家里来，当众宣布他考上某某大学某个专业没问题。那天，大家一起帮他办了个庆祝会，没错，是所有人一起，包括绍凯。甚至小哲还把盈盈带来，盈盈也考完了试，据说也要比上一次好。大家在一起又是喝酒，又是大声唱歌，一整晚乱七八糟，好像每个人都喝多了，但其实谁都没有醉。

　　在那一晚，我心里清楚了，如绍凯所说，我对程弋哲完全没有感觉，在我的眼里他不过就是个小孩子。明白了这点之后，我突然有一点想开了。

　　"绍凯，"那一晚，我借着酒意对绍凯说，"如果有一天，我真的要离开你一段时间，你不要怪我。我保证，我回来之后就再也不会离开你了，这是最后一次。"

　　他默默看着我，伸手在我的刘海儿上揉了揉，轻轻地"嗯"了一声。

　　可是程弋哲来的那天我还是觉得太突然，是在高考结束后的第十九天，他拿着两张火车票过来对我说："都买好了哦，到那天我提前过来找你？"

　　绍凯从我背后走过去，拿过他手中的票，若无其事地看："是哪天啊？"

我低着头，手指按在眼角的泪腺上。

出发的那天，我还没睡醒，迷迷糊糊半睁开眼睛就看见绍凯蹲在地上往包里面装东西。他拿出的是我来时背的包，此刻他好像正想要把我的东西全部再装回去。"绍凯……"我下床蹲到他对面，握住他不想停止的手，"几点了？"

他不抬头，也没有躲过我的手："你这么贪睡，都快中午了，一会儿人家来了，你还要人家等么？"

"不着急啊，不是才中午么，"我企图将他拉起来，"先不要弄啦，我们出去吃饭好不好？"

"算了，你收拾收拾再去给我们做顿饭吧。"

我站在那里，看着蹲在地上低着头的他，我能够了解他现在正压抑着怎样庞大的情绪，因为我也一样。我回过身去叠被子，看见自己的手指不听话地颤抖，我想控制但是控制不住。

程弋哲拖着行李箱站在院子里时我们刚刚吃过饭，我正在洗碗。盛夏的阳光很刺眼，我看着他愣了一会儿居然不知道自己应该干什么。绍凯从我身后走过，手在我背上轻轻拍了一下，然后拉着我进屋去。我将繁盛的阳光全部关在门外，只有一扇小窗子的屋子即使是夏天的下午也是有些阴凉的。我倚着门，看着绍凯又把拉好的鼓鼓的包打开，然后逐一去拉抽屉和柜门。

"你想想自己还有没有什么东西放在我不知道的地方，"他把所有他觉得我用得着的东西统统放进了包里，然而这一间屋子的容量本就小得有限，除了衣服，绝大部分的用品我们都是共用的，他几乎就什么都没有了。

"差不多……就走吧。"

"其实我不用带那么多东西的，你看带那么多多重啊，我都快背不动了。你忘记我来这里的时候是怎么样的了么，我几乎什么都没带啊。"

绍凯笑："那不一样。"说完他把包拉好，提到离我近的这一边，却没有站起来只是等我去接。我站了好一会儿，才抬起手把包接过来，它沉得拖着我的胳膊往下坠，我只能使劲儿掐着带子才没有将它扔在地上。

"那……"我站在门口，企图用一种"我晚上还会回来"的语气说，"我走……"最后却还是越来越轻含在喉间，自己都听不清楚。就在我将手放在门把手上，侧过身准备打开门时，一只手伸过来几乎是拼命地将门合了起来，我听到门上嵌的玻璃发出好几声不满的"叮当"。

我知道我迟迟不肯转身，就是在等这个拥抱。从知道我要离开起一直保持着无所谓的缄默外表的绍凯，终于还是在我转身的前一秒冲过来把我箍在了他的怀里。我了解他,他一定会这么做。他用力地将我的头按在他的胸口,一时间整个世界里我只能听见他的心跳声。我握着书包带子的手指渐渐松动,最后还是把它放下了,我抬起手死死地抱住了他,就像从前的每一次拥抱一样。

"对不起,我不……"

"走了"两个字还没有说出口,他以最快的速度拉开门将我和我地上的包一起扔了出去,门闩插上的声音让我的眼泪疯狂地往下掉:"绍凯……你开开门……我还有话说,你开开门!"我拼命地砸门,可是他没有出声音,只是默默地将窗帘拉起来,彻底与我的世界隔绝。

我不清楚自己是怎样和程弋哲一起走出院子的,我一直乞求绍凯能开开门,至少能让我再看他一眼。我不知道我这一走要多久,我还有很多很多的话没有嘱咐他,我还想告诉他不要喝太多酒,烟能戒就戒,我想告诉他没有我也要记得自己烧开水喝,我还想告诉他哪件衣服是会褪色的,不要和其他的混在一起洗。

我还想告诉他,要不然,等我回来洗也行。

没有人送我出来,小哲和阿毛只是待在琴房里看着我,我觉得或许在他们的心里都认为我早晚会走。就连小喵,它都懂,它只是不明所以地跟了我几步,然后就回去了。它最后喵喵的两声叫唤,让我还在试图忍住的情绪突然崩溃起来。

"对不起,等一会儿……"

我叫住程弋哲,然后兀自蹲下去将自己团成团。顾不得他怎么想,也顾不得路人的眼光,我被胸口比我想象还要猛烈的痛楚击败了,那像是从身体上硬生生割下一块肉的感觉,最初只是惊惧,而当脑垂体中减缓疼痛的内啡肽慢慢用尽,那种根本不能碰触的疼痛开始让人无法承受。

"既然那么舍不得,为什么还要走呢?"我听见程弋哲近在咫尺地问我这个最不该他问的问题。我摇摇头,挣扎着站起来,说:"走吧。"

这次我没有回头一直一直朝前走,直到再也看不见那排老旧的房子。手中的包实在太沉,里面究竟装了什么我根本不知道,招手拦了一辆出租车坐进去我才把包打开看:衣服,拖鞋,洗漱用品,杯子……我所有依赖的东西他通通都给我装了起来,最后我从里面的拉链里找出了一张银行卡和一张字条。

"我把你之前那张卡里面的钱全部转到了这里面,加上我平时存下的,现在里面的钱虽然还是不够多,但应该够你在外面生活一段时间。这本来就是为了娶你而留下的钱，这是我最后能为你做的了。"

我抱着那个包，一路像只兔子一样到了火车站，然后再一路像兔子一样离开了离城的天空。

于是，在我一直只懂得哭泣，不懂得发现的眼睛里，没有看到在我转身离开的时候，有人在我背后的墙上画了一个白色的圈，中间写着有些肃杀的"拆"字。

这一段比我想象漫长的旅程，二十个小时的火车，要在火车上过一夜，然后晚上下车，这让我恍恍惚惚想起了我和绍凯一起到离城的那个晚上。那一夜我的心虽然就像火车震动的频率一样上下摇摆不定，但却莫名其妙地睡着了。而这个夜晚我趴在过道的小桌板上，看着外面漆黑一片的夜，怎样都睡不着。

在我离开他之后，我才终于肯对自己承认，我是这么依赖他。算一算，我离开他才几个小时，可几个小时实在太长了，我从离他怀抱的那一刻就已经开始想念他了。

他不会陪我在这个列车里了，不会因为担心我而和别人换床位了，不会在我随时叫他名字的时候迷迷糊糊地回答我了。现在已经是深夜了，我想知道，绍凯，他睡了么？

然而，在我想念的另一边，是我看不见的我生活了多年的老旧院落。晚上，他们赶走了一批不速之客后就各自回了房间。每个人心里都清楚，少了一个人的转变是多么难以适应，那是一个不知道该用什么去填补的洞。

绍凯将自己锁在屋子里，时间已经是十一点，事实上从下午开始他感觉自己的意识就恍恍惚惚一直到现在都无法缓解。他面对着空白的墙壁和空荡荡的床，居然不知道此刻自己应该做什么。就在前一晚，他的身边还有另一个呼吸的存在，而此时那个人却不知道已经离开他多远。

想到这儿，他回过头去看仍摆在原位的两只枕头，一只上面还沾着一根长长的头发。他将它捡起来，小心翼翼地缠在手指上，一圈一圈收紧，直到它再也承受不住，干脆地断成两截。

他打开门冲出去。这个房间，此刻他一分钟也待不下去。

下了火车，程弋哲居然可以直接找到住所。他在出发前查好了线路，订好了计划，联系好了住所。我看着他有条不紊，一点儿也不慌张的样子，真的不觉得这是个刚满了十八岁的孩子。我的十八岁，对生活还是一无所知，

第十八章　礼物　231
带着对感情最初的懵懂与偏执，自以为好地向前走，却不料掉入了黑洞。

　　一座西部边陲城市，人口稀少，视野开阔。现代的东西少，而旧的东西多。但是，二十个小时没有合眼，再加上情绪不稳定带来的负荷，让身体极度疲乏。我无心看一路的风景，只想快些找到床睡去。第二天清晨，我是被喉咙疼醒的，我起床喝了很多水，还是感觉像是有沙子含在里面磨得难受。

　　这个地方太热太干燥，白天一路上我都需要不断地喝水，但在旅途中喝水又很容易带来不便。幸好我们没有跟着什么旅行团，没有时间的限制，偶尔还可以混在别人的团队后面偷听。无论在什么时候，我似乎都是受照顾的对象，我也尝试着想去照顾别人，可每每都弄得更乱。在长途车上，程弋哲坐我旁边，我们的交谈始终不多，总是想起来就零星地搭几句话。没有人用奇怪的神色打量我们，因为我们在其他人眼里理所应当的是一对姐弟。我不得不承认，我已经不能再跟年轻的小孩儿比。

　　"我问你，你为什么要我陪你来，你不是应该有很多的同学朋友么？"

　　"其实我爸始终不放心我一个人出这么远的门，和一个年龄大一些的人一起他比较安心。"

　　"那他就放心我啊，他都不认识我，"我觉得他这理由很莫名其妙，"怎么就不怕我把你带坏，或者把你拐走？"

　　"他见过你的。你记不记得有一天下雪，你在我家楼下。那天我爸在阳台看见你了，他本来叫你上去的，可你非不上去。我爸其实比一般家长开明，他说他当年也是一个人什么都没有到了离城，后来立业成家。他说他看你第一眼就觉得你这人没坏心，说这么年轻一个人在外面不容易。所以后来我去你们那儿，他都不管了。"

　　"你爸爸……"我把头转向窗外，第一次看见延绵的沙漠，"可真像我爸爸。"

　　"你们多久没见了？"

　　我仔细回想了一下，摇摇头苦笑："我都记不清了。"

　　"你想他么？"

　　在沙漠中央突然闪现的碧绿湖泊让车上的人们都同时发出欢呼的声音，我凝视着它在太阳底下发出的光，听见自己说："想。"

　　在这里五天，从稍大一点儿的城市兜兜转转到小的县城，程弋哲带着相机，但我不允许他拍我。这是个人文历史浓厚的地方，仿佛每块土地都能讲出故事，偶尔程弋哲也能搬出几个典故讲给我听，可我却拿不出丁点儿东西与他分享。我无可奈何地对他说："你说我以后要怎么教育我的孩子啊，一个一无是处，不学无术，人生失败的妈妈。"

第六天的早上，我下床的一瞬间突然感到天旋地转，我强忍着冲到厕所，却只是干呕，吐不出东西。事实上，刚到这里的时候我就感觉身体有些不舒服，可是我只当是情绪不稳定，再加上疲惫，却没想到几天都不见好转。正巧这时旁边房间的程弋哲过来敲门，我帮他开了门，就又跑到厕所吐。

"你怎么了？"他看到我的样子吓了一跳，"你是不是水土不服？"

我漱了漱口，顺便看了眼镜子里面自己的脸。水土不服？我什么时候变这么脆弱了？我笑道："没事，我记得这附近就有医院，你不用跟我去，我自己去就行。"

在去往医院的路上，我的心里隐隐地就预料到我怎么了，那是一种预感，如果说第一次我没有经验，那么这次那种感应真的很强烈。可是当医生坐在我对面，拿着我的化验单对我说"你怀孕了"的时候，我还是忍不住用手捂住了嘴红了眼眶。

或许是我的反应看起来不像是高兴，医生非常明了地问我："是生还是打掉？"

我没有说话。

"其实像你这个年龄生孩子是最好的，对大人也好，对孩子也好。毕竟是条生命，如果结婚了还是考虑留下。"说着她的眼睛看向我放在桌子上的手，"当然，医院尊重您个人意愿。"

我没有听她在讲什么，我也在盯着我自己的手指看，总觉得好像少了什么。等我终于反应过来少了什么，我站起来发疯一样冲了出去。身后的医生被吓了一跳，忙说："小心点！"

我的戒指……不见了。

昨晚睡觉前我还看见它，我清清楚楚地记得它就在我左手的无名指上面，我是摸着它睡着的。可为什么现在它不见了，最恐怖的是我根本想不到我可能将它掉在哪里。如果是半路呢，如果是车上呢，我越想越绝望，坐在路边哭起来。

"你坐在这儿干什么啊？"仍不放心我一个人的程弋哲看着我跑出医院，又摇摇晃晃坐到路边，赶忙追过来，"怎么了？"

"我怀孕了……"

"啊？真的？"

"你有没有看见我的戒指，我找不到了，我昨天晚上还看见它，刚刚却发现不见了。"那个东西很长时间以来一直套在我的手指上，洗澡也没摘下来过，久而久之我几乎要忽略了它的存在。可自从到了这里，我开始把它当做慰藉，我必须每天看着它。此刻它突然不见了，我才明白它在我心里是多么重要，"你帮我找好不好，你帮我找……"

"戒指？是不是这个？"程弋哲摊开手心，里面静静躺着一枚很普通很普通的戒环，"我在你床上看到的。"

几乎是把它抢到手里，死死地握紧，任凭它在掌心硌出一个圆环的印子，"谢谢你……谢谢，这是绍凯唯一留给我的，这是他给我的……"

"孩子不也是么？"

我被他随意的一句话碰触到某根神经，连哭都忘记了。

"我想一个人找一个地方待一会儿，你可以自己去玩儿，不用管我。"我对程弋哲说，"我认得旅馆，我傍晚就会回去的。"

"那把这个给你吧，如果我回到旅馆你还没回去，我给这个号码打电话。"他把他的手机留给了我，很久之前他就曾经用不可思议的语气问："你们到底是不是地球人，居然可以不用手机。"当时我回答了什么呢，好像只是笑笑。

为什么不回答他，那是因为我觉得，我们根本不会分开。

我并没有走很远，只是找了一个安静的小店，买了杯饮料发起了呆。自从知道肚子里有了孩子，我连走路都条件反射一般开始小心翼翼起来，我甚至想折返回去问问医生我这两天有吃晕车药对孩子会不会有影响。我知道，我没有一刻动过要杀死他的心，我比任何人都爱他。

只是我的孩子都遗传他爸爸的淘气，总是在我和爸爸分开的时候让我知道他的存在。可，那又有什么关系呢，妈妈仍然是妈妈，爸爸仍然是爸爸。

我所担心的只是我到底有没有资格当妈妈，我能不能让我的孩子快乐健康地长大。我是个没有妈妈的人，我都不知道妈妈要怎样对自己的孩子，孩子淘气的时候要怎么教育，孩子委屈的时候要怎么开导，孩子病了要怎么照顾。我的人生不是一个好的范本，我很怕我没有可以给我们的孩子的东西。我在午后时分趴在洒满阳光的桌子上，竟然越想越害怕。

然后我想到了绍凯，这些日子我没有一天不在想他，吃饭的时候想他有没有在吃饭，睡觉的时候想他有没有在想我。如果他现在在我身边，他知道了我有孩子了会是什么样的反应呢？他一定会兴奋得把我抱起来转一圈，然后从此勒令我什么事都不要做，老实待着。上次流产的事情在他的心里一直是个结，他现在如果知道我又有了孩子，该多么高兴啊。然后呢，然后我可以对他讲我的烦恼么，讲了他一定会掐我的鼻子说"傻妞儿不许胡思乱想"吧。

孩子，你现在一定很想见见爸爸吧。妈妈，也很想啊。

　　我回到旅馆时程弋哲还没有回来，他游玩一直都很认真。我倚在床上把手指张开摆在眼前，仔细观察，得出结论是因为我又瘦了，戒指才会掉落。想到这儿我又出去买了很多的吃的。

　　我想，也许过不了多久我就会害口很严重了，像妈妈怀我的时候一样，所以我现在应该快些多吃东西才好。

　　那天晚上，程弋哲过来找我聊天时，我正窝在床上吃东西，他笑着说："从我认识你，就没看见过你这么开心地吃东西。"

　　"我开心么？"

　　他一脸不屑的表情，明摆着说我明知故问。

　　我将我一下午想的事情都说给他听了，在我们相处的过程中我没有一刻是拿他当一个小孩子。很多的时候，他能够给我最犀利的警醒。可是，这次当我一口气说完一大堆话，他半天才说了一句话，却让我一天当中最后一次红了眼睛。

　　曲城。曲城。曲城。我确定在那一瞬间我是听到你在说——

　　"回去吧，回去找他吧。"

　　心中一阵天翻地覆，地震一般地剧烈摇晃之后，一切都是全新的。全新的世界，天，海，土地，以及人。

　　我陪程弋哲到他的旅途结束，八天，然后我们在火车站分别。他说他的钱还够用，想借这个机会再去临近的城市玩两天，我只能对他说注意安全。我看着他上车，然后对他挥手说再见了。

　　我相信这个孩子会有美好的未来，他健康，聪明，有活力，有梦想。遇见我，这个人生小小的插曲，不会对他造成什么干扰。这样就好了。

　　而我，从这里，直接回家。

　　回安城。我最初的家。

　　火车出现在眼前的时候，我闭上眼睛对肚子里的孩子说："有你陪着妈妈，我什么都不怕。"

　　我在时隔这么久之后，竟然选择在这片陌生的土地踏上归途，有这样的勇气或许真的只是，我终于不再是一个人了。

　　爸爸，等我回家。

　　曲城，好久，不见了。

　　我回到安城的时候是我离开绍凯的整整第十天，时间过得居然如此的快。但是安城还是没有变，它的火车站还是老样子，天桥，街道，包括出租车的颜色。它让我觉得时间在这里凝固，我只是早上背着书包出门，晚上回家而已。

可是，仍然还是有不同的地方，最大的不同就是我的新鲜感。在之前我是多么厌恶安城的千篇一律，厌恶它的缓慢，厌恶它的不够横平竖直的街道，厌恶它到处可见的小店。但现在我竟觉得这一切都很美好，我也急着要找一家看起来最干净的店点儿东西了。

当我找到一家店吃完饭，天已经黑了，我想了想决定先找旅馆寄宿一晚，虽然家已经近在咫尺，可我还需要时间准备一下。而且，这么长时间的火车，孩子一定已经很累了。第二天醒来的时候已经日上三竿，这大概是我很长一段时间来睡得最好的一个觉，起床的时候还是有想要呕吐的感觉，我趴在水池边忍了一会儿，然后迅速地刷牙洗脸退了房。我先去了我的初中学校，我到门口的时候学生们正在做广播体操，我把手放在大门上看着他们懒得连胳膊都不抬一下，觉得特别好笑。十几岁的他们穿着统一的校服，看起来好小。原来曾经自以为长大的我，在真正的大人面前也是这么的幼稚，让人都不忍心揭穿的幼稚。我第二站去了我的职专和曲城的高中，那家我们常吃的店已经不知何时易了主，现在的招牌样式和名字都很新颖，应该是时下比较流行的，为了拉拢学生吧。我笑笑，丧失了进去的冲动。最后，我站在了那个公园的对面。

起初我还不确定自己有没有勇气走过去，所以我刻意在距离它很远的地方过了马路到了街对面，可是没走多久我就发现那里已经没有了我怕的东西。曾经的公园现在是尘土飞扬的施工地，土都被翻出来，堆成一堆一堆。门口挂着的横幅上写着——地铁三号线。我最好的与最可怕的回忆全部都被掩埋了起来，在不久之后它会变成许多人途中必经的一站，就算曾在很多年前目睹这个公园里昏倒的男孩和哭泣的女孩的人再从这里经过，也未必可以回忆得起来吧。

但是，我还可以记得那是哪个位置，我站在街对面注视着我看不到的那个地方，决定在地铁通车后，来坐一趟。

在下午三点五十分的时候，我站在街边扬手拦下了一辆出租车，我让他听我的指挥朝前开，因为我不记得那个地方具体叫什么。司机一定不知道，在他之前我放过了一辆又一辆空车，我站在路边犹豫了整整二十分钟，最后才选择抬起手。向前，左转，一直，左转，一直，靠边停，谢天谢地眼前的房子还和从前一模一样，可是里面住的人呢？

　　我站在楼下，又犹豫了十分钟，终于一鼓作气跑进去，按响了——曲城家的门铃。

　　我一直都记得，曲城第一次带受伤的我回他家就是这般情景，他果断从容地按了门铃，不许我逃脱。如果没有那次，或许我们还不会那么快地相识。正在我陷在回忆里时，门像当时一样快速地打开，我默默地看着面前熟悉又陌生的中年女人，她头发白了一半，明显比之前老了很多。但她还是我见过的最漂亮的妈妈。

　　"你……"她第一眼就认出了我，我看见她眼睛深处瞬间涌起了复杂的情绪，于是她张了张嘴，什么都没有说出来。

　　"阿姨，对不起，我来得太晚了。"

　　"你别这样，你先进来，"我突然跪到地上，让她终于从震惊中苏醒过来，她使劲地拉我，想要把我拉起来，"孩子，你起来，我不需要你这样。"

　　"阿姨，这是我必须做的，您就让我做完吧。"这时候，听见说话声曲城的爸爸也走了过来，看见跪在门口的我也是诧异到合不拢嘴。我慢慢地将头磕在地上："叔叔阿姨，对不起。"

　　"孩子，起来，进来吧。"曲爸爸平静地说。

　　在曲城离开后，我没有想过我有朝一日会再站在这个房子里，面对眼前的两个人。可是现在我真的选择这样做了，却发现这并不难。在来之前我甚至做好了会挨打的准备，却没想到曲妈妈只是让我进屋坐下，给我倒了一杯水。

　　很长的一段时间彼此都不知道要怎样开口，我根本不乞求他们原谅我，我抬起头就看见了墙上和桌子上曲城的照片，但奇怪的是我的心竟然不似想象那般难以控制。

　　"你这些年，过得好么？"曲妈妈开口问出这句话，我居然不敢相信，直到她又说一遍："你在哪里？过得好么？"

　　"您不怪我了么……"

　　她低下头，咬着下唇笑了一下，她边笑边摇头，眼睛里却还是渐渐地有了血丝："要说怪，刚开始的时候确实怪，那时候在医院我真恨不得让你去给我儿子偿命。尤其后来，他的葬礼你居然没出现。可是当这个家只剩我和他爸两个人之后，我冷静下来才觉得不能怪你，我儿子的身体我是清楚的，他有这一天也是早晚的事情，唉，谁没有这天呢，只是他实在早了些……让我和他爸还要熬这么多年……"她终于说不下去，呜呜地哭泣起来。

　　我的眼泪在她说到一半时就已经流了出来，我僵僵地伸出手想要去握她的手，却停在半空，不知道该如何降落。

"行了行了，都这么多年了，你还说这些干什么呢。"曲爸爸走过去拍了拍老伴儿的背，我注意到他也背过身去抹掉了泪，"这些年，你也没少念叨她，既然她回来了，就好好说说话吧。"说完他转过头来看我，一字一顿地对我说。"其实这几年，我们都挺担心你的。"

"后来我打听到了你家，去找你，"曲妈妈强忍着哽咽，将脸从手掌中抬起来，"可你爸爸说你不见了，他给我看你留下的字条，当时我都吓死了。这些年我总睡不好，半夜突然就惊醒过来，我总怕你出事。睡不着的时候我就想，那天在医院对你那个样子，万一你要是想不开该怎么办。我死了以后拿什么脸去见我儿子……"

"阿姨，您别说了，我没怪过您。"我再也忍不住跑过去蹲在她膝前，我看见自己的眼泪落在她手指的纹路里，她轻轻颤抖了一下，伸手擦了擦我的眼泪："好了，孩子，我们都不哭了，都不哭了。你和我说说，你这些年究竟去哪儿了，过得怎样的日子。"

我对曲城的爸妈说了我在离城的所有，我把我脑袋里能够想到的全盘托出，我讲了绍凯，最后也说了我肚子里的孩子。当她听见我说我有了孩子，立刻责怪我不注意身体，既然有了孩子刚才为什么要跪，地上那么凉。"听到你这么说，我就放心了……放心了，"她竟拉着我的手轻轻地拍，"其实我一直怕你……唉，我总算放心了。"

她想说的我清楚，她最担心的，也是我一直都以为自己肯定会有的结局。那就是，丧失爱的能力。

"你……要不要去跟他说说话？"也许是害怕寂静再一次蔓延，曲爸爸试探性地问我。我抬起头，就看见墙上挂着的黑白照片。十六岁。曲城的脸。

曲妈妈和曲爸爸一起进了屋子，只留下我单独和曲城的照片面对面。我站得离他很近，一伸手就能够摸得到他的脸。我对他的容貌一直记得清楚，所以我才会在第一次看见程弋哲时无法冷静。但是我忘记了，程弋哲像的或许只是现在我面前的，十几岁时的曲城。而我心里的曲城也只是留在了十几岁，他再也没办法改变。可我却变了。

"我回来了，"我注视着他年轻的脸，却不再幻想现在的自己还是从前的自己，"你看，你还这么年轻，我都老了。"

"我应该早点回来看你的，对不起，我当时临阵脱逃，没有去找你。你会怪我么？"

"你不会，我知道。对了，我要告诉你一件事，我要当妈妈了，等宝宝生下来，我会带他来看你的。"

"曲城，如果有来世的话，如果真的有来世，我们再见吧。好么？"

指尖轻轻碰触封在相框里面的他的脸颊，眼睛，感觉到的却只是玻璃生冷的凉。我终于在心里告诉自己，他不会回来了，但却感觉心内一直存在的空洞开始一点点被填满。或许，十八岁的陈梦也已经被我封存在了心底，她活在那个叫做过去的隔段里面，和十八岁的曲城仍然过着只有青春的时光。

而活在当下的我，是个应该努力坚强的妻子，妈妈，还有，女儿。

我临走的时候曲爸爸曲妈妈一直留我吃晚饭，可我觉得我该回去看看陈年了，我在外面那么久，现在再没有不回家的理由。"叔叔阿姨，如果我结婚的话，你们会来么？"我站在门外，小心翼翼地问。

"我们去，我们当然去，"曲妈妈再次拉过我的手，"其实那时候我真的都快要把你当成我家一员了……"

"阿姨，其实我一直都有个愿望，能够叫您一声妈妈。我也不敢说什么报答或是补偿，如果您和叔叔不嫌弃的话，等我的孩子生出来，能不能认您们当外公外婆呢？"

"好，真好，是吧，"曲妈妈高兴地拉着曲爸爸对我说，"等孩子生出来一定要抱过来给我们看。"

最后，我从包里将曲城的 CD 机掏出来："这个是曲城的，我当时私自把它留下了，现在，该还了。"

走出曲城家时天色已经有一些暗了，我向前走了几步，又回过头看了看那扇亮着黄色灯火的窗口。我伸出手，对着空气挥了挥。

再见了。再见。

站在家门口时天已经彻底黑下来，我敲了好几下门，生怕陈年不在。不一会儿我听见由远而近的脚步声，屋子里的灯光一点点照进我的瞳孔。

"爸，我回来了。"

家里的摆设还和我走时一模一样。我看了我的屋子，床单和窗台都干干净净，我想到陈年在我不在的时候帮我整理房间，就一阵阵心酸。为什么从前都不会有这样的感觉，从前的我总是把陈年对我的忍让包容当做理所应当，但仔细想想，这世上在曲城与绍凯没有出现前，只有陈年给过我爱与安稳。而且，我知道，他的爱一如既往，从来都没有变过。就好像此时摆在我眼前的饭菜，都是我从前最喜欢吃，也很多年没吃过的了。

我夹了一口放进嘴里，熟悉的感觉让我喉咙突然哽咽起来，顺带开始想吐。我跑进厕所吐完，对外面担心的陈年说："爸，没事，我是怀孕了。"

我看到有一束光出现在他苍老的眼眸深处，越来越亮，仿佛星辰完整呈现在夜幕中的过程。

"爸，有个问题我一直都想问，您先去坐，我洗碗很快的。"晚饭过后，我拦住了要去洗碗的陈年，这些事今后都可以交给我来做了。

等我洗完碗筷回到客厅，陈年先一步开口："想问什么就问吧。"

"爸，妈妈走之后，你难过么？"

"当然难过。"

"那你花了多久才从这种难过里走出来呢？"

他低头笑了一下，眼角的皱纹又加深了一些："其实就在你问出这个问题时，我还是难过了一下。"

"这就是你再没有组建家庭的原因么？"

"不是，"他立刻斩钉截铁地否认了，"原因是你。梦梦，你从小就是个比谁心都软的孩子，让你接受一个人其实很容易。可是你又比谁都敏感，一点小事在你心里都能放大无数倍。你妈妈生下你，却没来得及看你一眼，教你一些东西，我这个当爸的有些话又不知道合不合适讲，所以让你感觉像是一个人很孤独地长大。你需要的不只是一点点爱，而是源源不断的，而我无法保证有哪一个人愿意一直视别人的孩子为己出。"

我默默地低着头看着自己不自觉放在小腹上的手，已经不知道该开口说些什么。似乎从这个小生命在这样关键的时刻来到我身体中的那刻起，我突然一下子明白了很多之前一直看不透的东西。比如付出，原来这个世界并不是只有掏心掏肺，倾囊而出非要全世界见证的那一种付出方式。

陈年见我不说话，喝了一口水继续说："梦梦，我知道你想问什么，你想问究竟该怎样真正的放下，是不是？"

我点头。

"其实知道那个孩子走了的事之后我也很惋惜，那么好的一个孩子，人生都还没来得及开始就结束了。所以那个时候我没有去阻止你做任何选择，你选择不去学校报到，选择不回家来，我虽然担心，但是我没办法逼你。因为我知道假如那个时候我再强迫你去做其他事，你就真的对这个世界绝望了。可是我没想到的是你最后会选择离开，我有好几次都走到公安局门口又折返回来，我总有感觉你有一天会回来。"

"其实现在回想起来，我都不知道那段时间我是怎么熬过来的。多亏了绍凯，幸好他在我身边。爸，我遇到了一个好人，他让我活了下来。"

"我要谢谢他……"陈年说到这儿情绪好像有些激动，他伸出手想要覆在我的手上，可是却在中途硬生生停住，和我对曲城妈妈的动作一模一样。我看着他，这个一直没有享过儿女之情的父亲，他的小心在这一刻让我那么心疼，我第一次主动伸过手握住了他满是褶皱的手。他声音有一些颤抖："谢谢他，把我女儿这么好地送回我身边。"

"可是我伤了他的心，我还是选择把他一个人留在那儿。爸，我不知道他还在不在等我回去。"

"梦梦，当我们很爱一个人的时候我们眼睛里就只看得到他，我们自然而然地认为自己这辈子除了他不会再爱任何人了。他是天，他是整个世界，当他离开了，就是整个世界的毁灭。可是生活本身还是残酷的，终成眷属，长相厮守存在，却达不到百分百的比例。你仔细去观察我们身边的人，有几个是真的和自己第一个最爱的人在一起生活的呢。虽然无奈，但这是现实。梦梦，你做错了的，是你一直试图去忘记这段真实发生过的感情。但是倘若你们真的爱了，那么轰轰烈烈，那么有信心，你怎么可能忘得掉呢？其实死亡并不代表彻底的消失，只要记得他的人还活着，还在念着他，他就是存在的。你懂么？"

"爸，刚才我去曲城家了，我向他的爸爸妈妈乞求原谅，我没想过他们真的可以原谅我。从曲城家出来之后我想了很多，在离城的时候我一直觉得我无法面对曲城，我不能看见他的脸，可当我真正看见他的照片，我才发现，我确实还爱着他，但是是十几岁的我还爱着他。"

"你应该做的是记得他，记得他的好，将他与你们的曾经放在心里的一个角落。这不是三心二意，这只是诚实和坦然，你会慢慢觉得他像是一直活在你的身边，他不会干扰你的生活，反而会让你更有勇气生活。"

我想我懂得陈年对我说的话，我想我终于彻底地懂了。既然曲城在我心里是永远都无法抹去的，那么我何不用力地记牢他，记住我们曾在一起不够成熟却仍肯定是爱的时光。

时间会保佑我们每一个人。

"爸，我在家里陪你一些日子，然后我还要回离城去。我要把绍凯带回家来。"

曲城，我真诚地期望能够有来生，来生我一定还要遇见你，你不许再中途跑掉。可这辈子，我已经决定要和绍凯，和我们的孩子一起终此余生了。

第十九章　等你回家

孩子：

　　我知道我这个举动很傻，将来当你能看懂这封信，一定不能理解我现在的想法和心情。可是我就是迫不及待地想对你说话，还有十几个小时你就能看见爸爸了，之后，估计他很难会让你和妈妈有独处的时光，所以，现在我有些话一定要对你讲。

　　在你将来的人生里会有几个很重要的人，一个是你的外公，他是一个非常有智慧的人，将来他一定会教你很多在老师那里学不到的人生哲理，你一定要听。嗯，其实妈妈也知道，老人说话习惯啰唆，有些时候会觉得很烦，但是陈年不会，这个你放心。妈妈小时候从来都不听他的话，于是走了很多的弯路，虽然现在的我有你和爸爸也并不是不幸福，但是我不希望你也受这么多的苦。

　　下面一个人就是你的爸爸，他……他或许不是个太温柔的爸爸，如果你是女孩子还好，如果你是男孩子，也许他会对你很凶也说不定。但是你别怕，爸爸一定是这个世界上最爱你的人，他一定会像爱妈妈一样爱你，妈妈一直都觉得能够享受到他的爱的人是世界上最幸福的。宝贝，你真有福气。他或许和妈妈一样，不能教你很多东西，但是你只要学会爸爸的善良和勇敢就够了。对了，爸爸可以教你弹琴，爸爸弹琴很好听。

　　嗯……接下来我要说的这个人，你不会见到他，他是妈妈生命里很重要很重要的一个人，虽然他已经不在了。妈妈和他的故事，等你长大了，能够懂得了，我会讲给你听的。他是非常漂亮的男孩儿，真的，妈妈不骗你，如果你是女孩子，你的十六岁，一定会爱上他这样的少年。他叫曲城，你要记得他的名字。还有他的爸爸妈妈，也就是你的干外公干外婆，他们都是最好最善良的人，当你看过了更多形形色色的人之后，你会发现能够像他们一样待人，真是太难得了。如果将来你不孝顺他们，我饶不了你。

剩下，就是我了。你现在能够感觉到我么？我叫陈梦，是你的妈妈。该怎么说呢，我不知道能够教你什么有用的东西，毕竟我也是摸爬滚打着长大，而且一直到现在还依赖着你的爸爸对我的宠爱。是你让妈妈变坚强，所以，我也会更加坚强地生下你，爱你。相信我。

宝贝，你千万要健健康康地与我见面，我等你。

爱你的妈妈

我在家平静地过了半个月，这半个月来我努力地适应一个正常的女儿与父亲的交流与相处，虽然有一些刻意与别扭，但是渐渐地还是有一种类似于温馨的东西滋长出来。起初的一两天，陈年早上起床看见桌子上我做好了的早餐会愣上几秒，而后来他渐渐习惯，开始嘱咐我多睡对孩子有好处。

没有想过居然有一天我会眷恋这样的生活，我私自作了一个决定，等把绍凯找回来，我们就住在家里，和陈年一起住。其实我很清楚绍凯一定会答应，他一直是个嘴硬心软的人，尤其他对"爸爸"这个词有着那么复杂的感情。

我希望给我们的孩子一个最完整的家的同时，我也希望能够给绍凯这个大孩子一个家。

现在我坐在去离城的火车上，这情景简直像是时光倒流。我甚至会感觉，一会儿绍凯就会跑过来了。可是情景一样，心情却不一样，我的心里没有一丝对未来的困惑与无望，我只盼快点儿到快点儿到。我是多么的想念他啊，转眼间，我离开他都有一个月了。

我从家里带出了我从前的手机，充好电还可以用，然后我又去营业厅买了一张卡。我将离开离城时带在身上的孙亦的号码输进了手机里以备不时之需，但我没有打，我想要给绍凯一个惊喜，弥补我离开时他的心痛。

我躺在火车的卧铺上一遍一遍地想：绍凯，等我回来。

因为激动，我一秒钟都没有睡，下火车时困得有点睁不开眼了。我强打起精神，在火车站的洗手间用凉水洗了把脸，然后随着人流走出离城站。远远我就看见了那个我有阴影的天桥，我穿过它的时候每步都小心翼翼，直到下了最后一节台阶才舒了一口气。绍凯给我的钱除了路费之外并没有用多少，我打算把它扔还给他，问他还想不想用这个娶我。想到这儿，我就想笑。

打车回家的路上我把手放在肚子上，小声问宝宝："你紧张么？"司机回过头来笑着问我："怀孕了啊？"

"嗯。"

"恭喜啊。"

"谢谢。"

宝宝，每个人都在祝福你的到来，一定也包括爸爸，对吧。

可是司机却在没和我打招呼的情况下就在离家还有些距离的地方停下了车，我不明所以地看着他，他回过头抱歉地说："前面太难开了，车子进去就不好绕出来，没办法。"

我知道，这附近的路是有些窄和曲拐，往来的车很少，可是从没有过出租车说过不去的情况。但是我也不想耽误时间与他争辩什么，付了钱就下了车。反正我的身体还不算笨重，虽然自己能感觉到是胖了些，但是外人还是不怎么能看出肚子的。趁阳光好，走一走，顺便看一看附近这些景色吧。再离开离城，就不知何年何月会回来，回来也是看朋友吧。

我一路都没有看出什么变化，直到走到"城池"的外面，如果不是我对它太过熟悉，我甚至都不能肯定那是它。牌子已经被摘下来，许多工人正往外搬东西，我正要进去就看见老板走出来，看见我不免愣了一下："你怎么在这儿？"

"这里怎么了？装修么？"

"关了。"

"为什么？"我脱口而出，"这里对你的意义……"

"我想开了。这就是一间酒吧而已，那些，都是自欺欺人罢了。干了这么久，累了，想先歇一歇了。"

我无话可说，他说得对，守着空城的人都是自欺欺人。想开，是迟早的事，我不也一样么？"那正好我回来了，否则我都见不到这里最后一面了。"

"你们走了？怪不得这一段时间都没看见你们这帮孩子。"

我笑："不是，是我自己走的，事情说来很复杂，改天有时间说给你听。"

老板听完倒没有对我想说的故事感兴趣，他皱了皱眉头，问："你的意思是，你自己走了，现在又回来？你这段时间和这边联系过吗？"

我摇头。

"快点过去看看吧，"他拍了拍我的肩膀，示意我快点，再快点，"这周围全部被开发商买下来，这个月必须拆完，据说前面那部分平房都已经拆完了。你快点儿回去，看看还来不来得及。"

当我捂着嘴，跑到我记忆里最熟悉的家门口时，面前的景象让我呆如兵马俑。灰土满天，几辆吊车与推土车正在工作。哪里还有房子，能看到的只是还来不及清理的断壁残骸。

绍凯，你真的不等我了么？

"喂，孙亦，我是陈梦。"

"陈梦？"电话那边的语气满满的不敢置信，"你在哪儿？"

"我在以前的家门口，可是……他们呢？"

他沉默了一下，我听见他叹气的声音："陈梦，你真回来了。"

"他们呢？"

"你先别着急，别哭行不行，"他给我念了一个地址，"你走了这么久，也不是一句两句说得清的，你来我家吧。"

孙亦告诉我，就在我走的那天晚上拆迁办就去找了他们，当时绍凯正在火头上，对人家的态度特别不好。几乎可以说是把人家轰出去。可是，那块地人家已经买下了，房子肯定是要拆，他的爸爸是房子的所有人也答应了拆，他也没办法。他都给绍凯他们找好了新的住所，可没想到绍凯就是不走。

"陈梦，你走之后我们都以为你不会回来了，真的。"孙亦两只手紧紧握在一起，我看出他在紧张，他一定有更要紧的事没对我说，"可当时绍凯像着了魔一样，他一口咬定你还会回来，谁劝都没用。他说你没有联系方式，你回来一定会回家找他，所以他死也不能走。"

"这个笨蛋……"我摇摇头，不知道是该哭该笑。

"后来，拆迁办强拆，绍凯非要拦人家，最后打起来。我赶过去时已经晚了，他们仨都伤得不轻。"

我脑袋"嗡"的一下，开始发麻了："他现在在哪儿啊……他在哪儿？你快说啊！"

"他伤得最重，左手小臂骨折了。不过你别担心，也去医院了，石膏都上上了，医生也说没什么大事。可怪就怪谁也没看好他，他就在医院待了两天就自己出院了，到现在我们都在找他，可是还是找不到。"孙亦看着我，脸上都是深深的懊恼，"你清楚绍凯的脾气，唉，我真是想不出来他能去哪儿，我也担心他再冲动做出点什么事……"

"不会的，不会的，绍凯会回来的，他一定会回来的。"

"陈梦，我真搞不懂你们俩，明明对对方都有感情，为什么还这么折腾来折腾去？"

我想说话，可最后什么也没说出来，我亲了亲手指上的戒指，笑着摇了摇头。

或许正是因为这一路太过不平坦，才让我们都知道了对对方的爱。就像一个高不可攀的梦想，你非要历尽艰险，才有资格对全世界说，它对你是多么重要。

"孙亦，帮我在从前的家附近找一处房子，小一点破一点都无所谓。我有感觉，绍凯就在周围。如果你们比我先找到他，告诉他，我和孩子，一直等他回家。"

等待是对一个人最大的考验，你为我试过了，现在我要为你试一试。你将我从噩梦中领了出来，现在换我伸出手，给你你想要的美梦。

绍凯，我和孩子，等你回家。

我相信绍凯一定会回来这个地方。

就如同这次临出发前陈年对我说，他之所以不担心我，是因为他知道鸟儿飞得再高再远，累了倦了，还是要回家的。所以一定要有一个人守在最初的门口，等待着说出那句——

你回来啦！

后记　陪你走过换季

【壹】

当你们终于看完最后一个并不意味着终结的句号，看到的是已经等在这里很久的我。坦率地说，现在的我前所未有地觉得轻松，因为对一个作者而言，真的没有什么比"终于可以写后记"了这件事更加令人愉快。但奇怪的是，当我终于可以从故事中出来，以自己的名义说些什么，却感觉到巨大的词穷。

今年冬天，我过完了二十岁生日，在二十岁生日来临前我完成了生命里第一部长篇小说，它是我挥别过去时光，挥别青春最好的礼物，我也一直以为它最终只会成为我的私藏，作为老去之后回顾曾经的佐证。所以，一直到现在对着电脑敲打这篇后记，我才敢相信，有一天，它会被你们捧在手上。

无论是从前还是现在，我都是人群中最平凡的一个。然而在十几岁的许多重要关卡上我也像很多叛逆少年一样拼命努力着想要做个不平凡的人，再然后，是文字让我变得平静。或者说，是梦想让我变得平静。刚入大学的那个冬天，面对着陌生的环境，不健全的硬件设施，完全不感兴趣的专业，我烦躁异常。于是，在某堂昏昏欲睡的课上，我撕下笔记本里的一张纸，开始写这个故事。在那之后，一个本子很快就撕完，我的手上每天都有一叠画得乱七八糟的底稿。

不夸张地说，我是手写了前五万字。在学校打不开网页的计算机房，在网吧，我一点点地将它整理成电子档。然后，它被放置在移动硬盘里，陪着我办理退学手续，陪着我从一个冬天到另一个冬天。在下一个冬天来临前它终于有了自己的身体，真的，没有人能够体会此刻我心里复杂的感动。

【贰】

在网络上连载的时候，不止一个女生对我表达过她们对女主角的不喜欢。确实，这样一个太过敏感纠结的女子，总是把对微小事物的感受放大，总是给别人带来麻烦。不向阳，仿佛永久活在梅雨季节，湿嗒嗒会随时落下泪来。

可是，如果我们抛开自己的身体，进入故事中的角色，以一个男性视角来看。这样一个女子，她缺少关怀，她在刚刚懂爱的时候痛失了爱，但是她仍然能够爱憎分明，她没有堕落到出卖自己的身体和灵魂，她会在你生病的时候，受伤的时候用她对自己都提不起来的关怀对你，你还会讨厌她么？

我一直都相信，能够感动人的故事，都放了作者的心在里面。故事中的每一个角色，每一个场景，每一句对话，都是作者生活中的不同投射面。在故事里，我构建了两个原本没有灯的城市，是他们：陈梦，曲城，绍凯，阿毛，小哲……用自身的光，点燃了他们的白昼黄昏。

他们都不是我。他们都是我。

【叁】

我时常会觉得很冤枉，1990 年 1 月出生的我还是被归到了 90 后，身边认识的朋友里有不少在最初见面时很不屑地说过"哎呀，和你们 90 后说不清啦"这种话。

如果说 80 后就已经被称为"垮掉的一代"，那么 90 后在大众的评断里就已经通通归到"非主流"里面去了。我曾经无数次地试图让一些人明白，人是不可以用时代来划分的，可是观念已经形成，并且根深蒂固，个人力量实在渺小到什么都无法做。

我们是从出生就被贴上标签的一群人，我们生活在信息爆炸未经过过滤的年代，我们普遍不懂得表达，但现实却一再地逼迫我们开口。事实上，人看到的那些所谓的缺点：自负、娇气、耍小聪明、固执、偏激，自私，甚至于堕落，并不是只有我们这个时代才有的特质。真正的病因是——青春。

年轻确实是一场病。它让我们想要与众不同，想要挣扎出牢笼，想要做坏事，想要和世界宣战。任何人都逃脱不了这样的环节，只是时代所赋予的表达方式不同。

请不要因为这样就否认我们存在着的纯真的心。因为我们每个人都只能活在当下，稚嫩的当下，不完美的当下，无法改变的当下，就算是错错错，也仍然是不可缺少的脚印。

请试着相信，试着用期许的目光守护着我们前行，或许在不久的将来所有的人都能够看到现在这样不被看好的我们，会像这本书里的主人公们一样，面对着生硬冰冷的现实，面对动荡不安的人世比他们的父辈更加地正直勇敢。

【肆】

我是默默，你也可以叫我 momo，或者小默崽儿都行，随你喜欢。

性别女。正年轻。无不良嗜好。偶尔投稿给杂志。平时自己做做电子杂志。很唐突地出现在大家面前，心里七上八下，又强装镇定地希望你们能喜欢。

我是一个真实存在的人，所以我必须允许任何人以我为主语造否定句。但是，假如你们手上的这本书，有某个段落，某个句子能够让你们提起喜欢的情绪，那么请不要吝啬你的言语，给我个句号，甚至惊叹号。

谢谢。

【伍】

感谢妈妈爸爸生我到这个世界上，虽然这句话说起来有点俗套，但却是在颁奖典礼的千篇一律中我唯一相信的一句。如果没有你们，那么今天的一切都不复存在。

感谢一直支持我给我鼓励的朋友，身边的，和素未谋面的。感谢你们一直相信着躲在角落的我的痴人说梦，并且愿意为我鼓掌。

感谢一个我不能写下名字，却打心底感激的人，是你让我确定了自己要走的路，是你让我变勇敢，是你让我想要变成更好的人。

感谢我的编辑——黄信然，是你在我对出版这件事并没有信心和把握的时候给了我希望，告诉我"你可以"，这对我非常的重要。客套话不说，认识你，很开心。

最后，我要感谢我自己。

默默，感谢你的锲而不舍，感谢你的坚定，感谢你心里存活着的无数的人与事，感谢你终于将这漫长的叙述完结，像是终于从冰天雪地中走进暖气充足的屋子，深深地呼出一口温热的白气。

未来还长，远方的灯塔仍然亮着，希望你不辞艰险更加坚强地走下去。